JN178327

代償

伊岡 瞬

角川文庫
19750

目次

第一部

1

七月が過ぎても世界は終わらなかった。

「なんだよ、二学期もあんのかよ」とクラスの誰かがぼやいた。

騒いでいた大人たちは、照れ隠しなのか、それとも心のどこかでやっぱり世界の破滅を願っているのか、こんどはコンピューターが狂って西暦二〇〇〇年の元旦《がんたん》に文明は崩壊すると唱えはじめた。

しかし、証券取引所のコンピューターが煙を噴き上げたり、飛んでいる飛行機が片っ端から落ちたりすることもなく、普通に二十世紀最後の年があけた。

「そう簡単に、世の中ご破算になりませんよ」と、正月番組でゲストが言った。

「ほんとだよ、ローンだってまだ残ってるし」とそれを見た父がうなずいた。

「そうなったら、ローンだって終わりでしょ」と母が笑った。

世界が終わるなんて遠い未来のことに決まってる、と小学五年生の奥山圭輔《おくやまけいすけ》は思った。

圭輔が両親と暮らす家は、世田谷《せたがや》区の西のはずれ、新宿から私鉄で二十分ほどの場所にあった。

最寄り駅から徒歩で十分ほどの土地に、グリーンタウンという戸建ての団地が開発され、圭輔の両親はその一軒を三十年ローンで買った。間取りは4LDK。社宅からここへ越してきたのは、圭輔が三歳のときだったから、この家で育った記憶しかない。

ひとりっ子の圭輔は、小学四年生に進級したとき、二階の東南の角に自分の部屋をもらった。一人前の扱いをされたようで、とてもうれしかったのを覚えている。南西の角は両親の寝室、真ん中が書斎を兼ねた父、正晴《まさはる》の趣味部屋になっていた。

正晴は、都心に本社のある商社に勤めていた。土日は基本的に休みで、しょっちゅう残業があるというぐらいしか、父の仕事については知らない。

母の香奈子《かなこ》は、三年ほど前から知人が経営する自然食品や化粧品を販売する店で手伝いをしている。午前十時から、午後四時ごろまでの、比較的短い勤務時間だ。

圭輔は、自分の家が貧乏なのか金持ちなのか、友達の家と比べてどうなのか、そういうことにあまり興味がなかった。たぶん平均ぐらいなのだろうと思っていた。

両親の仲は、どちらかといえば良いほうだ。ときどき小さな口論をするが、たいていはその夜のうちに父が折れてしまうので、翌日まで持ち越すような喧嘩《けんか》は見たことがない。ほとんど毎晩、圭輔が寝たあとに、両親はリビングのテーブルで他愛のない話をするらしい。

圭輔はたまに、足音を消して階段を下り、ドア一枚の向こうから漏れてくる話し声に聞き耳をたてた。

——圭輔をそろそろ塾へ行かせたほうがいいんじゃないか。

——いいえ、中学にあがってからで充分。

そんな会話に、いちいちどきっとしたり、ほっとしたりしていた。

私鉄の線路を挟んだ反対側——算数で習った対称の位置——に古い都営団地があった。あまり手入れされていない街路樹が茂り、五階建てのなんとなく汚れた感じの建物が十棟ほど並んでいる。

団地の一階部分には専用庭があって、どこもぼうぼうに雑草が茂るか、廃材置き場のように荒れていた。建物の壁には、子どもたちがボールを蹴《け》った跡が無数に残り、ひび割れた壁面が灰色のパテのようなもので補修してある。まるで、団地という大きな生き物が死にかけているように見えた。

もっとも、そんなふうに感じるのは、どうせ近々取り壊すからほったらかしなんだ、と父親から聞いたせいかもしれなかった。

団地のすぐ隣に、うっそうと茂る竹林があって、不審者が出るとか住み着いているという噂があった。始末に困った猫や犬の死体を埋めに行くという話も聞いた。夕方に竹林のそばを通ると、背中にひんやりした空気が吹き付けられたような気がしたこともある。

とにかく、あまりひとりでは近づきたくない場所だった。

圭輔が五年生の夏休みに、この団地で悲惨な事故があった。圭輔と同い年の女の子が、一番上の踊り場から落ちたのだ。

この事故があった日、圭輔が友人たちと小学校の校庭で遊んでいると、仲間のひとりが走ってくるのが見えた。

「おい、知ってるか。団地で女の子が落ちたって」

警察やテレビ局も来ているらしいからとにかく見に行こう、ということになり、その場にいた五、六人が大急ぎで自転車にまたがった。こんなことは、はじめての経験だ。息を切らしてかけつけると、本当に、ドラマや映画で見るような黄色いテープが張りめぐらしてあった。圭輔たちの興奮はたかまったが、期待していたほど緊迫した雰囲気でもなかった。

パトカーが一台停まって、制服を着た警官がふたり、ときどき無線に応答しながら住人と立ち話をしているだけだ。

「テレビ局なんて来てないじゃん」

ひとりが、言いだしっぺの尻《しり》を軽く蹴った。

「きっと、もう帰っちゃったんだよ」

「なんだ、つまんねえの」

てんでに無責任なことを言う友人たちと、そのまま公園へ遊びにいった。

圭輔は、落ちた少女がその後どうなったか気になっていた。何日かして、あの子は死んだみたいだよ、と聞かされた。さらにもう何日かたってから、踊り場の塀に乗って遊んでいたらしいとか、ひごろからおてんばな女の子だったという噂話が流れてきた。

この団地には、母の遠縁にあたる一家が住んでいた。

浅沼《あさぬま》という苗字《みょうじ》で、両親と男の子がひとりの三人家族だった。母親が香奈子の〝またいとこ〟だとかで、圭輔と同い年の達也《たつや》という息子がいた。

達也が五年生の秋に、彼らは引っ越してきた。わざわざ奥山家の近くを選んだのか、ただの偶然だったのか、圭輔にはわからない。

線路を境界にして学区が異なるため、圭輔と達也の通う小学校は別だった。それでも、たまに顔をあわせる。達也が母親の道子《みちこ》と一緒に、圭輔の家へやって来るからだ。

達也は、圭輔より——というよりほかのどの友人と比べても——体格がよかった。体つきもたくましく、中学生といっても通りそうな雰囲気を持っていた。

はじめて会った日のことを忘れることができない。

街路樹の葉がようやく紅葉しはじめた時期だったが、その日は雲が低くまるで雪でも降りそうなほど寒かった。

「よろしく」

達也は笑顔で挨拶《あいさつ》をしたのだが、とても冷たい感じの目をしていた。どうしてそう思ったのかうまく説明はできない。左のまぶたに小さな傷あとがあって、もしかするとそれが原因かもしれない。

達也は、初対面のときからなれなれしかった。圭輔の肩に腕をまわし「圭ちゃん、元気か」などと大きな声で聞く。圭輔はうつむいて「うん」と答えるのがせいいっぱいだった。

そして、苦手なのは達也だけではなかった。

母親の道子は、達也にあまり似ていなかった。達也は、体が大きいうえに動きが敏捷《びんしょう》で、なんとなく野生の動物というイメージがあった。きりっとした顔つきで、たぶん、学校で女子にもてるだろうと思う。

道子は体全体がだらしない感じに太っていて、びっくりするほど大きな胸をゆらしながら歩く。いつも煙草を吸っている。宝石の訪問販売の仕事をしていると聞いた。圭輔に対して意地悪なことを言うわけではないが、鼻から煙を吐き出しながら話しかけられると、逃げ出したいほど不気味だった。

達也と道子の親子は、だいたい月に一回ぐらいの割合で圭輔の家にやってきた。時刻はいつも決まって平日の夕方だ。母がパートから帰ってくる時刻に合わせていることは、圭輔も気づいていた。

彼らが来ると、母は必ず「達也君とお部屋で遊んでいなさい」と言った。圭輔がアレルギー体質のため、ふだんはほとんど買わないスナック菓子と飲み物を渡され、もういいと言われるまで部屋で時間をつぶす。

圭輔は、この時間がすごくいやだった。ただ同い年だというだけで、仲良くできるわけがない。それに、達也の話は、聞いていると気分が悪くなるようなものばかりだ。

たとえば、団地には住む人がいなくなった部屋がいくつもあって、鍵《かぎ》はかかっていないか壊されている。だから自由に出入りできる。達也とその仲間は、空き家の中からましな部屋を選んで〝基地〟と呼んでいる。

基地には、お菓子やマンガはもちろん、煙草だとかエッチな雑誌などもいっぱいあるという。適当にうなずいていると、そのうち「生意気な態度の女子を、だましてこの基地に連れ込んで、仲間が五人がかりで服を脱がせたことだってある」などと言いだした。ただし、達也はそばで見ていただけで、「おれは、やめなよ、って止めたんだけどさ」と笑った。

「圭ちゃんもそういうの、興味ある?」

「ないよ」と答えると、なにか勘違いしたらしく「大丈夫、やられた女の子も恥ずかしくて親には言えないから」とまた笑った。

ネズミの話もした。ネズミ捕りで捕まえたネズミに毒を飲ませると、暴れまわって苦しみながら死んでいくそうだ。

「きゅーっ、きゅーって、情けない声で鳴いて、わりと可哀想なんだ」

どうしてそれが楽しいことなのかわからない。

女の子の服を脱がせたり、ネズミに毒を飲ませたり、どうせ作り話に決まっていると思うが、聞いているだけで気分が悪くなってくる。「そんなことして、見つかったら叱られない?」と質問してみたことがある。達也は、それを待っていたように「わかってないなあ」と答えた。

「見つかるかもしれないっていうスリルが楽しいんだろ。それにさ、おれは必ず『そんなことやめろよ』って止めるから、ばれたとしても最初に許してもらえるんだ」

それが自慢のようだ。いままで出会った友人に、こんなやつはいなかった。圧倒されて、ただ話を聞くだけだ。

圭輔はお年玉で買ったテレビゲームを持っていたが、達也はそれにすごく興味を示した。

「おれ、ゲームなんて買ってもらえないからな。家が貧乏で」

そんなことを言われても、どう答えていいのかわからない。

「なあ、圭ちゃん。こんど、うちのほうに遊びに来いよ。基地の仲間にしてやるよ。親に内緒のものを隠してもいいぜ」

声が大きいので、母親に聞かれはしないかといつもどきどきした。

何度か足を運んだころから、達也はこう口にするようになった。

「圭ちゃんのお母さんて、いいよなあ」

圭輔は最初意味がわからず、素直に「どうして」と聞き返した。

「見た目おしゃれだし、あんまりオバサンって感じじゃないじゃん」

たしかに、授業参観などで見るよその母親と比べて、見劣りするほどひどいとは思っていなかった。だからといって、自慢できるほど美人だともスタイルがいいとも思わない。

圭輔が五年生のその年、母は三十五歳だった。圭輔にとっては、どこにでもいる普通のおばさんにしか見えない。

「なあなあ。まだ、一緒に風呂《ふろ》とか入ってる?」達也はなかなかその話題から離れようとしない。

「入ってないよ」

むきになって否定すると、達也は「もったいない」というようなことを言った。

何がもったいないのか、よくわからない。

とにかく、達也が持ち出す話題はそんなことばかりで、少しも楽しくない。来た瞬間から、早く帰ってくれないかとばかり考えていた。道子が母と話しこんでいる時間は、十分足らずのときもあり、三十分以上かかることもあった。

やがて、階段の下から「達《た》っちゃん、帰るよ」という、道子の声が聞こえてくる。大声で怒鳴ったあとのような、ひび割れた感じだった。達也はなごり惜しそうな顔で「またな」と手を振り階段を下っていく。その背中に、二度と来なくていいよ、と言いたかった。

圭輔ははじめ、母と道子は大人どうしの相談でもしているのだろうと思っていたが、あるとき、別な目的もあるのではないかと気づいた。一度だけだが、帰り際に道子が、中身をたしかめるかのように、バッグから封筒を出して、透かして見たからだ。それはたぶん母が渡した封筒で、しかも中身はお札のようだった。

達也親子の存在は、これまでずっと晴れた秋空のようだった圭輔の生活に、ぽつんと湧き出た黒い小さな雲だった。

幸い、達也親子と顔を合わせない限りは、これまでとほとんど変わらない日常があった。

ところが、小学六年生の五月に、黒い雲がまた少し大きく濃くなった。

きっかけは、父親のちょっとした思いつきだ。

ゴールデンウィーク明けに、例によって達也親子がやってきたとき、家にはめずらしく父がいた。何日か休日出勤したから、その代休をとったのだ。いつものように達也と圭輔が二階に上がると、父が部屋までのぞきにきた。

「おれも仲間に入れてくれよ」とうれしそうに言う。

圭輔が口を開くまえに、達也が、「あ、どうぞどうぞ」と答えた。

学校のようすだとか、とりとめのない話題が続いたあと、父がキャンプの話をはじめた。

「なんだ、達也君はキャンプに行ったことないのか」

「はい。うちにはそんなお金がなくて。父親もあんまり家にいませんし」

達也は、圭輔の両親と話すときはとても礼儀正しい。

「あ、なんか変な意味にとったらごめんよ」

父は頭をかいてから、ああそうだ、とつけ加えた。

「だったら、こんど一緒に来るかい？」

「ほんとですか」

「再来週の土日で行くんだ。都合がつくなら来なよ」

「でも、道具とか持ってません」

「なにもいらないよ。着替えだけ持ってくればいい」

「やったー」

こぶしをつき上げて喜ぶ達也とは対照的に、圭輔の気持ちは急激に沈んでしまった。よけいなことを言って、と父親を恨んだ。

2

「じゃあ、そのあたりにペグを打ってくれるかな。さっきみたいな要領で」

父は、いつもより楽しそうだ。ひがんでいるからそう見えるんじゃない。絶対だ。

圭輔はひとり、枯れ枝で地面に宇宙船の設計図を描いていた。意地でもテントのほうは見ない。

「ここでいいですか」達也が、元気な声をあげる。

「オーケー」父が明るい声で答える。

予定どおり、圭輔の一家に達也を加えた四人で、オートキャンプ場に来ていた。ワンボックスカーに道具を積んで、家から一時間半ほど走った場所にある。圭輔は、ここは二度目だ。

周囲にはけっこう自然が残っている。ハイキングコースのあるちょっとした山もあり、川ではサワガニが捕まえられるし、夏の夜にはカブトムシやクワガタがテントめがけて飛んでくることもあった。それでいて駐車場からテントを張る場所までは百メートルもない。管理棟にはトイレも簡易シャワーも売店もあって、気軽にキャンプが楽しめる。

――そんなの邪道だ、ほんとのキャンプじゃないっていう人もいるけど、なにも硬球を使うばかりが野球じゃないからな。草野球だって、楽しければいいんだ。

それが父の口癖だ。

「こんな感じで大丈夫かなあ」達也の声が聞こえる。

「上等、上等。いいセンスしてるよ」父は上機嫌だ。

設計図を描いていた枝がぽきりと折れた。

「お父さん、うれしそうね」

ふりむくと、笑顔の母が立っていた。調理器具の入った大鍋《おおなべ》を持っている。

「いつもより、楽しそうだよね」

少し嫌みをこめたのが、母にも通じたらしい。

「お父さんも気をつかってるのよ。達也君、ひとりでさびしくしたらかわいそうでしょ」

「うん」

理屈ではわかっているが、もやもやとした気分はそれとは別だ。

「暇なら、あとで野菜洗うの手伝って」

山のほうから、かっこうの鳴き声が聞こえてきた。

テント張りが一段落したところで、達也と川べりを歩いているときのことだった。

「圭ちゃんのお父さんとお母さんって、いいよな」

達也は平たい石を拾って、川に向かってサイドスローで投げた。小石はまるで生き物のように、五回、六回と水面を跳ねて、向こう岸の草むらに消えた。

「おしゃれ、って感じがする」

その日、父と母はおそろいの恰好《かっこう》をしていた。青いコットンのシャツに、薄いベージュ色のチノクロスのパンツ。父はストレートタイプで、母のほうは裾《すそ》が絞ってある。父は紺のバンダナを首に巻き、母は赤いものを三角巾《さんかくきん》のように頭にかぶっていた。

「あんなの、うちじゃ絶対ありえない。オヤジなんて病人みたいに暗い顔してるし、オフクロは見た目サイテーだし」

「そんなことないよ」

圭輔が否定すると、達也はやけに白い歯を見せて笑った。

「べつにいいよ、気なんかつかわなくて。あの女、おれの実の母親じゃないから」

そんなことをあまりにあっさりと告白されて、返事に困った。

「あの女ってさ、おやじの再婚相手なんだ。本当の母親はおれが三歳のときに病気で死んだ。おやじも、どうせ再婚するならあんなのじゃなくて、圭ちゃんのお母さんみたいな人にすればよかったのに。そしたら――」

そしたら、の先が続かないので、達也の顔を見た。

達也の視線は、調理場で野菜を切っている母の後ろ姿に向けられていた。前かがみになっているので、ぴっちりとしたサイズのチノパンのヒップのあたりに、下着の線が見えている。

「でも、達っちゃんのお母さんも、優しそうじゃない」

いたたまれなくなって、また思ってもいないことを口にした。実際は、圭輔は道子が怖くてしかたない。ただ、道子が達也に向ける視線に愛情がこもっているのは感じていた。血のつながりはなくても、親子は親子だ。

「そうじゃない」

達也が投げた二つ目の石は、力が入りすぎたためか、水面で跳ねずに大きなしぶきをあげて沈んでしまった。

「そうじゃないって？」

「優しいとかじゃないよ。圭ちゃんにはわかんないさ」

達也の顔が赤くなっている。何かにすごく怒っているようだ。圭輔は、急に不安になって、話をそらした。

「そういえば、晩ごはんはカレーだよ」

「ほんとか」達也の顔がぱっと明るくなった。「おれ、カレー大好きなんだ」

た。

達也は、「手伝いに行こうっと」と言うなり、砂利を踏み鳴らして洗い場の母のほうへ走っていった。うしろから達也が声をかけ、ふりむいた母がなにか答えた。身長が百五十五センチしかない母よりも、達也のほうが背が高いことにはじめて気づいた。

「きょうのごはんが、いままでで一番うまく炊けたんじゃないか」

組み立て式のたき火台からたちのぼる炎を前に、四人でカレーをほおばった。

ほおは熱いし、ときおり煙にむせるが、やはりキャンプでの食事は格別だ。

それまでもなんどか、飯ごうでのごはん炊きに挑戦した。しかしいつも、芯《しん》が残っていたり、底がこげたりと、あまりうまくいったことがなかった。その夜のごはんは、たしかにかなりうまく炊けていた。

「すっごくおいしい」

達也が同じことをなんども言っては、かき込むように食べる。

「あんまりあわてると、消化に悪いんじゃない」母がたしなめる。

「大丈夫です。おかわりいいですか」

「ああ、どんどん食ってくれよ。いつも残っちゃって、次の朝もカレーなんだ。腕の見せようがなくてさ。明日は、少し早起きしてパンでも焼くかな」

「やったー。すごいなあ。キャンプって感じ」

圭輔は、少し前に達也から聞いたばかりの話を思い出していた。

達也は道子が産んだ子でないとすれば、自分と達也は――法律のことはともかく――赤の他人なのだ、そう考えるとなんとなくほっとする。

食事を終えて、母がシャワーを浴びにいき、父は「このすきに」と煙草を吸っていた。母には、禁煙するようしつこく言われている。

夜風が少し冷たくなって、圭輔はトイレに行きたくなった。

「これ、ちょっといいだろう」

父がくわえ煙草のまま、ブルーメタリックのツールナイフを取り出した。達也に見せたかったようだ。

「うわ、かっこいい」達也がすぐに反応する。

「ちょっと持ってみるか」

「ほんとですか」

父は上機嫌で、達也に持たせたまま、ここがブレードで、こっちがドライバーでと、説明をはじめた。圭輔は、父が「欲しかったらあげるよ」と言い出すのではないかと心配で、トイレに行けなくなった。

じつは数日前に、このナイフを持って父が部屋にきたのだ。

「なあ、お母さんには内緒だぞ」いきなりそんなことを言う。

内緒なら見せにこなければいいのにと思った。作文の宿題をやっているところだったの

あのときもっとちゃんと見ればよかったと、悔やんだ。

うしろで、少し腹が立ったからだ。



せっかく浮かんだアイデアが消えてしまったので、無愛想に答えた。父は、これけっこういいやつなんだけどな、とつぶやきながら階段を下りていった。

「べつに欲しくない」

「いいだろこれ。欲しくなっただろ」

で、少し腹が立ったからだ。


テントは、四人の寝袋を並べても充分な広さがあった。ベッドに比べれば地面はごつごつと硬かったが、それでも圭輔はすぐに眠りに落ちた。

鳥の鳴き声で目がさめた。息を吸い込むと森の朝の匂いがする。テントの中にはだれもいない。もうみんな起きているらしい。

外では、父が予告どおりパンを焼いていた。すぐ隣に座った達也が得意げな顔で、かまどに小枝をくべている。まるで、本物の親子のようだ。圭輔はふたりに、おはよう、と声をかけて顔を洗いにいった。

朝食のメニューは、少し焦げ目のついたパンとハムエッグ、熱々のインスタントのスープだった。家のテーブルだったらどうということもないメニューが、外の空気を吸いながら食べると、とてもおいしく感じた。

達也を意識しすぎて——もっといえば嫉妬して——素直になれないところもあったが、

過ぎてみればそれなりに楽しかったと思うことにした。

帰り支度をしていると、父に落ち着きがないことに気づいた。シートを裏返したり、周囲の草むらをのぞきこむようにしたりしている。

「なにかなくしたの？」

母がたずねると、父はあわてて「いや、なんでもない」と手を振った。

「なんか、怪しいわね」

「いや、ほんとなんでもない」

母が、退出の手続きをしに管理棟へ向かうと、父がこっそり圭輔に言った。

「あのナイフが見当たらないんだ」

「えっ。あのブルーのやつ？」

「そうなんだよ。枕もとのリュックの外ポケットに入れておいたんだけどな」

「どっかに落ちたんじゃない」

「よく捜したんだけどなあ。まだほとんど使ってなかったのに」

ちぇっ、と舌を鳴らした。そんな父親の子どもっぽいところが、圭輔は嫌いではない。

このキャンプを境に、達也はしょっちゅう圭輔の家に遊びにくるようになった。

父が、得意の気軽な調子で「いつでも遊びに来なよ」と言ったからだ。ほとんど毎日、ランドセルを持ったままやってくるのだ。

した。

「こんにちはー」

大きな声で挨拶《あいさつ》しながら、達也は勝手に玄関のドアをあける。圭輔は、二度ほどわざと鍵をしめておいてみたが、鍵《かぎ》をしめておいてみたが、ドアを開けるまで延々とチャイムを鳴らすので、すぐに根負けした。

達也はまるで自分の家のように、圭輔の部屋やリビングでゲームをし、マンガを読み、買い置きのお菓子やジュースを食べて飲んだ。

母が帰宅して夕飯の支度をはじめると、「おじゃましました」と挨拶して帰っていく。最初のころは、食べていきたそうなようすだったが、母が「晩ごはんはおうちで食べましょうね」と釘《くぎ》を刺した。たった一度注意されただけで、つぎからは必ず夕食前に帰っていくようになった。

本格的に梅雨《つゆ》入りして、何日か経った夜のことだ。

ぽつん、ぽつん、と雨だれの音が気になって、圭輔はなかなか寝つけなかった。何度目かのトイレに起きたとき、一階のリビングから声が聞こえてきた。いつもの夜中の両親の会話だ。

部屋に戻りかけたが、なんとなく声の感じがいつもと違う。圭輔はそっと階段を下りた。

「――違うわよ。気のせいじゃない」

ドア越しに聞こえてきた母親の声は、〝世間話〟という雰囲気ではなかった。

「足りないのは、三万って言ったっけ？」父のほうはいつもとあまり変わらない。

「うん。銀行から下ろしたばっかりで、封筒に十万円ぴったり入れて、寝室の簞笥《たんす》にしまっておいたんだから、間違いないわよ。それに、先週も二万ぐらい足りなかった」

「たしかなのか？」

「そのときは、自信がなくて、わたしの勘違いかなって思った。でも、やっぱり計算が合わない」

「だけどさ、この家には、おれたちと圭輔しかいないんだぜ。まさか、空き巣狙いか？」

「だったら、三万だけ抜いていかないでしょ」

父のうーんと唸《うな》る声が聞こえた。しゅぼっという音が聞こえて、独特の臭いが漂って来た。父が煙草に火をつけたのだ。

「もう」母が睨《にら》んでいるようすが目に浮かんだ。「リビングで吸わないでって言ってるのに」

「いいじゃないか。一本だけ」

父の立ちあがる気配がした。出窓のところへ移動するのだ。少し窓をあけて、そこから煙を外へ吐き出す。庭まで吸いに出たくないときの非常手段だ。

「――それより、ほかにもなにか見当たらないって言ったよね」

「そうなの。わたしの下着が、わかってるだけで三枚足りないの」

父がげほげほと咳《せ》き込んだ。

「ほんとかよ」

「間違いないわよ。だってまだ買ったばっかりの新しいやつだから。ブラが一枚とショーツが二枚」

「なんだか、気味が悪いな」

「それだけじゃないのよ」

母の声がさらに低くなったので、圭輔は息を殺すようにして聞き耳を立てた。

「なんだ、まだあるのか」

「あれが、足りないの」

「あれって？」

「あれよ。やっぱり寝室の箪笥に入れておいたやつ。ほら、上から二段目の引き出しの……

……」

「なんだ、あれか」

父が納得したような声を出したが、圭輔にはなんのことかわからなかった。

「だって、そんなもん、誰が盗《と》るんだ。数え間違いじゃないのか。ていうか、数えてたのかよ。危ない、危ない。よそで使わないようにしないとな」

父がへへっと笑った。

「まぜっかえさないでよ」母の声は少し怒っているようだ。

「じゃあ、まさか圭輔が？」

急に自分の名が出て、思わず声を出しそうになった。「ぼくはなにも知らないよ」と、すぐに否定したかった。母が代弁してくれた。

「違うわよ。圭輔じゃない。あなたに言ったことあると思うけど、最近、毎日のように達也君が遊びに来てるのよ。学校帰りに寄って、そのまま夕方までいるの。変だなって思い始めたのと時期があってる」

「達也君が？　あの子が金や下着やあれを盗んだって？」

「それしか考えられない」

「考えすぎじゃないか」

「あの子、わたしの顔を見て愛想笑いするんだけど、それがなんだか気味が悪くて。――指紋でも調べたら、はっきりすると思うけど」

「まさか、そこまでやらなくても」

父の反応は、まだ半信半疑といった雰囲気だった。少し会話が中断したあと、ああそうだ、と言った。

「なあに？」

「いや、まさかな」

「やだ、気になるじゃない。途中でやめないでよ」

「うん。――ほら、仕事部屋の棚に、みやげにもらった小さな竜の置物があっただろう」

「ああ。部長さんが香港で買ってきてくださった。磁器のでしょ」

「そう、それぞれ。おととい気づいたんだけど、あれの首が折れてたんだ。知らないあいだに落としたのかなって思ってたけど」

「もし、知らないあいだに落ちたのなら、どうやって棚に戻ったのよ」

「いや、いくらおれだって、自然に戻るとは思ってないさ。まあ、圭輔あたりがいじったのかなって軽く考えてた」

「あの子は、そんなのいじらないし、仮に落としたら正直に言うと思う」

圭輔は階段の途中に立って息をひそめたまま、自分なりに考えた。

この家でなにか変なことが起きたら、それは達也のしわざに違いない。父親はお人好《よ》しすぎるのだ。

しかし、いつそんなことをしたのだろう。達也になにかするチャンスがあったとすれば、母が帰宅するまでの時間だ。だけど、圭輔はずっと一緒にいる。圭輔が気づかないうちに、両親の寝室や書斎に忍びこんで、いたずらしたり金を盗んだりできただろうか。

ふたりで過ごした時間のことを、もっと真剣に考えた。

自分がトイレに入った隙だろうか？　いや、達也がいるときは小のほうしかしていないから、そんな時間はない。ならば——。

ゲームだ。

圭輔は階段に座ったまま、声をあげそうになった。

リビングのテレビにつないで、シューティングゲームを飽きるほどやった。ひとりずつ交代で得点を競う。ふたりとも三面ぐらいまでは簡単にクリアする。やっているあいだは夢中でわからないが、たぶんひとりで十分や十五分は独占しているはずだ。そのあいだ、もうひとりの体は空いている。そういえば、圭輔がプレイしているときに、達也の姿がみえないことがなんどもあった。冷蔵庫からお菓子でも漁《あさ》っているのだろうと思っていた。あの隙に、両親の寝室や書斎に忍び込むことはできたかもしれない。

なんてやつだ――。

たとえば、テーブルの上に現金が出しっ放しになっていたら、できごころで盗む子もいるかもしれない。しかし、簞笥にしまってある封筒から抜き取ったり、下着やそのほかのものまで盗んだりするのは、本格的な泥棒だ。

キャンプのときのナイフだって、なくなったのではないかもしれない。

オイルの臭いがきついバスで酔ったときのように、めまいがして気分が悪くなった。

圭輔は、下りてきたとき以上に足音に注意しながら自分の部屋に戻った。

3

そんな会話を聞いた何日かあとのことだ。

母に「しばらく家に誰も入れてはいけない」と言われた。

圭輔は、正直なところ、ほっとした。自分で「もう遊びたくない」と達也に宣言することは、とてもできそうにないからだ。「親にダメだと言われた」というのは最高の口実に思えた。

「どうしてだめなの？」

達也がぶつけてくるに違いない質問を、母に聞いた。

「お父さんの会社の大切な書類をしばらく家におくことになったの。悪気はなくても、もしもなにかあったら取り返しがつかないでしょ。だから、しばらく、家には誰も入れないことに決めたのよ」

「ふうん」

「だから、達っちゃんにもそう言って謝っておいてね。晴れた日は一緒に公園で遊べばいいじゃない」

「はい」

素直に返事をしたが、もちろん一緒に遊ぶつもりなどなかった。これからは、ずっとさぼりがちだった地元サッカーチームの練習にもちゃんと参加しよう。やっとあいつと縁が切れる。

久しぶりに、もやもやが晴れたような気分だった。

さっそくその日の夕方、玄関の前で達也を待ちかまえ、母のことばをそのまま伝えた。

「じゃあ、もう遊びに来ちゃだめなのか」門の向こう側に立って、達也はさぐるような視線を向けてきた。

「うん」できるだけ残念そうにうなずいた。「それと、サッカーの練習に出ろって監督に叱られたから、あんまり遊べなくなると思う」

「ふうん」

達也はうなずいてから、二、三歩下がって圭輔の家をぐるりと見回した。もしも母の姿を見かけたら、抗議しそうな雰囲気だった。

「誰もいないよ」

圭輔のことばを無視して、達也は道端に落ちていた小石を拾った。

「おれのこと、なんか言ってた？」手の中で小石をもてあそんでいる。

「言ってないよ」自分でも大げさだったかと思うほど、首を勢いよく振って否定した。

達也は圭輔の目をじっとみつめたあと、いきなり小石を空に放り投げた。小さな黒い影は、圭輔の家の屋根を越えて飛んでいった。どこかに落ちた音は聞こえなかった。

「わかったよ。迷惑ならもう来ないよ」

「迷惑とかじゃなくて……」

「わかってるって」

そう言う達也は、はじめて会った日とおなじ目をしていた。

「もう来ないから、安心しなよ」背中を向けて歩きだす。

「達っちゃん」

呼びかけに答えない。圭輔は、もう一度もっと大きな声で呼ぼうとしてやめた。額に腕をあてると、うっすら汗をかいていた。

4

ちょうどその頃のことだ。

父親の運転する車で、達也の住む団地の脇を通りかかった。

「ありゃ、火事でもあったみたいだな」

父の声に視線をめぐらせると、黒くすすけた部屋が見えた。

「すごいな」

父が車を路肩に停め、降りてようすをみた。

出火したのは一階らしく、ガラスが割れて、サッシも原形をとどめないほど曲がっている。部屋の中から引きずりだしたらしい焼け残りの家具や布団が、外の庭に乱雑に積まれている。放り出された雑誌のグラビアページが風にひらひらしていた。空のペットボトルや煙草の空き箱、コンビニ弁当らしい容器などが大量に散らばっている。

「そういえば、三日くらい前に、しきりにサイレンが鳴ってたな。ここだったんだな」

ふいに、達也の人をばかにしたような笑い声が聞こえた気がした。

夏休みに祖父が亡くなった。

母の父だが、小さい時に何度か会っただけで、よく覚えていない。

母の実家は秋田県の角館《かくのだて》というところにある。まえに、「桜並木で有名な川の近くだぞ」と父に教えてもらった。

祖父はまだ六十七歳だった。昔から心臓に持病があったらしい。祖母は生きているが、少し前から認知症という病気にかかっていた。この祖父母の面倒を、すぐ近くに住む伯母《おば》がみていた。母の姉で佐和子《さわこ》という。佐和子伯母は夫を病気で亡くしていて、二十歳の息子、修一《しゅういち》とふたり暮らしだそうだ。圭輔にとっては従兄《いとこ》にあたるこの修一は、高校を卒業したあとぶらぶらして、母親のすねをかじっているのだと聞いた。

祖父の葬式が行われたのは、真夏の暑い日だった。夏休みだったこともあって、圭輔も一緒に行くことになり、生まれてはじめて飛行機に乗った。事情を考えたらはしゃぐわけにいかないが、うれしいものはうれしかった。


久しぶりに会った伯母は、記憶にあるよりも頼りなさそうに見えた。いつもなにかにおびえているような感じだ。早口なくせにもごもごとしゃべり、落ちつきなく視線を動かす。せわしなく動き回って、じっとしていることがない。母がなんども心配そうな顔で「お姉ちゃん、大丈夫？　なにかあったら、言ってね」と声をかけていた。うんうん、とうなずく姿が、なんとなくペットショップで見た、小動物を連想させた。

公営の葬儀場を使った、ごくうちわの告別式だった。

トイレで並んで用を足しているときに、父が小声で教えてくれた。

「お父さんのところと一緒で、親戚《しんせき》の数が少ないんだ」

たしかに、去年近所の人の葬式に連れていかれたが、そのときはもっと大人数で盛大にやっていた。

火葬を待つあいだにお弁当が出た。冷えたから揚げや煮物を口へ運びながら、きょろきょろ周囲を見回していると、父がほらやるよ、と自分のエビフライを圭輔の器に入れた。

「達也君たちならこないぞ」

圭輔は、いつも感心してしまう。父は、ふだんののんびりした顔をしているくせに、よく圭輔の考えていることを言い当てるからだ。どうしてわかるのか不思議でしかたがない。じつは、さっきからずっと、達也や道子が現れるのではないかと気になっていた。

「またいとこだから？」

母と道子が〝またいとこ〟の関係だと聞かされたときに、すぐに調べた。祖父母どうしがきょうだいの関係だ。親戚とはいってもかなり遠い。

「それもあるけど」

父は、圭輔の耳に口を寄せ、ささやくように言った。

「――道子さんはもともと養子だったんだ。いまじゃ親とも縁切りみたいだよ。だから来ないよ。お母さんとはまあ言ってみれば赤の他人だな。グラタンも食うか？」

「もう食べられない」

達也に出入り禁止を告げたときに似た爽快感《そうかいかん》があった。理屈ではうまく説明できないが、達也だけでなく、あの女とも親戚でないとわかって、ほっとした。

少し気が晴れた一方で、母親に元気がないのが気になった。その理由は、おじいさんが死んだせいばかりではなく、伯母さんのことが気になっているからではないか、という気がしていた。


達也と顔を合わせずに済んだのは、ほんの数ヵ月だった。

十二月中旬になって、めずらしく休日の昼に、達也とその両親が圭輔の家をたずねてきた。

道子は相変わらず月に一度ほど来ていたが、達也と会うのは、梅雨のころに出入り禁止を告げて以来だ。街では、うんざりするほどクリスマスソングが流れていた。

このとき圭輔は、はじめて達也の父親、秀秋《ひであき》を見た。達也は、道子とはまったく似ていないが、秀秋とは似た雰囲気を持っていた。とくに目だ。秀秋は、達也の目をもっと冷たくしたような印象があった。

圭輔は自分の部屋にいるよう言われ、階段をあがった。しかし、達也がついてくる気配がない。いままでとはようすが違う。圭輔はそっと部屋から抜け出し、足音に注意しながら階段を下りた。

どうやら、冬休みの数日間、達也をあずかって欲しい、という頼みのようだった。

以前、秀秋は経営コンサルタントという仕事をしてると聞いたことがある。いま大人たちが話し合っている内容からすると、その仕事の関係で、秀秋がしばらく大阪に滞在することになったらしい。道子も手伝いのため、年末年始の一週間ほど向こうへ行くという。達也を連れていっても面倒は見られないし、正直なところ交通費や宿泊費もばかにならない。だから、その間達也をあずかってもらえないだろうか——。

とんでもないことになった。

断れ、断れ——。

圭輔は、両手を握り合わせて祈った。

「そういうことなら」と父の声がした。「なあ」

同意を求められた母の返事は、よく聞き取れなかった。

うそだろ、断ってよ——。

「すみませんねえ。いつもいつもお世話になってばっかりで。きっといつか恩は返しますから」

道子がほっとしたように言う。

なんてことだ。一週間も達也がこの家で一緒に生活するなんて信じられない。

「話はだいたい済んだから、あんたは圭ちゃんと遊んでな」という道子の声が聞こえた。

圭輔はあわてて、自分の部屋に戻った。すぐあとから勢いよく階段を上がってくる音がして、達也が部屋に飛び込んできた。

「久しぶり」達也は、へへっと笑った。

「あ、こんにちは」圭輔は椅子に腰を下ろしたまま、いま気がついた、という顔を作った。

「そういうことだからよろしく」達也は敬礼の真似をした。

「そういうことって？」

首をかしげた。しかし、達也はすべてお見通しだった。肩をゆすって笑いながら、圭輔が両手で開いているマンガ雑誌を指差した。

上下さかさまに持っていた。

達也の一家が帰っていくとき、圭輔はカーテンの隙間からのぞいてみた。秀秋が先頭を歩き、その後ろを道子と達也が並んで歩いていく。秀秋は、怪我でもしているのか、右足を少しひきずるような歩きかたをしていた。病的に痩《や》せた体つきとあわせて、圭輔の中では強い印象として残った。


その後の数日間に起きたことは、記憶に焼きついて消えることがない。

クリスマスイブに、達也は奥山家にやってきた。すでに両親は大阪へ向かったという。

圭輔の家では、毎年イブには、パーティーというほど大げさではないが、ケーキとローストチキン、そのほかにもふだんより少し品数の多い料理が並んだ。ふくれた腹をさすりながら寝れば、翌朝の枕元にはプレゼントがおかれている。とても楽しみなイベントだ。

達也は、プレゼントをもらえないのだろうか、と少しだけ同情した。

　達也がいるので、奮発したのかもしれない。イブの料理は、いつもよりもさらにおいしそうだった。達也が前から好きだと言っていた炊き込みごはんまであった。

「おいしい。めちゃくちゃおいしい」

　見ているだけで腹がいっぱいになりそうなほど、達也は大量に食べた。

「あいかわらず、気持ちいい食べっぷりだね」

　よせばいいのに、父が達也をおだてる。

「料理がすっごくおいしいからです」

　自分のローストチキンをあっというまに骨までしゃぶり、鶏嫌いの父が残したぶんをもらった。口のまわりを油でてからせて、テーブルの料理を眺めまわしている。

「こっちはもう入らない」

　父が椅子に背をあずけて、ふくらんだ腹をさすった。

「お父さん。行儀が悪いわよ」

「あ、すまんすまん。一服してこようっと」

　おどけた調子で言うと、煙草を吸いに庭に出ていった。酔って帰ってきたときや、深夜のだれもいないときには、リビングのはしにある出窓のところで、風を入れながら吸うこともある。しかし、家族がいるときは庭で吸う約束になっていた。

　父が席を立ったあと、圭輔は母のようすをちらりとうかがった。

夏の葬式以来、なんとなく元気がない。あまり立ち入ってはいけない気がして、関心を持たないようにしているのだが、しばらく医者に通って睡眠薬のようなものを処方してもらっていたらしい。やはり、残された認知症の母親と、その面倒を見る姉のことが気がかりなのだろうか。いまでも薬を飲んでいるのかどうか、詳しいことは知らない。このところ少し元気になってきたと思っていたのに、また達也をあずかることになって、落ち込まなければいいけど、と心配になる。

「圭ちゃん、5はいくつあった？」

達也はいきなり通知表の中身をたずねた。

「まあまあかな」

「なんだよ、隠さなくたっていいじゃないか。おれなんて、三つしかなかった」

「ぼくもそのくらい」と答えた。

実際は、主要四教科と音楽が5だった。その年の担任に好かれるかどうかで若干の上下はあったが、ほぼ毎回そんなところだ。成績表の数値だけでいえば、達也にわずかに勝っていたが、そんなことで喜ぶ気分ではなかった。

達也は成績比べにはあまり興味がないらしく、あとでゲームやろうぜ、と笑った。

二十五日の朝、部屋のドアの前には、達也の分もプレゼントが置いてあった。

「うわーラッキー」

顔を真っ赤にして喜んでいる。こんな達也は見たことがない。

「クリスマスプレゼントなんてはじめてもらった」

中身はポータブルゲームだった。あまり高くない機種だが、達也はよほどうれしかったようだ。圭輔の包みは、前から欲しかった電子辞書だった。

「おれ、ずっとここんちの子になりたい」

冗談じゃない――。

大喜びの達也にくらべて、圭輔の気分は沈んでいくばかりだ。

なにしろ、この先何日も朝起きてから寝るまで、それどころか、寝てる間もずっと達也がそばにいるのだ。

圭輔が予想したとおり、達也はなにかにとり憑《つ》かれたように、一日中ゲームに熱中していた。晴れているのだから自分の友人とサッカーでもやればいいのにと思うが、この家の居心地がよほどいいのかもしれない。

圭輔はさすがにゲームに飽きてしまい、友達のところへ遊びに行きたかった。しかし、「金や物がなくなる」という母親の話を思い出し、達也ひとりにしてはまずいと思って我慢した。夕方、母が帰宅したときには、ぐったり疲れていた。

達也が泊まるようになってから、夕食は母と達也と三人で食べることになった。年末のせいか、父は毎日帰りが遅かった。

食事の際中、達也がなにかにつけては、母に話しかける。高校生のころボーイフレンドはいたのかだとか、好きなアイドル歌手は誰だったのかなどと、圭輔でさえ聞いたこともない質問をつぎつぎ口にする。母は多少はぐらかしながらも、あまりいやな顔をせずに応える。圭輔はなぜかわからないが不快な気分だった。

食事を終え、入浴も済ませた圭輔が、クイズ番組を見ているときだった。洗面所のほうで声が聞こえた。

なにごとだろうと思うまもなく、誰かが廊下を足早に進んで、二階にあがって行く気配がした。そういえば、少し前から達也の姿がない。

いまの足音は達也だろうか。おそるおそる廊下を進んだ。洗面所に人影はない、曇りガラスのドアをそっと開ける。もう一枚の扉の向こう、風呂場《ふろば》には人の姿が見えている。母だろう。湯船につかっているらしい。

「誰？」

ふだんあまり聞かない、母の厳しい声が、風呂場の中に響いた。

「ぼく」と、できるだけさりげなく答えた。「なんだか、音がしたみたいだったから」

「ああ、圭輔ね」母の声からこわばりが消えた。「なんでもないの。シャンプーのふたがとれちゃって」

嘘だと思った。

達也と出会うまで、母親の裸を見るのも、母親に裸を見られるのも、なんとなく気恥ずかしいという程度で、特別に意識したことはなかった。母親でなくても、相手がおばさんならば同じようなものだったろう。

だが、達也は違う。

達也がここでなにかをしようとし、母がそれに気づき、達也はあわてて逃げていったに違いない。なにをしようとしたのか。あるいはしたのか。気持ち悪くて考えたくない。

目を向けた先の洗濯カゴの中に、脱いだばかりの母の下着が入っていた。圭輔は、見てはいけないものを見たような気がして、すぐにリビングに戻った。

心臓が高鳴って、喉《のど》がひりひりするほど渇いていた。

5

毎日、『今世紀も残すところ、あと〇〇日』『新千年紀に向けて』というようなニュースばかりだ。なんとなく落ち着かない気分になる。

十二月二十八日、運命の日は、ほとんど雲もなく晴れて気持ちのいい朝で始まった。

リビングに下りてきた圭輔は、外の空気が吸いたくなって窓を開け、思わぬ冷気に震えて、あわてて閉めた。

「きょうはお父さん、仕事納めだから定時であがってくるって。ここのところ残業続きで疲れたらしいわよ」

朝食のとき、髪を後ろで束ねた母はうれしそうに言って、少しいたずらっぽく笑った。

朝食の後片付けや洗濯を手際よくすませて、九時半には手伝っている友人の店に出かけていった。

入れ替わりのように、髪の毛がぼさぼさのまま達也が起きてきた。圭輔の部屋の床にマットレスを敷き、交代でベッドとそれに寝ることになっていた。

「おっす。休みなのに、なんでこんなに早起きしてるんだ」達也が大きなあくびをする。

「うちは、休みだって八時には起こされるよ」

「ふうん」達也はむいたリンゴをひとかけらほおばった。「真面目だね」


晴れているのだから、外へ遊びに行けばいいのに、達也が持ってきたDVDを観ることになった。

『エルム街の悪夢』という古いホラー映画だ。タイトルだけは圭輔も知っている。

パッケージを見ると、レンタル店で借りたのではなさそうだ。家にデッキがないと言っていたが、ならばどうしてソフトを持っているのだろう。そういえば、いままで見かけたことのない腕時計をしていることにも気づいた。

達也は、キッチンにある大きなカゴからポテトチップの袋を持ってきて、勢いよくあけた。

圭輔がアレルギー体質なこともあって、ふだんは市販のスナック菓子をほとんど買わない。しかし、達也はあたりまえのように「おばさん、ポテトチップはありますか。できれば○○食品の○○味がいいんですけど」などと言う。あまりに堂々としているので、置いてないことが申し訳ないような気分になってしまうと、母は苦笑していた。

同じように達也のリクエストで買った炭酸飲料も冷蔵庫から出してきた。DVDは、タイトルどおり悪夢の話だった。夢の中で怪人に殺されると現実でも死んでしまうのだ。

「な、かなりエグイだろ」

達也が自慢げに言った。胃が重くなるような映画だった。

見終わって、母親が作り置いていったシーフードのピラフを温めて食べた。圭輔が半分ほどしか食べないのを見て、達也がその分を自分の皿によそった。いくらでも食べそうな勢いだ。

達也がいきなり「お父さんのパソコン借りようぜ」と言い出した。

「どうして?」

「ヌード写真見たいだろ?」

圭輔は、飲みかけていたわかめスープを、あやうく噴き出すところだった。

「インターネットで見られるんだぜ」

当時、友人のなかにも何人か、パソコンをいじりはじめたものがいた。しかし、自分の道具として使いこなしているものはほとんどいなかったはずだ。インターネットにつなぐと、何も隠していない女の裸が見られるということは、学校で話題になっているから圭輔ももちろん知っていた。興味がぜんぜんないわけではない。しかし、パソコンは父の書斎にあったし、ましてそんなものを見るという発想はなかった。

気になったのは、裸の写真のことより、達也はどうして父の書斎にパソコンがあり、それがインターネットにつながっていることを知っているのか、ということだった。やはり、こっそり忍び込んでいるに違いないと思うと、無性に腹が立った。

「なあ、圭ちゃん、ちょっとだけ借りようよ」

「ダメだよ」

「ばれないって」

「ダメだってば」

これだけはゆずれない。こっそり父親のパソコンをいじるだけでなく、裸の女性の写真を見たことがばれたりすれば、自分はもうこの家にいられない。

圭輔にしてはめずらしく強い口調で拒否したせいか、達也はそれ以上言うのをやめた。食事を終えてすぐ、達也が自然なしぐさでポケットから煙草を取り出した。

「達っちゃん、煙草吸うの？」

驚く圭輔を無視して、達也はサイドボードの上から、小さなステンレス製の灰皿を持って来た。父が食事のあとなどに一服するとき使う灰皿だ。ふだんはこれを片手に持って、庭に出て吸う。

達也はにやにや笑いながらテーブルの前に座り、慣れた手つきで火をつけた。目を細めて圭輔の顔を見ながらゆっくり吸い込み、天井に向かってふわあっと煙を噴き上げた。

「達っちゃん、やめてよ。部屋で吸うと臭いが残ってお母さんが怒るよ」

達也は目を細めたまま肩をゆすって笑った。

「圭ちゃんは、なんでもお母さんの言いつけを守るんだな」

そう言うと、くわえ煙草のまま、サイドボード脇の出窓に近づいた。すぐ下の床には、まだ出しっぱなしになっているクリスマスツリーがあった。それが邪魔だったらしく、達也はツリーを足でどかし、窓を五センチほど開けた。風が吹き込んでくる。庭に出るのが面倒な父も、たまに母の目を盗んでここで吸っている。

「圭ちゃんも吸えば」

圭輔が応えずにいると、達也が鼻先で笑い、薄笑いを浮かべたまま外を見た。ものすごく馬鹿にされたような感じがした。

圭輔は立ち上がり、達也の手から奪い取るようにして箱から一本抜き、灰皿の脇においてあったライターを握った。力を込めるとじゃりっという音を立てて炎があがった。あとさきを考えず思いきり吸い込んだ。煙がにぶい痛みと一緒に肺へ入っていく。とたんに、大きな手で頭をぐいぐいとゆさぶられるようなめまいがした。

「うえっ」いきなりえずいた。

強烈に湧きあがってくる吐き気に、口を押さえた。トイレまではもたないと思い、とっさにキッチンのシンクまで走った。

「ははは」

背後から達也の大笑いする声が聞こえる。

「おえっ。おえっ」

シンクに向かって食べたばかりのわずかな昼食を吐き出した。

「無理しないほうがいいのに」

達也は楽しくてしかたがなさそうだった。


圭輔はそのあと一時間ほど、リビングのソファに横たわったまま、ほとんど起き上がることもできなかった。達也がいるので、意地でも立とうと思うのだが、そのたびに部屋がぐるぐると回って、すぐに尻餅《しりもち》をついてしまう。バスでの車酔いよりも、ずっとひどかった。

圭輔が立ち上がれないのをいいことに、達也は楽しそうに家の中を見て回っている。

「達っちゃん、あんまりいじらないでよ」なんとか声を張り上げた。

「わかってるって」二階から声が返ってきた。

戻ってきた達也は、なあ圭ちゃん、と水の入ったグラスを差しだした。

「今日は、おじさんも早く帰ってくるっていってたよな。だったら、今夜の晩ごはんはおれたちで作ろうぜ」

「料理なんて作ったことないよ」

「大丈夫だって。そうだ、カレーにしよう。この前のキャンプのときに作ったじゃないか」

圭輔がわかったと答える前に、野菜置き場や冷蔵庫をつぎつぎチェックしていく。

「にんじんもじゃがいもも玉ねぎもある。あ、ニンニクがあった。こいつすって入れるとうまいんだ。知ってるか」

「でも――」

「冷凍庫に肉の買い置きもあるし、なんだ、あるもので作れるぜ」

そこまで言われて、反対する理由がなくなった。

「わかったよ」

「じゃあ圭ちゃんは野菜の皮むきしてくれよ。おれ、肉を解凍するから」

五時過ぎに母がパートから帰ってきたときには、すでにルーを入れてかきまわしはじめたところだった。

「あら、いい匂い。なにしてるの？」

母は、台所に立つ圭輔たちを見て驚いたようだ。

「達っちゃんが、カレー作ろうって」つい、いいわけするような口調になった。

「もしかして、晩ごはんを作ってくれてるの？」

「はい。お世話になっているので。ただのカレーなんですけど」

「ありがとう」母の顔が輝いた。

ちょうどごはんの炊きあがった音が鳴った。母は、あら炊き立てなの、とますます感激している。

達也が、食事の支度は全部ぼくたちでやりますから、と胸を張った。

圭輔は達也の指示で、カレーに添える野菜サラダを作った。午後の七時ごろには、ほとんど完成した。

「圭ちゃん、おれがカレーをよそるから、サラダを頼む」

母のぶんも、達也がよそってテーブルまで運んだ。

いつもなら食欲をそそるはずのカレーの匂いが、なんだか胃に重い感じだった。もちろん、さっき吸った煙草のせいだ。子どもが吸ってはいけない理由がわかったような気がした。

「お菓子食べ過ぎたから。もうちょっとしたら食べる」

「しょうがないわね」母が軽く睨《にら》んだ。

達也はへへっと笑ったが、煙草のことは口にださなかった。

「じゃあ、お先にいただくわよ」

「いただきまーす」

達也が大盛りにしたカレーライスの山にスプーンを突っ込み、大口をあけてほおばった。

「なにか、ちょっと香るのはなにかしら」

「よくわかりますね」達也が自慢げに答えた。「かくし味で、ちょっとだけニンニクをすって入れました。たぶん、明日《あした》には臭わないですよ」

「なんだか、手慣れてるのね」

野菜の皮むきや米とぎは、みんなぼくがやったんだと、あとで報告しようと思った。

食事を終えたあと、キッチンのテーブルで、母が仕事先のノートをつけはじめた。しばらくすると、「今日はなんだか疲れたみたい」と言ってあくびをした。とても眠そうに見えた。

「皿洗いもしておきますから、もう寝てください」すかさず達也が言う。

なぜか、うれしそうだ。

「あら、それじゃ悪いもの」

「気にしないでいいですよ。お世話になってるし」

母は少し迷ってから「それじゃ、少しだけ寝かせて」と立ち上がった。「ちょっとだけ休んだら、起きてきて後片づけするから」

「ちゃんとやっておくから、もう寝たほうがいいよ」圭輔も勧めた。

「ありがとう。それじゃ、おことばに甘えようかしら」

そう言って、風呂場《ふろば》に向かった。

「圭ちゃん、皿洗ってくれる？　おれ、手の皮むけちゃって」

「べつにいいけど――」

　皿を洗うぐらいはいいが、達也を風呂場に行かせてはいけないと思った。なんとか口実を作って、達也をリビングに釘付《くぎづ》けにしておかねばならない。

　どうしようかと思ったとき、救世主が現れた。玄関のドアがあいて、「ただいま」という父の声が聞こえた。そういえば、今日は仕事納めだから帰りが早いと言っていた。

「おかえりなさい」

　ふだんは出迎えたことなどないのに、玄関まで走った。

「おう、どうした圭輔。出迎えとはめずらしいな」父が笑っている。「お母さんは？」

「疲れて眠いって、先にお風呂入ってる」

「へえ、それもめずらしいな」

　冬の外気の匂いをまとわりつかせたまま、父が廊下を進んだ。カバンを置いて、風呂場をのぞきこむ。

「お母さん、大丈夫か？」

　母が何か答える声がした、あまり明瞭《めいりょう》ではなかった。父は少し真顔になって、圭輔にコートとカバンをリビングに持って行くように命じた。そして、ようすを見に入っていった。

　リビングでは、達也が年末スペシャルのお笑い番組を見ていた。

　圭輔がソファに腰を下ろしてようすをうかがっていると、やがて両親が廊下を歩いてくる気配がした。

「ほら、つかまって。もしかして、量が多かったんじゃないか」

母が「まだ飲んでないもの」と答えた。そのまま父が抱きかかえるようにして、二階にあがっていった。数分で父は下りてきた。

「お母さんにしてはめずらしい。このところよく眠れないっていってたから、睡眠不足がたまっていたのかもな」

「おじさん、カレー食べますか」達也が元気よく聞く。

「おっ、今夜はカレーか。そういえば、いい匂いがする」鼻をくんくんさせた。

「ぼくたちで全部作ったんです」達也が自慢げに言う。

「へえ、そりゃうまそうだ」

サラダボウルから指先でレタスをつまんで口に入れた。

「じゃ、ぼくよそってきます」

「お、悪いね。これじゃ、お年玉を奮発しないとならないな」

父は冷蔵庫からロング缶のビールを持ってきた。

ふだんはビールを飲み終えるまで、ごはんものは口に入れないのだが、このときはせっかくよそってくれた達也に気をつかったのかもしれない。カレーライスをほおばりながら、ビールをあおった。

食べ終えて、テレビを見ながらひといきついていた父がいきなり大あくびをした。

「くはぁーっ」

間の抜けた声だったので、三人は顔を見合わせて笑った。

「さてと。お父さんもなんだか眠くなったな。悪いが先に風呂入って寝るぞ。きみら、あとはよろしく。灯油のファンヒーターはつけちゃいけないぞ」

そう言って、エアコンの暖房に切り替え、腹をぼりぼりと掻《か》きながら風呂へ入りに去った。

風呂から出た父はもう一度同じ注意を与えて、あくびをしながら二階にあがっていった。

「なんだか、今夜はみんな眠そうだな」

達也が、圭輔に向かっていたずらっぽく笑った。

「そうだね」

「おれも、風呂に入って寝るよ」

圭輔ひとりが、リビングに残った。

たしかに、なんだか今夜は変だ。

うまく説明できないが、部屋の中がもやもやしている気分だ。

圭輔はサイドボード脇の出窓の前に立ち、一度閉めた窓ガラスを三分の一ほど開けた。

夜風でクリスマスツリーのモールがたなびいた。さっきの吐き気はほとんど治まっている。食べかけのままのカレーライスを食べようか。ふとサイドボードの上に目をやって、ぎょっとなった。

灰皿に吸い殻が残っている。

父は帰宅してから一本も吸ってない。灰皿に残っているのは、さっき、達也といたずらで吸ったときのものだ。みつかったら、きっと一発でばれていた。

ほっと息をつきながら、ひとくち吸っただけの長い吸い殻を見た。

——圭ちゃん、煙草なんて吸っちゃダメですよ。

——あっはっはっはっは。

達也の、ひとを小馬鹿にしたような笑い声が蘇《よみがえ》った。

風呂場のほうから、楽しそうな達也の歌う声が聞こえてくる。

なんだかわからないがもやもやする。

圭輔は、灰皿の中を睨みつけた。

6

灰皿に残った吸い殻は、勝手口の外にある専用の缶に捨てた。

部屋の空気も入れ換わったようなので、出窓を閉めた。

達也が風呂を出る前に、圭輔も二階にあがることにした。

《先に寝る。最後にエアコンとテレビを消して》と、メモを残した。

圭輔が自分の部屋に入るのとほとんど同時に、達也が風呂から出る音が聞こえてきた。

ひとりにして大丈夫だろうかという心配もあったが、さすがにもう、貴重品は両親がきちんと管理しているだろう。

今夜は、圭輔がベッドに寝る順番だった。ベッドに寝転んだままサッカー雑誌をぱらぱらとめくった。目を閉じるとベッドごと体が回転するような気分だったが、いつしか眠りに落ちていた。


得体の知れない怪物に追いかけられていた。

喉《のど》から舌が飛び出そうなほど走っているのに、いまにも追いつかれそうだ。とうとう肩をつかまれ、激しく体をゆさぶられた。

目がさめた。追いかけられている夢は、たぶん昼間見たホラー映画のせいだったが、肩をゆすられているのは現実だった。

最初に感じたのは光だ。

「まぶしい」

目を細めた。朝なのか。いやちがう。天井のライトだ。

「圭ちゃん、早く逃げよう」

圭輔の体をゆすっているのは達也だ。

「逃げる？　なんでさ」

ぼんやりする頭でそんな返事をしたとき、煙の臭いを感じた。

「達っちゃん、なにしてるの？」

「おい、寝ぼけるな。しっかりしろよ。火事だよ」

達也が圭輔のほおを三回強く叩《たた》き、腕をぐいと引いた。

「あ、痛《い》て」

「逃げるんだよ」

「痛てて」

達也に引きずり出されるように、ベッドから下りた。フローリングの床が、裸足《はだし》の足に冷たかった。しかしすぐに、鼻や喉にしみるような臭いと、階下から聞こえるなにかがはぜる音を聞いて、足の冷たさなど感じなくなった。

火事だって？　まさか――。

大変なことが起きている。眠気はすっかりふき飛び、心臓が高鳴る。

達也は、ベランダに面した窓ガラスを開けた。しかし、雨戸が降りている。

「これ、どうやるんだ」

「持ちあげるんだよ」

「こうだな」

達也が勢いよくシャッターをはねあげた。とたんに冷たい風が吹き込んでくる。一緒に煙も勢いよく流れ込んできた。

「早くしないと逃げられなくなるぞ」

達也が先にベランダに出た。あとに続こうとして、部屋の入り口をふり返った。父と母はどうしたのだろう。
「お父さんとお母さんは？」達也に叫ぶ。
「大丈夫、先に逃げたよ。早くおれたちも逃げよう」
腕を強く引かれベランダに出た。リビングのあたりから、猛烈な勢いで煙があがってい
る。両親の寝室はその真上にある。いくら寝ていても、さすがに気づいているだろう。だ
が、雨戸は閉じたままだ。圭輔は、走り寄って外側から思いきりこぶしで叩いた。
ガッシャン、ガッシャンと大きな音が響く。
「お父さん、お母さん。起きてる？」
達也が「なにしてる。早く逃げるんだ」と圭輔の服を引いた。
バリン！　とガラスの割れる音がして、猛烈な黒煙と濃いオレンジ色の炎が、一階の窓
から噴き出た。圭輔は、達也と一緒に反対方向へ逃げた。すぐに手すりで行き止まりにな
った。
「庭へ飛び降りるんだ」
そう叫んで、達也は手すりに飛びついた。軽々と乗り越え、突き出した一階部分の屋根
に飛び降りた。圭輔もあとに続いた。足の裏が痛みと冷たさでしびれたようになった。
「おい、きみたちっ」
庭で大人の呼ぶ声が聞こえる。パジャマにダウンジャンパーを羽織った男性がこちらを
見上げている。

「大丈夫か」

「飛び降ります」達也が叫び返す。

「いや、その庭木を伝ったほうがいい」

指示を出してくれたのは、隣の家の主人だった。そのほかにも、いくつか人の姿が見える。消防車のサイレンの音が急に大きく響きはじめた。

「圭ちゃん、先に行け。すべるから、気をつけて」

達也が、きびきびとした口調で気遣ってくれた。意外な一面を見た気がした。

圭輔は、歯がかみ合わないほどの寒さに加えて、いままで体験したことのない恐怖で体が思うように動かなかった。それでも、なんとかして逃げのびなければと思った。

庭木の幹につかまり、下りるというよりほとんど滑り落ちて、植え込みに尻餅《しりもち》をついた。体のあちこちが痛い。手も足も泥だらけだ。すぐに誰かが抱えて立たせてくれた。すぐ後に下りてきた達也のポケットから、なにか光るものが庭の土に落ちた。圭輔が手を伸ばすと、達也が先に拾いすぐにポケットへしまった。ブルーメタリックに光って見えた。

「こっちへ」

周囲には、ほかにも何人もの大人がいた。いまが何時かわからないが、空は真っ暗だ。肩を抱きかかえられるようにして、玄関先の私道まで出た。たくさんの人が集まっている。みんな寝ているところを起こされたらしく、頭はぼさぼさでパジャマやトレーナーの上からコートやカーディガンを羽織るといった恰好《かっこう》だった。ほどなく、住人をかき分けるようにして、消防隊がやってきた。

先頭のひとりがホースを引いている。きびきびとした動作で、仲間に指示を与えている。

リビングがあるのは、いま立っている玄関とは反対側だ。どんな状態かわからないが、庭の方角からさらに勢いを増した黒煙があがっている。夢の中でさえ、こんな恐ろしい光景を見たことがなかった。

圭輔は、両親の姿を探した。どこにも見当たらない。

「お父さん、お母さん」

声に出して呼んでみた。鼓動がますます速くなる。

救急隊員が、走ってやってきた。

「この子です。見てやってください」

顔見知りの主婦が、圭輔の肩をつかんで怒鳴った。サイレンや人々のどなり声がわんわんと頭に響く。

「きみたち、怪我や火傷《やけど》は？」

救急隊員が、叫ぶようにしてたずねた。

緊張のせいか舌がこわばっていたので、激しく首を左右に振りながら、必死で両親の姿を探した。

7

圭輔は達也と一緒に救急車で運ばれた。

緊急の診察を受け、大きな怪我がないとわかったところで、病室のベッドに移された。ここでも看護師に質問されたり、目や口の中をあれこれチェックされたりした。

「父と母はどこにいますか」

さっきから何度も繰り返したずねているが、誰も圭輔の質問に答えてくれない。かわりに、隣のベッドに寝かされている達也が声をかけてきた。

「大丈夫だよ。きっと逃げたよ」

きっと?

達也のおかげで逃げ延びられたと感謝していたが、怒りが湧いてきた。

「さっき、『先に逃げた』って言わなかった?」

「あのときは、そう思ったんだよ」

そう思っただって?

制服を着た二人組の警察官が病室に入ってきて、やりとりは中断した。

「きみが、奥山圭輔君かな」

ベッドのパイプにつけられた名札を確認して、痩《や》せて若い感じの警官が質問した。

「はい」

「ちょっとだけ話を聞かせてもらいたいんだけど、大丈夫かな？」

「父と母はどうなりましたか」

先に質問した圭輔に、警官がただうなずいた。なんだよそれ、どういう意味だ。

脇に立っていた少し年配の警官が応える。

「お父さんとお母さんも、搬送されたよ。ここはいっぱいだから、別な病院に運ばれたらしい。それで、今夜のことを少し聞きたいんだけど……」

なんだか、暗記してきたような話し方だと感じた。

圭輔たちがいるのは、このあたりでもっとも大きな病院のひとつだ。救急車で運ばれる先といえば、まず真っ先に名のあがる病院だ。圭輔でさえ知っている。それに、この病室だけをみても、ベッドは三つも空いている。どうして同じ病院ではないのか。

とてもいやな考えが浮かびそうになったので、あわてて振り払った。

「まず、火事だと気がついたときに……」

そんなことどうでもいいじゃないか、と叫びたかった。父と母の姿を見たい。呼吸が速く浅くなる。視界が狭く暗くなってくる。呼吸をしているのに息が苦しい。なんだこれ。胸を押さえる。体をふたつに折る。

警官が誰かを呼んでいる。

白い服を着た人間がふたり駆け込んできた。肩に注射を打たれた。痛みはほとんど感じなかった。

うつらうつらするうちに夜があけて、窓から光が差し込んでいた。今日も晴れて天気がいいようだ。

味噌汁《みそしる》と煮つけの匂いが漂ってくる。夕食をほとんど食べていなかったせいもあって、胃が鳴った。

考えなくてはいけないとても大切なことがあるが、考えたくなかった。

「圭ちゃん、ゆうべ過呼吸になったんだってさ」

となりのベッドで、達也がうれしそうに言ったが、無視した。

食事を終えたころ、暗い色のスーツを着た男がふたりやってきた。

「ちょっと話を聞かせてもらっていいかな」

こんどの男たちは刑事だった。

圭輔と達也に、前の晩に見たことややったことなどを、ゆうべより詳しく質問した。圭輔の両親がいまどうしているかについては触れなかった。

「きみの家で煙草を吸うのは、誰と誰かな」

年上の刑事がたずねた。

「たしか、おじさんだけだよね」すかさず、達也が答える。

質問した刑事は、達也の顔を見てから、圭輔に視線を戻した。

「彼の言うおじさんとは、正晴さんのこと？」

「はい、そうです。家で煙草を吸うのは父だけです」

「なるほど。それで、まえの晩にみんな何時ごろに寝たか覚えてるかな」

なにを聞かれても、すぐには答えられない。どんな簡単なことも、必死に考えないとひとつのまとまりにならない。起きたばかりなのに、横になりたかった。倒れるように枕に頭を載せ、天井を見た。

こんなの嘘だ。きっとどこかからやり直せる。カレーを食べていたころに戻ればいいのだ。

圭輔の代わりに達也が答えた。

「おばさんが寝たのは、夜の八時ちょっと過ぎで、おじさんはその一時間ぐらいあとだと思います」

また、刑事が圭輔に同意を求めたので、しかたなくうなずいた。

「たぶん」

「そのあと、きみたちは遅くまで起きていた？」

「ぼくは、おと——父のすぐあとに寝ました」

「きみは？」刑事が達也にたずねる。

「風呂《ふろ》に入ってましたけど、あがってすぐ寝ました」

「そのあと、お父さんかお母さんが起きたり、誰かたずねてきたりはしなかった？」

その質問には、ただ首を左右に振った。

そんな質問ばかりしていないで、早く父と母に会わせてほしかった。

刑事は、どうでもいいようなことをさらにいくつか質問したあと、圭輔と達也に血液型を聞いた。

「A型です」圭輔が先に答えた。

「ぼくも、A型です」達也がすぐに続いた。

刑事の聞きたいことはそれで終わったようで、またあとで話を聞きにくるかもしれないよ、と言って病室を出ていきそうになった。

「あの」圭輔が呼び止めた。「父と母はどこですか」

まだ覚悟はできていない。だからといって、聞かずにはいられない。

ふたりの刑事はすぐに応えず、顔を見合わせている。おまえが言えよ、そっちこそ、そんな会話が聞こえてきそうだった。結局、年上の刑事が口を開いた。

「じつは、すぐに運び出されて、この病院に搬送して、手をつくしたんだけれども――」

「会えないんですか」

「調べないとならないこともあって」

やはりそうだった。

大人たちの態度をみていればわかる。もう、両親に会うことはできないのだ。ことばを交わすことはできないのだ。圭輔、と呼んでもらうことはできないのだ。

「誰か親戚《しんせき》の……」

急に、まわりの音が聞こえなくなった。

――ばかねえ。泣いたってしょうがないでしょ。

母の声が頭の中に響いた。

――もうすぐ中学生なんだから、ちゃんとしないとな。

こんどは父の声だ。

――大丈夫よ。圭輔は、ちゃんとできる。

――ぶかぶかの制服姿を見て、笑ってやろうと思ってたのになあ。

刑事のひとりが圭輔の両肩に手を置き、なにかしゃべろうとしている。

声を出さずに、口をぱくぱく動かしているだけだ。

刑事の声が聞こえないのは、自分が大声で叫んでいるからだった。

いつのまにか現れた看護師に、また注射を打たれた。

「これで、気分が少し楽になるわよ」

女の看護師が、注射あとをさすりながら言った。

こんなもので気分が楽になるわけがないと思ったが、横になってしばらくすると本当に気持ちがゆったりしてきた。

刑事は、すぐに来てくれる親戚はいないかとたずねた。

「わかりません」ぼんやりとそう答えた。

「うちの母に連絡すれば、きっと来てくれると思います」脇から、達也が力強く言った。

8

一日中ベッドで横になっているのだから退屈だったはずだが、あまり時間の感覚がなかった。達也はしょっちゅう抜け出しては、女部屋にきれいな人がいたぜ、などと報告した。つぎの朝、年配の女性の看護師が来て、いろいろと説明してくれた。あとでまた警察の人が来ると思うけど、圭輔君はとくに怪我もないし、煙を吸ったようすもないので、今日の午後には別な施設に移る、という。

「わかった？」と聞かれうなずいた。うなずくしかない。

注射のかわりだと言って、飲み薬をもらった。飲んで少したつと、ぼうっとなってきて、体が軽くなった。目の前のことも別な世界のことのように感じはじめた。

隣のベッドを見れば、達也がマンガ週刊誌を読んでいる。

「圭ちゃんも読む？」

一冊差し出されたが、首を左右に振った。そんな気分ではなかった。

両親のことを考える。本当に死んだのだろうか。なにかの間違いではないのか。いまにもあのドアを開けて、入ってくるのではないか。

「達也！」

飛び込んできたのは、道子だった。

「ああ、おふくろ」

「怪我は？　火傷《やけど》とかしなかった？」

道子の表情からはいつものふてぶてしい感じが消えている。かなり心配していたようだ。達也は「血はつながっていない」と言ったが、やはりこんなときは心底から心配してくれるのだ。

道子は、風船のような胸に達也の顔を押しつけた。

「心配したんだよ」泣いていた。

「やめてくれよ」達也が、力ずくで顔を引きはがした。

「大丈夫だって言ってるだろ。それより――」そこでことばを止め、圭輔を見た。「圭ちゃんのお父さんとお母さんが」

「ああ。聞いた」

道子は圭輔のそばに寄って、布団の上からそっと叩《たた》いた。服から煙草の臭いがした。目のまわりの化粧が滲《にじ》んで不気味だった。優しくしてくれているのに、なぜか腹が立った。

「誰か、親戚の人は来た？」道子が聞く。

圭輔は黙って首を振った。

「とりあえず、施設に入るんだって」代わって達也が答えた。

「そうなの？」

「だったらさ、うちで暮らせばいいじゃん」

「そうだねえ」

道子は腕を組んで、しばらく考えていた。

「圭ちゃん、おばさんとこ来る？」

のぞきこむようにして質問した。

〝施設〟という場所がどこにあって、どんなものなのか、まったくわからなかったが、見ず知らずの他人に面倒を見てもらうのは間違いないだろう。そして、似たような環境の子どもたちと共同生活を送るのだろう。

道子を好きではなかったが、少なくとも顔見知りではあるし、なんといっても母の親戚なのだ。まったくの他人と暮らすよりはましな気がした。入院してからは、達也も少しだけ優しくなった。圭輔は、はい、と小さな声で答えた。

「ね。そうしなさいよ」道子は、自分に言い聞かせるようにうなずいた。「圭ちゃんのお母さんには少しばかりお世話にもなったし、引き取ってくれる親戚の人がみつかるまで、うちにいていいから」


その日の午後に退院した。

火事のあったのが二十九日の未明だったから、今日は十二月三十日のはずだ。

家がどんなふうになっているか、すぐにも見に行きたかった。もしかするとみんななにか勘違いをしていて、父も母も、家で圭輔の帰りを待っているのではないか。そんな気がしてならない。

「今日、焼いちゃうからね」

道子が軽い調子で言った。なんのことかわからずにいると、火葬場、とつけ加えた。

「お父さんとお母さんね、今日焼かないと、年明けになっちゃうんだって。だから、これから火葬場行くからね。うちは狭くてねえ、棺桶《かんおけ》をふたつも置けないし、死体と一緒に正月迎えるのも、気分のいいもんじゃないしね」

圭輔は耳を疑ったが、聞き間違いではなさそうだ。〝焼く〟というのは、父と母のことらしい。もうそんなところまで話が進んでいるのだ。火葬なんかにしたら、生き返れないじゃないか。足もとから力が抜けていく。

病院のロビーでタクシーを待つあいだ、道子が誰にともなくぼやいた。

「なにもこの年末に火事なんか出さなくたってねえ。あたしだってさ、せっかく大阪まで行ったのに、旦那《だんな》の手伝いほっぽり出して帰ってきちゃったし。電車賃だってばかにならないんだよ。ま、親戚だからしょうがないけどね」

火葬場は市街地から少し離れた場所にあり、まわりには緑が多く、子どもが遊べる小さな公園もあった。

建物の中に入ると、白っぽい木の棺桶が二つ並んでいた。喪服を着た大人が十人ほどいた。そのうち親戚はたったの四人、残りは近所の人だった。

父も言っていたが、両親とも親戚の数が少ない上に、遠くに住んでいるからだろう。

道子が、そうそう、と圭輔の背中に手をあてた。

「お父さんの会社に葬式のこと連絡したんだけど、『もう休暇に入っているから誰も行けません』ってさ。いざとなるとそんなものよ。頼れるのはあたしら親戚だけ」

伯母《おば》の佐和子の顔があった。夏に祖父の葬式で会って以来だ。あいかわらず落ち着かないようすできょろきょろしていたが、圭輔の顔をみつけると「圭ちゃん、大変だったね」と声をかけてくれた。

両親の顔を見たいというと、ブレザーを着た係の人が、棺桶のふたをはぐってくれた。

「お父さん」

黒焦げになっていたらどうしようと思っていたが、想像していたより――いや、想像していたとおり、きれいな顔をしていた。ただ、まったく生気が感じられない。不思議に思ってじっと見つめるうち理由がわかった。ぜんぜん、ぴくりとも動かないからだ。

「お母さん」

母の顔も焼けてはいなかった。髪の毛は少しぱさついていたが、誰かがひいてくれたのか、うっすら口紅をしていた。せめて、最後ぐらい自分で化粧したかったんじゃないかな。

そんな理屈に合わないことを考えると、感情が抑えられなくなった。

棺桶にしがみついて泣きじゃくっているのを、道子に引き剝《は》がされた。

数日前までたしかに生きてしゃべっていた両親は、二時間後には灰白色の燃えかすになった。

白い布に包まれた母を自分で、父のほうを達也に持ってもらって、タクシーに乗り達也の家がある団地に移動した。

「タクシー代、立て替えとくから」

そう言いながら、道子が煙草を吸おうとして、運転手に断られた。

あまりにめまぐるしくいろいろなことが起き、感情がだんだん麻痺《まひ》していくのが自分でもわかった。ただ誰かに言われるとおりに行動するだけだ。

例の竹林の少し先で、タクシーを降りた。

こうして、数日前までは近寄ることさえ避けていた、不気味な団地で暮らすことになった。これから当分、毎日ここで寝て起きるのだと、自分に言い聞かせた。

翌日の大晦日《おおみそか》に、親戚《しんせき》の四人が、浅沼家までたずねてきた。

鼻の先がつんとなるような寒い日だった。

佐和子伯母とそのつきそいだという白髪頭の男性、それに父の親戚だというふたり連れの中年男性。四人とも昨日火葬場で見た顔だ。今後のことを話し合うために、みんなでビジネスホテルで一泊したのだそうだ。

達也の家の居間の小さなこたつの周囲に、あわせて七人が座った。秀秋の姿はない。

親戚の人たちは口をそろえて「お骨はあずかれない」と言う。あんな小さな箱でさえだめなのだから、とても、圭輔を連れて帰ってくれそうには思えなかった。

わずかに期待がもてるとしたら、佐和子伯母しかないと思っていた。彼女は、骨を焼いているあいだ、ずっと圭輔のそばにいてくれた。挙動に少しおかしなところがあるが、やはりどことなく母に面影が似ている。暴力的ではなさそうだし、この人のところで暮らすなら、我慢ができるかもしれない。そんなふうにぼんやり思っていた。しかし伯母は、圭輔の手を握り、ぼろぼろと泣きながら、「うちには、ぼけ始めたお祖母《ばあ》さんと、グレ息子がいるから、とても圭ちゃんを引き取ることはできないの。ごめんね、ほんとにごめんね」と詫《わ》びた。

延々とめそめそ泣き続けている伯母を見ると、もうどうでもよくなった。

その場の話し合いで、当面のあいだ浅沼家で圭輔をあずかる、ということに決まった。焼けた奥山家の処理などは、おいおい決めましょう、と大人たちが決めた。

「いやあ、ひとまずかたがついてよかった」

「明日は元日だから今日中に帰らないと」

みんな、そんなようなことを言ってうなずきあっていた。

9

浅沼家の間取りは、六畳ほどのダイニングキッチンと、同じぐらいの広さのリビング、それに六畳の洋間が二つだ。そのほかに、ユニットバスと小さな洗面所、洋式のトイレがあった。

道子は宝石の訪問販売の仕事をしていると聞いていた。漠然とだが、家にはショーケースのような家具や立派な金庫があって、宝石を保管しているのだと思っていた。

ところが、宝石どころかガラス玉のアクセサリーすら見当たらない。その代わり、いたるところに缶酎《ちゅう》ハイの空き缶やごみの入った買い物ぶくろがちらかっている。なんだか変だと、最初だけ違和感を持ったが、自分の身に起きたことで頭がいっぱいで、すぐにそんなことはどうでもよくなった。

洋間のひとつが達也の部屋で、圭輔はそこに居候することになった。この部屋だけは、驚くほどきれいに片づいていた。物が少ないというのもあったが、たったいま整理整頓《せいとん》を終えたばかりのように、あるべきものがあるべき場所にある。メモ帳一冊、シャープペン一本だしっぱなしになっていない。いつも母親から「たまには部屋を片づけなさい」と叱られていた圭輔の部屋とは大違いだった。

意外な気もしたが、なにもかも計算して行動するようなところのある達也には、似合っているとも思った。

すでにパイプベッドがひとつ置いてあったが、その脇に、いろいろな臭いがしみついた少し湿った布団を借りて敷いた。

達也の家での眠れぬ一夜が明けると、元旦《がんたん》だった。二十一世紀最初の日だ。

二〇〇〇年の一月一日はなにも起きなかったが、たった一年後には、圭輔だけがなにもかも失っていた。一学期に国語の授業で、「二十一世紀に実現して欲しいこと、させたいこと」というテーマの作文を書かされた。そのときはまさか、自分がひとりぼっちになっているなどとは思いもしなかった。

食欲もなく、リビングでぼんやりしていると、三人で焼けた家を見に行くと言われた。途中、初詣《はつもう》で帰りや福袋でも買いに行くらしい家族連れとすれ違った。

現実とは思えない不思議な光景を、ぼんやりと眺めた。

家の半分ほどが焼けて黒くなり、壁が崩れ柱のようなものが突き出している。庭には、テーブルや焼け焦げたソファ、そのほかいろいろな家財道具が積み上げられていた。

「圭ちゃん、金庫がどこにあったか知ってる?」

道子のかけた声で、我に返った。

たしか、二階の両親の寝室に、郵便受けぐらいの大きさの手提げ金庫があったはずだ。

「たぶん二階に……」

そのとき、髪が真っ白な、かなり年配の男が近づいてきて、「圭輔君だよね」と声をかけられた。近所に住む平田《ひらた》という人物で、圭輔も顔を知っていた。

こいつはなにものだという顔をしている道子に、平田はこの地区の自治会長だと名乗った。

「大変だったね」

平田は圭輔をなぐさめてから、道子に会釈した。

「親戚の方ですか」

「そうですよ。圭ちゃんを一時引き取ることになってます」

胸を張る道子に、自治会長が、ちょうどよかった、ときりだした。

「じつは、焼け残っていた貴金属と金庫を、わたしのところであずかっています。警察の方に頼まれましてね。金庫といっても、本格的なやつじゃないんですが」

「ああ、よかった。誰かにもっていかれてるんじゃないかと心配しちゃって」

道子が、いかにもほっとしたという顔つきになった。

「自治会の役員が見ているまえで封をしましたから、大丈夫です」

「じゃあさっそく、いただけます？」

「もちろんです。ただ、歩きだとちょっと大変かもしれないですね」

「困ったわねえ。タクシー、呼んでもらえないかしら」

平田は人のいい人物らしく、道子がなにを言っても腹を立てるようすはなかった。それどころか、「もしよろしければ、うちの車で送ってさしあげましょう」とまで申し出た。

「やだ、助かるわ」と手を合わせ「でもそのまえに、家の中をちょっと見せて」と続けた。

自治会長は、自分の家の場所を説明し、「終わったら声をかけてください。車に金庫を積んでおきますから。あとで受け取りにサインしてください」と言った。早く誰かに渡してしまいたかったのかもしれない。

玄関は、リビングとちょうど反対側にあるので、火はまわっておらずきれいに残っていた。

道子は先に立って、玄関のドアをあけた。そのまま靴を脱がずにあがりこむ。達也があとに続き、圭輔は焼け焦げひとつないスリッパに履き替えた。

廊下を進むと、だんだん焦げ臭い匂いがきつくなった。

「うわ、すげえ」

達也が驚きの声をあげた。リビングはほとんど焼け焦げて、物がなかった。ガラスは割れ、壁に穴があき、外がまる見えだ。焼け残りの残骸《ざんがい》が庭に積み上げてある。母がまめに手入れしていた、まだ若いブルーベリーも薔薇も、ぐちゃぐちゃに踏みつぶされていた。

圭輔は二階にあがり、両親の寝室をのぞいた。一階ほどはひどくなく、床の四分の一ほどが焼けているだけだ。この程度の火事でどうして死なねばならなかったのか。なぜ、ちょっとした地震でも目が覚める両親が、あの騒ぎで起きなかったのか。悔しさと不思議な気持ちがぐるぐるとうずまいた。

大きめのダッフルバッグに、自分の勉強道具や焼け残ったアルバム、そのほか思い出の品物を詰めていった。

父が使っていた文具類や、母のそう高価でないアクセサリー類もみつけた。

父が買ったばかりだったデジタルカメラが見当たらなかった。三百万画素もあるんだぞ、とナイフのとき以上に自慢していた。できることならあれを探して持ち帰りたかったが、見つからなかった。

　バッグにいろいろ詰めていると、背中から道子の声がした。「今は、よけいなもの拾わないでね」と釘《くぎ》を刺された。

　あとでこっそり取りにくればいいと思って逆らわないことにした。

　達也は、圭輔のリュックにゲームソフトを詰めて背負い、一階の和室で焼け残った少し小さめの液晶テレビを抱えた。道子は、たんすやサイドボードをあけたりしめたりして、なにか見つけるたびに買い物袋の中に落とし込んでいった。二人とも、宝探しでもしているような雰囲気だった。

　自治会長の車で団地に戻るなり、道子が持ち帰った金庫を寝室へ持っていこうとする。

「あの、それは」

「大丈夫よ。勝手に使ったりしないから。きちんとあずかるわよ」

　勢いよく扉を閉められた。

　達也は、自分の部屋にテレビをセットしはじめた。

　なにもする気がおきずぼんやりしていると、道子が大量の惣菜《そうざい》を買い込んできた。

　新年になると、スーパーでおせち料理の値引きが始まるらしく、道子はそれを狙って買い出しに行ったらしい。

こたつの上に並んだ、プラスチックの器に入ったままの昆布巻きや煮物を見ても、胃のあたりが重く、箸《はし》をつける気分になれない。

「達也、好きなローストビーフ買ってきたから食べな」

「なんだ、輸入肉じゃん」

「贅沢《ぜいたく》言うんじゃないの」

「ちぇっ、自分はエビスビールとか買ってきたくせに」

圭輔は、身の置き場がなくて困った。居間には狭いうえに大量のものが散らばっていて、しかも煙草臭い。食事が終わると、道子はごろりと横になってテレビを見はじめた。達也は部屋のカーテンを閉めきってテレビゲームに熱中している。

圭輔は、ちょっと出てくると言い残して、ふたたび自分の家に向かった。

顔見知りの五歳ぐらいの女の子が、ピンク色の晴れ着を着せてもらって、両親に手を引かれ、どこか誇らしげな顔で歩いていた。


翌朝、圭輔が目覚めたときには八時を回っていたが、達也はまだ軽いいびきをかいているし、道子も寝室で寝ているようだ。リビングのこたつには、きのうだらだらと食い散らかしたパック入りのおせちが、そのまま散らばっていた。

何もしたくないが、外の空気が吸いたくなって、団地から出た。冷たい風に吹かれながら歩くうち、自然に足は焼け跡に向かった。何度見ても、やっぱり焼けているし、両親の姿はない。ひとりで、家の中をゆっくりと見てまわった。

正午近くなって戻ると、さすがに二人とも起きていて、いつの間に用意したのかリビングのこたつですきやきをはじめたところだった。

「うわ、圭ちゃん勘がいいね。ちょうどいまはじめたところ。国産黒毛和牛だぜ」

鍋《なべ》に具材を入れながら達也が大声をあげた。

缶ビールをあおっていた道子は、煙草の煙を噴き上げ、得意げな顔だ。

「正月値段だけど、たまには奮発しないとさ。元気つけてもらわないとなんないし」

意味ありげにふふっと笑ってから、そういえば、と圭輔にほほ笑みかけた。

「こんどから、圭ちゃんには買い物に行ってもらうよ。家にいるんだから、それぐらいいいわよね」

そんなことより金庫の中身はどうなったのだろう。

昨日道子は、近所の家で工具をいくつか借りてきた。そのあと部屋の中から、金属を叩《たた》いたりこすったりする音が聞こえていた。金庫は開いたのだろうか。どうせ聞いてみても、まともに答えてくれないにきまっているが、中になにが入っていたのか、お金はいくらあったのか、せめてそれだけでも教えてもらいたい。

あれは父と母のものだからだ。

「圭ちゃんも、こっちきて早く食べなよ」

口いっぱいに肉をほおばった達也に呼ばれて、圭輔はこたつの前に座った。なんとなく、肉は食べたくなかった。しらたきをひとくちすすりあげる。意外にうまかった。

「ねえ、お母様」口のまわりを汚した達也が、猫なで声を出す。

「なによ、気持ち悪いわね」

「もうちょっとお年玉、くれない？」

「ばか。そんなお金ないわよ」

金の話になったので、思い切ってきりだした。

「あのう、金庫のことなんですけど――」

道子が、心配しないで、という表情を浮かべた。

「昨日も言ったでしょ。うちであずかるから。でも、勘違いしないでね。あずかるっていうのは、使わないっていう意味じゃないから。だってそうでしょ。いろいろとお金もかかるんだから。こうやって、お肉だって食べるわけだし。――まあ、あなたの引き取り先がみつかったら、経費を差し引いて返すから大丈夫よ」

「はい」

視線を落とした圭輔に、道子が「そういえば」と話しかけた。

「出火の原因聞いた？」

「いえ」顔を上げ、道子を見る。「聞いてません」

「そうなの？　子どもに言ってもしょうがないからかしら。――あのね、煙草の火の不始末だって」

「煙草?」

「うん。火元は、たぶんリビングのクッションだって」

リビングのクッション? クリスマスツリーの近くにあったやつだろうか? どうして煙草の火でそんなものが燃えるのだろう。そういえば、刑事たちも「煙草を吸うのは、誰と誰かな」と質問していた。

「よく煙草の不始末っていうけど、あれってさ、落ちてすぐ燃えるんじゃないのね。長いときは五時間くらいくすぶってるんだって。あたし、はじめて知ったわ」

まさか、いやそんなはずは——。

頭が混乱し、呼吸が速くなった。額に汗が湧き出てくる。また過呼吸という症状だ。

「警察が言うには、煙草の先の火のところがクッションに落ちて、二時間か三時間ぐらい経ってから燃えて、そばに出しっぱなしにしていたクリスマスツリーのひらひらに燃え移ったんじゃないかって——」

クッション、クリスマスツリー。そんな、そんなことがあるだろうか——。

「達也、あんたも気をつけなさいよ」

「大丈夫だよ。ちゃんと灰皿のあるところで吸ってるから」

ゆっくり呼吸して、気持ちを落ちつけた。

クリスマスツリーも、クッションも、サイドボードのわき、出窓のすぐ近くにあった。

あの夜、父は圭輔たちより先に寝た。少なくとも、リビングでは吸わなかった。そのあと、あの場所で喫煙したのは――。

ならば、火事の原因を作ったのは――。

「やっぱ、牛は国産じゃないとね」

うれしそうな達也と目があった。いつのまにか、指に火のついた煙草を挟み、にこにこしながら煙を噴いた。やめろ、煙草なんか吸うな。

「圭ちゃんも、早くツリーを片付けときゃよかったんだよ。っていうか、うちなんてもとからツリーがなくてラッキーだったね」

「ほんとだ」

道子とふたり、声をそろえてげらげらと笑った。

「でも、あんまり落ち込まないほうがいいよ。きっとこれも運命なんだよ」

すきやきの湯気がたちこめるリビングに、楽しそうな声が響き渡った。


すきやきがほとんど終わりになったころ、ぼんやりしている圭輔に、道子が「話があるんだけど」と真剣な顔で声をかけた。

「この先のことなんだけどね、圭ちゃんはまだ小学生だし、このままずるずるうちであずかるわけにはいかないのよ。わかるでしょ」

「わかります」すなおにうなずいた。

「選択肢はふたつにひとつなのよ。まずひとつは、同じような子どもが引き取られる施設で面倒をみてもらう方法ね。施設がどんなところかあたしは知らない。だけど、いってみれば他人の中で暮らすわけね。もうひとつは、誰かに引き取ってもらう。具体的にいえば、親戚《しんせき》とかね。そうしてコウケンニンになってもらって、大人になるまで親代わりになってもらうのよ」

煙草を吸いながら話すので煙たかったが、大切な内容なので我慢した。コウケンニンというのは、『後見人』のことだろうと想像がついた。

「誰か、それになってくれるんですか？」

「そこが問題。圭ちゃんのところは親戚が少ないからねえ。このあいだのお葬式のときに来た親戚の人たちはみんな、うちじゃ引き取れない、って感じだったでしょ。『明日は元日だから帰らなきゃ』みたいなことを言ってたじゃない。まあ、いざとなると冷たいものよ」

がっかりした。親戚の誰かが引き取ってくれるという話が、具体的に出ているのかと期待したのだ。うなだれていると、しきりに煙草を噴かしていた道子が、「もしなんだったら」と言って、吸いさしを灰皿で押しつぶした。

「圭ちゃんが『どうしても』って希望するなら、うちで暮らしてもいいわよ」

「ここで？」

思わず部屋の中を見まわした。正直にいえば嫌だ。やっぱり、今まで住んでいた家で、いままでのように両親と暮らしたい。だけどそれは、かなうはずがない望みだ。

「そのかわり、圭ちゃんの面倒をみるためには、さっき言った後見人っていうのにならないといけない。つまり親代わりになるってこと。いろいろめんどくさい手続きとかあるらしいんだけど、圭ちゃんのためにやってあげてもいいわよ。どうする」

とても重要な判断を求められているのはわかった。今後の生活ががらっと変わってしまう可能性もある。すぐには答えられない。道子は、圭輔が考え込んでいるのを不満なのだと勘違いしたらしく、少し機嫌の悪そうな口調に変わった。

「べつに、無理にとはいわないわよ。でも、施設に入ると転校することになるわよ。せめて、お友達ぐらいはいままでどおりがいいんじゃない。なんだったら、卒業まで同じ小学校に通えるように頼んであげる。それに、達也と兄弟みたいに一緒に暮らせるんだよ。それとも、達也は嫌い？」

もちろん嫌いだ。一緒になんか暮らしたくない。でも、正直には言えない。

「そんなことないです」と答えていた。

達也の家からなら、中学校はもともと通う予定だったところだ。ならば、小学校のときの友達と一緒に過ごせる。それがとても重要なことに思えた。

「ここにいさせてください」

「じゃあ、決まりね。うちで一緒に暮らしましょ。それがいいよ。親戚なんだから」

「お願いします」

「やったな、圭ちゃん」達也が背中を痛いほど強く叩いた。

10

その後は、ずっと晴れ間を見なかった気がする。

現実に曇り空が続いたのか、ただそう感じていただけなのか、圭輔自身にもわからない。

達也の家で暮らすようになって、四、五日経ったころのことだ。圭輔にはめずらしく夜中に目が覚めた。

寒くて布団から出たくなかったが、無性におしっこがしたかった。道子の作ったしょうが焼きがしょっぱくて、水をがぶがぶ飲んだせいかもしれなかった。ベッドに達也が寝ているかどうかは気にしなかった。

冷気に身震いしながら部屋を出ると、どこからか人の声が聞こえた。反射的に動きをとめて、耳をすます。

声は、道子の部屋から聞こえてくる。あっ、あっ、あっ、という規則的な、そして苦しげな大人の女の声だ。あの道子が病気だろうか、風邪でもひいて高熱を出したのか。少し心配になったが、こちらから声をかける勇気はなかった。

達也に相談しようかと部屋に戻りかけたとき、同じ部屋の中からまさにその達也の声が聞こえた。

「あんまり……聞こえる……」

低く抑えた声だった。

道子の苦しげな声が止まり、達也よりもっと低い声でなにか応えた。中身はほとんど聞き取れない。

「あっ、あっ、あっ」

すぐにまた、短くリズミカルな声が始まった。冷えた床に触れる足が痛いのを我慢してようすをうかがった。道子の声がしだいに大きくなっていく。

これは看病してるんじゃない。はっきりとはわからないが、とてもおぞましいことが起きている——。

心臓が痛いほど強く脈打っていた。

息を殺し、足音をたてないよう部屋に戻った。緊張と寒さで胃のあたりがこわばっている。

まだ小便していないことに気づいた。我慢できなかったので、窓を五センチほどあけてそこから外へ放った。冷気が鼻につんと沁《し》みた。

一緒に暮らしたいと答えたことを、ものすごく後悔していた。

何日経っても、道子はきちんとした〝お葬式〟をやってくれそうな気配がなかった。かといって、自分ではできない。一度だけ、道子の機嫌のよさそうなときに切り出してみたが「もうやったでしょ」とあしらわれて終わった。ただ骨を焼いた、あの日のことを言っているらしかった。

三学期も同じ小学校に通うことになった。

浅沼家に居候しているなら、本来は達也と一緒の学校に通わなければならないのだが、こんなときだからそのままもとの小学校に通うように頼んであげたと、道子が恩着せがましく言った。

始業式の前日に、担任の田端《たばた》先生が達也の家までようすを見にきてくれた。ひとりで留守番をしているときだった。

「浅沼さんが、転校の手続きがめんどくさいってごねるから、卒業までこっちに通うことになったよ」

そういって苦笑いを浮かべた。

田端先生は、気持ちが落ち着かないようならしばらく休んでもいいと言ってくれたが、大丈夫ですと答えた。あまりこの家にはいたくない。かといってほかに行くところも知らない。ただ、机に向かっていればいいのだから、通学することが一番楽そうな気がした。

始業式の朝、学校が近づくにつれてなつかしい顔をいくつもみつけた。

「おはよう、おはよう」

白い息を吐きながら、挨拶してくれる。

「圭ちゃん、大変だったな」

わりと仲のよかった級友たちが、かけ寄ってきて声をかけてくれた。それだけで涙が出そうになる。

「おれ、見舞いに行きたかったんだけどさ、迷惑になるからやめろって、親が止めてさ」

「年賀状出しちゃってごめんな」

「クリスマスプレゼントでゲームダブったから、ひとつ貸してやろうか」

ぼろぼろと涙がこぼれて返事ができなかった。

授業がはじまると、田端先生も気をつかってくれているのがよくわかった。授業中はなるべく指さないようにしているし、宿題を出すときも「奥山は無理しなくていいからな」と言う。

学校帰りや休日には、燃え残った自分の家に行き、暗くなるまでそこで時間を潰《つぶ》した。衣類を着こんでいても、体の芯《しん》から冷えて鼻水が止まらなかった。

家には、まだ思い出の品がいくつもあった。たとえば、父の文具や本、母が使っていた料理道具などだ。しかし道子から「家にはおけないから、金目のもの以外は持ってこないで」と釘《くぎ》を刺されている。小さな段ボール箱ひとつ分だけ許してもらった。

だけどいい。

ここに来れば触れる。焼け跡は、いわば自分の隠れ家だ。これからも、ここが自分の家だ。

道子も宝石の訪問販売を再開したらしく、一日中家にいるようなことがなくなった。

「あたしも仕事があるから、これからは圭ちゃんにも手伝いをしてもらうからね」

そう言われた。具体的には、毎日学校帰りに買い物をしたり、風呂場《ふろば》を洗って湯を張ったりするのだ。

朝、圭輔と達也が学校へ行く時刻に、道子はまだ寝ている。こたつテーブルの上に、買い物リストと最低限必要な現金の入った財布が載っている。これを持って安売りスーパーへ寄るのが日課になった。

道子はほとんど料理をしない。せいぜい、具とスープの素を一緒に煮るだけの鍋物《なべもの》か、肉に市販のたれをかけて焼くぐらいだ。

夕方六時過ぎに道子は疲れた感じで帰ってくる。二着分ぐらいの生地を使ったのではないかと思える巨大なスーツを着て、圭輔でも知っているブランドのロゴの入ったバッグを持っている。しかし、かんじんの宝石は持っていない。一度だけどうしているのか達也に聞いたが、「スーツケースや見本の宝石は危ないから〝事務所〟に置いてある」と答えた。その事務所に顔を出してから営業に回るらしい。

三学期が始まって二週間ほど経ったころだった。達也の父、秀秋が帰ってきた。

キッチンで圭輔が道子の手伝いをしていると、突然玄関のドアを開けて入ってきた。もうひとり、背は低いががっしりした体格の男と一緒だ。

秀秋は圭輔をちらりと見ただけで、挨拶《あいさつ》もなかった。道子に向かって、連れの男を紹介した。

「こちら富樫《とがし》さんだ。これからの手続きは富樫さんにお願いする」

「よろしく」

富樫と呼ばれた男は、少し窮屈そうなスーツを着ていた。秀秋と同世代だろうか。皮膚がぱんぱんに張った顔にたくさんの皺《しわ》を寄せて笑った。ぎょろっとした感じの目が怖かった。

「きみが圭輔君だね」きつめの男性化粧品の臭いがする。

「はい」

「少しだけ面倒な手続きがあるけど、おじさんにまかせてくれればいいよ。心配ない」

「はい」

大人三人にじっと見つめられて、そう答えるしかなかった。


それ以降、この富樫という男はちょこちょこと、浅沼家に顔を出すようになった。

秀秋と一緒のこともあれば、ひとりでやってくるときもある。あいかわらずぎょろっとした目を圭輔に向けて、今後の手続きについて説明した。道子が後見人になるために、たくさんの書類を裁判所に提出し、とても面倒な手続きをしなければならないと言う。

「きみも一度か二度、裁判所に行ってもらうことになると思う。そこで意見を聞かれるから、『浅沼さんのお宅でこれからもお世話になりたいと思います』と答えるんだよ」

いまさらいやだとも言えず、うなずくしかなかった。

しかし、大人たちの中で一番不気味だったのは、やはり秀秋だ。とにかく、じっと見つめられただけで体が凍りつきそうな目をしている。

圭輔はひそかに、秀秋に対して〝死神〟というあだ名をつけた。

経営コンサルタントというのが具体的にどんな仕事なのか知らないが、電車の中でみかけるような普通のサラリーマンには見えなかった。すごく痩《や》せていて、やすりでけずったようにそげたほおをしている。家にいるときは、額にかかる少し長めの前髪をかきあげながら、コップに注いだ焼酎《しょうちゅう》をなにも割らずに飲む。いくら飲んでも顔色はほとんど変わらないし、陽気に鼻歌を歌ったりしない。ときどき、道子や達也になにか命令する。さすがの達也も、死神には逆らえないようだった。

父親が家にもどってから、達也はあまり家にいないようになった。夕飯のころにならないと帰ってこない。冬の太陽はすぐに傾く。夕日が差し込む薄暗い部屋で、死神とふたりきりになることもあった。

このころ秀秋は「いまごろ生えてきた親知らずが痛む」と言って、機嫌が悪そうだった。左のほお骨のあたりを押さえては、シーシーと息を吸い込む。それが、圭輔には死神の舌なめずりに見えた。

戻って何日か経ったころ、秀秋はとうとう親知らずを抜いてきた。かなり痛むらしく、顔をしかめている。ぶつぶつ言いながらリビングに座り、いつものようにストレートの焼酎を飲み始めた。

「大丈夫ですか」つい、声をかけてしまった。

圭輔を見た秀秋の手に持ったグラスの中身は、口から流れ出たらしい血で赤く染まっていた。

「なにがだ」

低い声で応じて、そのまま赤い液体をあおる。本当に死神みたいだ。

「……いえ、べつに」

あわてて首を左右にふると、秀秋のほうから話題を変えた。

「いまさら、撤回できないぞ」

「……なにが、ですか？」

秀秋は柳の葉のように細い目で圭輔をじっと見た。

「後見人選任のことだ。これだけ手間をかけて、大勢の大人が動いている。いまさらいやですとは言えないぞ。覚えておけ」

口の端を曲げたので、歯が痛むのかと思ったが、笑ったようにも見えた。

はい、とうなずくしかないし、いまさらどうでもいいと思いはじめていた。毎日「あんたはこの家で面倒みてもらうしかない」と言われ続けて、たしかにそうだと思うようになっていた。それに、助けてもらいたくても両親は死んでしまったのだ。

こうして、達也と道子と〝死神〟秀秋との、息苦しいような生活が始まった。

圭輔は、道子には秀秋に知られたくない秘密があることに気づいていた。達也との関係のほかにだ。

秀秋が戻ってくる少し前のことだ。学校の行事の関係で、授業が半日で終わる日があった。給食を食べたところで一斉下校になる。いつもより二時間ほど早く帰宅すると、浅沼家のドアから出てきた男にぶつかりそうになった。

男からは煙草の臭いがした。体つきはがっしりした感じで、作業ジャンパーのようなものを羽織っている。肩から、かなり使い込んだ革のショルダーバッグを提げていた。

男は圭輔の顔を見ようともしないで、急ぎ足で帰っていった。顔はちらりと見えただけだったが、ずるそうな目をしていると思った。

部屋に入ると、なにかを片づけていた道子がめずらしく少しうろたえて、「どうしてこんなに早いのさ」と責めるように言った。汗が浮いた額に、何本かほつれ毛がかかっている。きつい体臭が部屋に満ちていた。

その二日ほどあと、めずらしく用事をいいつけられなかった日にぶらぶらと歩いて時間をつぶしていると、ドラッグストアの駐車場に停まった車から、スーツ姿の道子が降りるところを見た。圭輔はあわてて街路樹の陰に隠れた。紺色の乗用車の運転席から降りたのは、あの作業ジャンパーの男ではなかった。形崩れした感じのブレザーを着た、馬のように顔の長い男だった。

さらに別のもっと若い男とラーメン店に入るところも見た。

あの作業ジャンパーを着てショルダーバッグを肩からかけた男のことは、その後も何度か見かけた。

道子の弱味を握ったような気がしたが、どう扱えばいいのかわからなかった。

ほどなく裁判所に連れていかれ、何人かの大人を前にして、あれこれと質問された。ようするに、道子を後見人と指定することに同意するか、ということだ。

「はい。浅沼道子さんにお世話になりたいと思います」

いつの間に誰が用意したのか、秋田の佐和子伯母《おば》の『親族を代表して道子を後見人にすることに同意する』という書類も完成していた。大人たちがどんどん話を進めているのに、自分ひとりが逆らうわけにはいかない。

いよいよ、道子が後見人になるのだ。

裁判所へ行ったその日の夜、道子と死神が言い争いをしているのが聞こえた。

「——そんなこと言ったって、まだうちの金じゃないんだよ」

「うるせえ、ガキをあずかってんだろうが。親代わりなら、金だってこっちのものだろうが」

「まだ指定されてないでしょ。それに、あんたが毎日飲み歩くための金じゃないからね。

裁判所にばれるよ」

「保険金だって入るんだろう」

道子が、ばか、声がでかいよ、と押し殺したように言った。

「圭輔の代理人として保険会社に催促したんだけどさ、相続がどうとか言ってぐずぐず引き延ばしてやがるんだよ。銀行の口座だって手続きが終わるまで凍結だしさ。それに、金庫に金がいくら入ってたと思うんだい。こっちはめんどくさい手続きしながら、少ない金でやりくりしてるんだからね」

「うるせえ。ぐだぐだ言ってねえで、さっさと金寄越せ」

「言っとくけどね、金はもともとあの子のものだから。そして、あたしがあの子の後見人なんだよ。財産の管理はあたしがするから、覚えときな」

秀秋は意味をなさない悪態をついて、出ていってしまった。


風はまだ冷たいが、昼間の日差しはなんとなく春めいてきたように感じはじめた、ある日のことだ。

昼休みに職員室に来るように言われ、そのあと田端先生に連れられて《応接室》という部屋に入った。

椅子に腰かけて待っていたスーツを着た男の人が、圭輔の顔を見るなり立ち上がって「こんにちは」と挨拶《あいさつ》した。きびきびした感じの人だった。

「亡くなったお父さんの会社の方だそうだよ」田端先生が紹介した。

「タナベといいます。お父さんの下で働いていました」

体も声も大きいが、優しそうな人だという印象を持った。

「こんにちは」圭輔も挨拶を返す。

タナベという人は、隣の職員室まで聞こえそうな声で説明してくれた。

「後見人だという女性に『葬儀は内々で済ませました。もしお志があれば郵送して下さい』と言われて、申し訳ないけどそうさせてもらいました」

初めて聞く話だった。しかし「知らない」とは言えず、「ありがとうございました」と礼を言った。いままで、会社の人がだれも来なかった理由がわかった。

「それと、『私物はすべて処分して下さい』と言われたので、ほとんどはこちらで処分しました。だけど、これだけはどうしても捨てられなくて、直接渡したほうがいいかなって思って、一度圭輔君にも挨拶もしたかったし、それで学校にお邪魔したんだけど迷惑だったかな。——これなんだけど」

圭輔の返事を待たずに、ノートの半分ぐらいの大きさのビニール袋を差し出した。

「ありがとうございます」

中に入っていたのは写真立てだった。

去年の春休みに、家族三人で近所の公園へ花見に行ったときの写真を、プリントしたものだ。

たしかあのとき、木の切り株にカメラを置いて自動シャッターで撮ったので、全体が斜めに傾いてしまったことを思い出した。

雪のように花びらが舞う下で、カメラを指差し三人とも大笑いしている。この写真を選んだのは父らしいなと思い、もう一度礼を言った。

ふと窓のすぐ向こう側で、梅の花がほころんでいるのが見えた。

その日も学校帰りに焼け跡へ寄ってみると、ショベルカーが家の前に停まって、耳をふさぎたくなるような大きな音をたてていた。

家を壊している。それもかなり乱暴に。壁は無残に崩れ、すでに屋根はほとんどない。あたりには、ヘルメットをかぶりだぶだぶのズボンをはいた作業員風の男たちが何人かいて、家が壊れていくようすをただ眺めていたり、散らばった破片をトラックの荷台に積み上げたりしている。圭輔は勇気をふり絞って声をあげた。

「なにしてるんですか」

一番近くにいた男がふり返った。日焼けした、力強そうな顔つきをしていた。

「危ないから来ちゃだめだ」ショベルカーの音にまけないような大声で怒鳴った。

「ここ、ぼくの家です」圭輔もせいいっぱいの声で怒鳴り返した。

邪魔な野良犬を見るような目をしていた男は、少しだけ優しそうな表情に変わった。

「そうか。家が燃えたんじゃ大変だったな。おじさんたちがきれいにするから。そしたら、また新しい家を建ててもらいな」

誰にですか？

そうつっかかってみたかったが、この作業員が悪いわけではない。それよりも、いったい誰がこんな工事を頼んだのだろう。

役所や警察の人間が勝手に進めたのだろうか。まさか道子か。止めるにはどうすればいいのだ。

巨大な腕が振り下ろされるたびに、あっけないほど簡単に壁が崩れ、家の内臓がむき出しになっていく。きっとあの下で、いろいろなものがつぶれているはずだ。こんなことになるなら、たとえ道子に叱られても、もっといろいろ持ち出しておけばよかった。

一時間ほどすると、家はただの残骸《ざんがい》になった。男たちが木材などを、手際よくトラックに積み上げていく。

乾燥した冷たい風に、ツリーに飾る銀色のモールが飛ばされていった。

家に戻って、テレビを見ている道子に話しかけた。テーブルの上には、ビールの空き缶が数本並んでいる。最近はあまり仕事に行ってないようだ。

「家、壊すように言ったんですか」

「は？　なんの家？」道子の目は濁っている。

「ぼくたちが住んでいた家です。さっき、ショベルカーで全部壊されてしまいました」

道子は、ああ、とうなずいて煙草に火をつけた。

「手続きが大変だったよ。日本の法律はほんとにめんどくさいね」

いかにも肩が凝ったというように、自分で肩や首筋をもんだ。

「どうして壊したんですか」

「でも、お父さんとお母さんの……」

「どうしてって、あのままにできないでしょ。役所だってあれこれ言ってくるし」

「あのね、圭ちゃん」道子は鼻の穴から大量の煙を噴きだした。「すぐ『お父さん、お母さん』ていうけど、あの人たちは死んじゃったの。もうこの世にいないの。済んだことをいつまでもぐずぐず言ってたってしょうがないでしょ。あたしだって、好きでやってるわけないわよ。それとも、お骨になった人たちがなんか面倒みてくれるわけ？」

道子が灰皿のふちで煙草を乱暴に指ではじくと、先っぽの火種が灰皿に落ちた。それを見て、また過呼吸になりそうな気がした。ゆっくり深呼吸をした。

「秋田の伯母さんは、このこと知ってますか」

「もちろんよ」テレビに視線を戻しかけた道子が、ふたたび睨《にら》んだ。「あの人にも頼まれてやってるの」

乱暴に缶ビールをあおる。唇のはしから、液体がこぼれて流れた。目つきがみるみる険しくなった。ちくしょう、と悪態をつき、缶を握りつぶした。

「こっちは親切でやってんのにさ、そんな言われかたして心外だよ。気に食わないなら、いつでも好きなときに出てってくれ。さあ、どうぞ。あんたがひとりで土地を売ったり口座の管理ができるならね。ああ、そうだ。出ていくときは骨壺《つぼ》を忘れないように。あんな邪魔くさいもん、燃えないゴミの日に出したろか。まったく。さあ、出ていきなよ」

あまりの道子の勢いに、圭輔は唇を噛《か》んでうつむいた。

ちょうどそこへ、達也が帰ってきた。流行《はや》っている歌を口ずさみながら玄関からあがってきたが、いつもと違う雰囲気に気づいたらしい。

「どうかした？」

道子が、ふん、と鼻を鳴らす。

「この子が、あたしのやりかたが気に入らないっていうから、じゃあ出ていってくれって言ってたとこ」

「うそお」達也が大げさに驚いた。「圭ちゃん出ていくの。寂しいな」

「どうするんだよ」道子がきつい調子で言う。「さっきみたいな言われかたして、あたしもこのままじゃ気が済まないからね。めんどくさいばっかりの後見人なんていう貧乏クジ引かされてさ」

もちろんいますぐ出ていきたい。以前話に出た〝施設〟に入ったほうが、ずっとましにきまってる。しかしいま出ていったなら、このままなにもかも彼らに奪われてしまうだろう。

「いさせてください」うなだれたまま、ぼそっと声に出した。

「え？　よく聞こえない」

「ここにいさせてください」

「そのまえに、言うことがあるでしょ」

「ごめんなさい」

「ほんとに反省してんの」

「してます」

「あたしに、代わりに管理して欲しいわけね」

答えるまでに少し間が空いた。

「……はい」

「聞こえない」

「お願いします」

「親切でやってるってこと、覚えておいてよ」

「はい」

道子はとたんに機嫌のよさそうな声で、冷蔵庫からもう一本缶ビールを出すよう達也に命じた。

その後も、道子は現金を渡してくれなかった。

「きちんと管理しろって、裁判所からうるさいほど指導されてるから」

それが道子の口癖だ。

学校の集金だけは、しぶしぶと小銭までぴったりの額を渡してくれたが、小遣いと呼べるものは、百円玉一個くれなかった。だから、火事のあとに部屋から持ち出した、自分名義の貯金通帳と財布だけが全財産だった。財布には千三百円と少し、通帳にはいままでのお年玉を貯めた三万二千円が入っている。これが、自由になるすべてだ。

浅沼家の誰かに奪われないよう、通帳も財布も肌身離さず持っていた。風呂《ふろ》に入るときでさえ、ビニール袋に包んで持ち込んだ。

毎日買い物に行くスーパーの生花コーナーに、春の花が増えはじめた。パンジー、チューリップ、芝桜ぐらいしかわからないが、色とりどりに咲いている。

そんな、三学期も残り少なくなったある日、部屋で膝《ひざ》をかかえぼうっとしていると、居間のほうから達也の「やったー」という歓声が聞こえてきた。

久しぶりにすきやきだろうか、それともステーキだろうか。

ここに引き取られた直後、まだ三人で暮らしていたときは、達也の希望で、肉がメインのそこそこ豪華な料理が出ていた。その金がどこから出ているか考えると食欲は落ちたが、それでもうまいことはうまかった。ところが、死神が戻ってからはようすが変わった。「おまえらばっかりこんなもの食いやがって」と怒るからだ。自分は夜通し飲み歩いているくせに、帰ってくるとゴミ箱をあさって、三人がなにを食べたか調べ、贅沢《ぜいたく》だと判断したときは荒れるのだった。

したがって、安売りのコロッケだとか、賞味期限が迫って半額になった豚肉だとかが晩飯のおかずになった。ただ、圭輔に内緒で、しょっちゅう道子と達也が外食しているのはわかっていた。圭輔に半額のシールが貼ってある惣菜《そうざい》を渡し、そろって出かけていく。帰ってきたふたりの体からは、きまって煙草と焼き肉か中華の臭いがした。

しかし、達也が喜んだのは、晩飯のメニューのことではなかった。部屋に飛び込んでくるなり、おい圭ちゃん、と肩をつかんでゆすった。

「引っ越しだって」

「誰が、どこへ？」

「もちろん、おれたちみんなだよ。こんどはマンションだってさ」

話を聞けば、もう少し駅に近い、賃貸マンションに越すことになったらしい。

「おれ、フローリングの床がよかったんだよな。こんな、汚ねえ板の間じゃなくて」

引っ越すのはいいが、その家賃はどこから出るのだろう。以前は——想像だが——ときどきわが家に金を借りにきていたようすだったのに、急に外食が増えて引っ越しまでするようになったのはなぜか。

もちろん、金の出所《でどころ》はわかっている。しかし、誰も味方がいないこの家で、どんなに抵抗してみても、勝てるはずがない。

11

社会科の校外学習で、養豚場を見学にいったことがあった。きれいに掃除された豚舎で、大切に飼われていた。いまの自分は、あれよりひどい生活をしていると思った。臭くて狭いゴミだらけの部屋で、ぷんと臭うような惣菜を食い、着るものは三日に一度ぐらいしか洗濯させてもらえない。もちろん、新しい服など買ってくれるわけがない。学校では、しだいに話しかけられることが少なくなった。

新学期がはじまってすぐのころは、優しいことばをかけてくれた友人たちも、髪をべたつかせ異臭をただよわせている圭輔に、近寄りたくないのはしかたがない。

クラスにひとり、圭輔が好意を抱いている女子がいた。中学にあがったら、できれば同じ部活をやって、ちょっとしたきっかけで仲良くなれたらいいな、そんなふうに空想したこともあった。いまとなっては、とんでもない勘違いに思えていた。

引っ越す直前のある夜、激しい雨が窓を叩《たた》いて、夜中に目が覚めた。トイレに行こうとして廊下に出ると、聞き覚えのある声が聞こえた。

「あっ、あっ、あっ」

また道子の声だ。そういえば、今日は秀秋がいない。息を殺してようすをうかがう。鼓動が速くなったが、前回よりは緊張しなかった。

達也がぼそぼそと何かしゃべっている。

道子は、ああ、とか、うう、とうめくだけだ。

しだいにふたりの声が大きく速くなり、最後にほとんど同時にうめき声をあげて、急に静かになった。

圭輔は息を殺して、耳をすましていた。しゅっという音がして、やがて煙草の臭いが漂ってきた。

道子が、かすれ気味の声でなにか言った。息が荒い。

「――どうでもいいだろ」達也はそんなふうに答えた。

道子がふふんと笑って何か言う。

「それにしても、あいつ、じゃまだよな」達也の口調が変わった。「裁判所の手続きが終わったんなら、あいついなくてもいいだろ」

心臓があばらを破って飛び出しそうだった。さらに耳をよせ、聞き漏らすまいとした。

「じゃまだったら、どうするのよ」道子の声も聞き取れる。

「どっか、いなくなんねえかなあ」

胃のあたりが重くなり、吐き気がしてきた。

「ならないよ。この家に金があるの知ってるんだから」

「あいつ、みんな使っちまうんじゃねえの。また、競輪とかやってさ」

競輪――？

勘違いだったらしい。どうやら死神のことを話しているのだとわかって、どきどきが、少し収まった。

「大丈夫だって。安い飲み屋に行くぐらいの金しか渡してないから。なんてったってあたしの金だからね。そうそう好きにはさせないよ」

「いなくなれば、せいせいするんだけどな」

短い沈黙があった。道子がぼそぼそとしゃべる。

「たしかに。酒飲むと見境がなくなるところがあるしね。あたしも、このまえみたいに殴られて病院騒ぎはやだからね。ちょっと考えようか」

「男に頼んでみろよ。彼氏が何人もいるんだろ。あの運送屋のオヤジとか」

「ばか。そんなんじゃないよ」

「ふん、おれ、知ってんだぜ。まあ、いいけどさ。――なあ、ダムとかどうかな」

「ダムって、あんた本気で言ってんの。自分の父親でしょ」

「あんなやつ。――赤ん坊のころから殴られたことしかねえんだ」

「あたしも、うんざりしてるけどね」

「あのさ、いま思ったけど、火事とかどう？　煙草の火で焼け死んだりとか」

ふたりがげらげら笑って、なにかをぴちゃぴちゃ叩く音が聞こえた。

なにも考えることができなくなって、その場を離れた。

卒業式にはみんな少しだけお洒落をしてきた。

圭輔は、自分で洗濯したいつもと同じ格好をしていった。式のあと、校庭や門のあたりで、何人かずつ集まっては記念写真を撮っている。圭輔も一度だけ誘われたが断った。花壇からは、甘い花の香りがしていた。

ひとり帰ろうとしたとき、田端先生が近寄ってきて声をかけてくれた。

「がんばれよ」

だまってうなずいた。

引っ越した先は、３ＬＤＫの賃貸マンションだった。

間取りは、キッチンと一体化したリビングダイニングに、和室がひとつと洋室がふたつ。七畳という半端な数字の洋室が、達也と圭輔の部屋になった。二段ベッドを買ってもらい、上を達也、下を圭輔が使うことになった。机はひとつ、あたりまえのように達也が占領した。

困ったのは、衣類だ。

そろそろ冬服は終わる。圭輔も身長が伸びて、去年のものはほとんど小さくて着られない。道子におそるおそる告げると、ものすごく不愉快そうな顔をした。

「達也のお古は、もう着ないと思って売るか捨てるかしちまったよ」

払わなくて済んだかもしれないことに金を使うのがたまらなく悔しそうだった。それでも、最低限の服は買ってくれた。もちろん、趣味などはおかまいなしだ。フリーマーケットや、段ボールに山積みにして安売りする店で仕入れて来るらしい。《二百円》という札に線を引いて《五十円》と書かれたシールが貼りついたままのワイシャツを渡されたこともあった。

達也の服は、休日に二人で新宿あたりまででかけ、流行《はや》りのデザインのものを買ってくる。

もうひとつ大きな変化は、たまに圭輔も小遣いをもらえるようになったことだ。

もちろん、ただではない。

道子は気が向いたときにパチンコに出かける以外、ほとんど部屋でごろごろしている。そのくせというか、それだからなのかもしれないが、いつもだるいとか疲れたとか言っていた。あるとき、道子に「体を揉《も》んでくれ」と命じられた。

本当は道子の体など触るのもいやだったが、しかたなく肩を揉んだ。

「あんた、うまいわね」道子がうれしそうに言う。「達也は力が強すぎて痛いんだけど、あんたはちょうどいいわ」

肩が済むと、こんどは寝転がって腰を揉ませた。

「変なとこ触んないでよ」とくすくす笑う。

三十分ほど揉み続けて腕が棒のようになり、もうできないと言うと、ようやく許してくれた。そして、百円硬貨を三枚くれた。痛くなるほど石鹸《せっけん》で手を洗った。

12

引っ越した先のマンションがそれまでと同じ学区にあったため、進学する予定だった中学校にそのまま通うことになった。もちろん、ほかの級友や達也と一緒にだ。

火事のあった直後、達也の家に世話になろうと決めた理由のひとつは、いままでの友人のいる学校から離れたくなかったからだが、とっくにそのことを後悔していた。

小学校を卒業する前から、すでに気の置けない友人というものがいなくなっていた。休み時間に教室でプロレスの技をかけたり、校庭でサッカーボールを蹴《け》り合ったり、あるいは放課後に自転車でとなり町の駄菓子店まで糸引き飴《あめ》をしにいったり、新しいゲームソフトや録画し忘れたビデオを借りたり貸したり、そういう関係だった友人たちと、だんだんつきあいがなくなっていった。

友人たちを恨むつもりはない。

理髪店に行かせてもらえないので、鏡を見ながら自分で刈った髪、サイズの合わないワイシャツ、夜洗って朝までに乾かなければ靴下は履かずに登校する。靴はもちろんみんなが履いているようなブランドではない。学校のトイレで鏡に映る自分の姿を見るたび、これでは自分だって友達にはなりたくないと思った。

ちらほらと自分の携帯電話を持っている生徒もいたが、はじめから欲しいとさえ思わなかった。

達也は、入学祝いに電子辞書を買ってもらったとみせびらかした。

「この中にな、何冊も辞書が入っているんだ」と自慢げに言う。

へえ、見せて、貸して、と声があがった。

「勉強の道具なんかいらないって言ったんだけど、おふくろが『欲しくたって買ってもらえない子だっているんだから』とか言ってさ」

圭輔はすでに、何かを買ってもらえないことをいちいち嘆いたりはしなくなっていたが、このときは泣きたいほど悔しかった。

達也のそれは、圭輔がこのまえのクリスマスプレゼントに買ってもらい、火事のあとみつからなかった電子辞書とまったく同じ型だったからだ。

死神との関係に、少しずつ変化があらわれた。

引っ越したころから、富樫という男はあまり出入りしなくなり、秀秋はひとりでふらっと帰ってくる。

どうやって知るのかわからないが、彼が家に戻っているときは、道子も達也もなかなか帰ってこない。自然とふたりきりでいる時間が増える。道子に命じられた洗濯などの家事をやっていると、死神に用をいいつけられるようになった。

たとえば、肴《さかな》にするため買ってきた惣菜《そうざい》を温めてくれだとか、皿としょうゆをとってくれだとか、そんなささいなことだが、言われたとおりにすると「おう」と答える。礼を言っているらしいと気づき、とても驚いた。道子は口数は多いが、なにをやっても礼などひとことも口にしたことがない。

会話も、少しだけ生まれるようになった。

「引き取る親戚《しんせき》はいなかったのか」

「はい」

「不運を恨むんだな。もっと悲惨なガキもたくさんいる」

ふん、と笑って死神は焼酎《しょうちゅう》をあおった。

校庭の桜はとっくに散って、緑の葉が茂り出したころ、その秀秋にいきなり心臓がとまりそうなことを言われた。

「おまえ、道子と達也がなにしてるか知ってるか」

あわてて、首を激しく左右に振った。

「そうか」いつものように、ふん、と尖《とが》った鼻の先で笑う。「知ってるか」

「ぼくは——」

「道子はおれがいないあいだ、家に男を連れ込んでたか」

また左右に振る。

「なるほどな」ふん、と笑う。

死神はテーブルにあったレシートの裏に、電話番号を書いてよこした。

「こんどなにか見かけたら、電話しろ」

ポケットからくしゃくしゃの五千円札を出して、テーブルに置いた。どうしたらいいか迷っていると、「とっとけ。もともとお前の金だ」と低い声で言われた。

あわててつかんで自分のポケットにしまった。

直後から真剣に悩んだ。道子と死神、どちらかを味方にしたほうがいいのか。あのふたりが激突したら、どっちが勝つのか。それとも、かかわらないほうがいいのか。

ところが、その翌日から秀秋は帰ってこなくなった。まったく姿をみかけない。かわりに、道子と達也は早い時刻に家に戻るようになった。

告げ口をするつもりではなかったが、一度だけ公衆電話からメモの番号にかけてみた。

〈お客様のおかけになった番号は、現在電源が入っていないか――〉

受話器を戻しながら、なぜか「死神は自分の世界に帰っていったのではないか」と思った。

主輔たちの通う中学の通学エリアには小学校がふたつあって、はじめて見る顔がかなりあった。

小学校時代からの友人と疎遠になっていく一方で、その中から数は少ないが新たな友人もできた。

そしてこのころ、家でも学校でも空いた時間にはほとんど本を読んで過ごした。ほかにすることがないからというのが大きな理由だ。

図書室からまとめて借りた本を、間を空けずにつぎつぎと読んでいく。そうすると、ほかのことを考えずに済む。表紙の厚い単行本は持ち運びが大変なので、なるべく文庫本を借りていた。最初は、名前を知っている作者や興味を引かれたタイトルを適当に選んでいた。そのうち、ミステリーが最後まで飽きずに読めることを知った。

花壇を荒らしたのは誰か、というような他愛のない話もあるが、ほとんどは人が殺されたり、殺されそうになったりする展開だ。ときどき我に返って、両親を亡くして半年もたたないのに、殺人事件の小説を読んでもいいのかなと思うことがある。しかし、金をかけずにこれほど熱中できるものは、ほかには思いつかなかった。

図書室にある本は古いものが多く、書店にたくさん並んでいるような流行の話題作はまったくといっていいほどない。発行された年をみると、十年二十年は普通に経っている。

もうひとり、何列か離れた席で、同じように本を読んでいる同級生がいることに、すぐに気づいた。

諸田寿人《もろたひさと》という名で、同じ小学校の出身ではない。直接しゃべったこともない。

入学して三週間が経ったころ、少し目が疲れたので、背を少し曲げて熱心に本を読む寿人の姿をぼんやり見ていた。すると、やはりひと息入れようとしたのか、顔をあげてふり返った彼と目があった。

　からまれてはいけないと、あわてて視線をはずし、それきりになった。

　しかし、その翌日も同じことが繰り返され、そのさらに翌日にはことばを交わすことになった。

「奥山君、いつも本を読んでるね」

　昼休みに、寿人がごく自然な態度で話しかけてきた。さすがにこの数日の観察で「なに見てんだよ」と因縁をつけるような生徒でないことはわかっていた。

　圭輔は、読んでいた文庫本から顔をあげた。寿人は、よく見れば少し切れ長だが優しそうな目をした、整った顔立ちの男子だった。

「うん」あいまいに答えた。

「どんな本読むの？」

　こんなとき、達也ならこちらの気持ちなどおかまいなしに、さっと本を取り上げるのだが、寿人は圭輔の返事を待ってただそこに立っていた。圭輔は、本を裏返して表紙を見せた。

　図書室で借りた、『クリスティ短編集』という文庫本だった。

「あ、ぼくもそれは読んだ。『検察側の証人』が面白いよね」

　はじめから用意していたみたいに、すらすらと収録されている短編のタイトルが出てきたので驚いた。それに、クラスの男子のなかで、自分のことを『ぼく』と呼ぶのは、圭輔と彼ぐらいしかいない。

『検察側の証人』は圭輔自身も大好きな作品だった。最後に、それまでの話の流れが全部ひっくり返る。一度ではよく意味がわからず、二度読んでようやく展開が理解できたほどだ。

「それ、主人公の弁護士がかっこいいよね」寿人が笑みを浮かべる。

「うん」こんどは素直にうなずいた。

かっこいいといっても、二枚目の弁護士が美女ときざな会話をしながら酒を飲んだり、悪漢を殴りつけたりするわけではない。ごく普通の弁護士が活躍するから、そこが面白かった。

寿人が説明を続ける。

「その短編は、映画にもなってるんだ。知ってる？　古い白黒の映画なんだけど『ジョウフ』っていうんだ」

「知らない」

ジョウフとはどういう字を書くのだろうと思った。圭輔が考え込んだのを見て、寿人は鉛筆で圭輔のノートのはしに、『情婦』と書いた。

単語の意味が、なんとなくわかった。あわてて消しゴムで消した。それを見て、寿人はくすくすと笑った。

「平気だよ。いやらしい映画じゃないから。原作にけっこう忠実なんだ」

「ほんとに？」消しゴムのかすを集めながら、聞き返す。

「太った弁護士がいい味だしてる」

大人びた口調でそう言って、寿人はまた笑った。

そうか、あの弁護士は太っていたのか。証人の女は美人なのだろうか。あのトリックを映画でどう再現するのだろう。そんな思いが一度に湧きあがり、ぜひ見てみたくなった。

「見たいな」

「レンタル店にいけばあるよ」

「ほんと」

しかし、見る機会はないだろうとすぐにあきらめた。レンタル料はなんとかできたとしても、達也の家にあるビデオやDVDのデッキは、触れることが許されていない。テレビを見ているだけで、道子にいやみを言われるか、体を揉《も》まされる。だからこそ、本を読んでいるあいだだけが、ほとんど唯一の現実逃避の時間だった。

少し話しただけでも、寿人の読書量はすごそうだと感じた。そしてその本のほとんどを〝おじさん〟という人物に借りているらしい。根掘り葉掘りは聞かなかったが、そのおじさんはとにかく読書家で、家に蔵書専用の部屋まであって、どの本も好きに読んでいいといわれているらしい。圭輔にとって、夢のようにうらやましい環境だった。

やんわり断られるのを承知で、こんどなにか貸してくれないか、と頼んでみると、寿人はあっさり、いいよ、と応えた。

13

学校で、寿人とミステリー小説や映画のことについて語ることが、毎日の最大の楽しみになった。

寿人は、自分の読書量をひけらかすようなこともなく、話題も圭輔の趣味に合わせてくれた。だったらこんな読み合わせはどうかな、と言って、江戸川乱歩《らんぽ》とポーの小説を一緒に貸してくれたりもした。

寿人と話す時間が増えたのは、趣味が合ったからばかりではない。気をつかってくれたのか、あるいはまったく興味がなかったのか、とにかく、圭輔の身に起きた悲劇や、現在の不遇について、寿人のほうからは一切触れたことがなかった。

授業が終わったあとも、晴れた日は校庭の花壇の脇で、雨の日には図書室の隅で、本や映画、それと過去に実際に起きた有名な事件——ケネディ暗殺から阿部定《あべさだ》事件まで——のことなどを、ほとんど一方的に寿人から吸収した。

しかし、あまり長い時間油を売っているわけにはいかなかった。浅沼家での役割がある。買い物をして帰らなければならない。

毎朝、道子にその日の買い物リストを渡される。生鮮品や野菜のときもあれば、特売品の調味料や洗剤だったりもする。リストの中に重量のあるものがいくつも並んでいるときは、気分が沈んだ。

寿人と親しくなったころ、こんなことがあった。

その日渡されたメモには、十キロ入りの米と、コーラの大きいボトル、さらにはじゃがいもやにんじん、玉ねぎといったカレーの具材一式が書かれていた。とくに米については、特定の商品に丸囲みをした安売りのチラシも一緒に渡された。

スーパーの売り場でこれらすべてをカゴに入れた時点で、一度に全部持って帰るのはとても無理だと判断した。

二度に分けて買いにくるのはそれほど苦ではないが、一度ですまさないと道子が癇癪《かんしゃく》を起こすことがある。なんとか工夫できないだろうか。どれか具材を減らせばカレーが完成しないので、やむを得ず米を五キロ入りのものに変えた。どうせひと晩でそんなに食べられないのだから、また必要になったら買えばいい。

それでも、両手にぶら下げた買い物袋のもち手のところが、糸のように伸びて細くなり、指の関節の内側に食い込んだ。

やっとの思いで持ち帰り、道子に指示通りの米を買えなかったと謝った。

「必要になったら、残りの五キロを買ってきます」

めずらしくパチンコで勝ったらしく、それまでいくぶん上機嫌だった道子の目が、いきなりつりあがった。ちょうど袋から出しかけていたじゃがいもをひとつ、圭輔に向かって投げた。あまりに近距離からだったので、よけることができなかった。じゃがいもは、ごすんという音をたてて圭輔の額にあたり、床に落ちた。

「痛い」

「あんた、小学校出たの」

「はい」どんなにあたりまえのことでも、返事をしないと叱られる。

「十キロ三千四百八十円を一袋と、五キロ千七百八十円を二袋買うのと、どっちがいくら得なのさ」

スーパーにいるあいだに計算した。

「十キロのほうが、八十円得です」

「だろう。だったら、なんで十キロ入りを買ってこないんだよ。金は地面から湧いて出ないんだよ」

「はい」

「わかったら、いますぐ行って、交換してきな」

逆らうことはできない。五キロの米をかかえ、レシートを学生服のポケットに入れて、一キロほど離れた安売りスーパーへ向かった。

米ばかりではない。帰宅時刻が予定より遅くなったり特価品が売り切れていたりすれば、丸めたゴミや、ひどいときは中身の入った缶詰めを投げつけられることがあった。

圭輔の通う中学では、校長の方針で、テストの総合成績で各学年の上位五十人を発表した。教育委員会で問題になったこともあるらしいが、校長は方針を曲げなかった。

中学最初の中間テストの結果、圭輔は一年生二百二十八名中で五位になった。寿人は十七位、達也の名はなかったが、小学校時代の成績からすると、五十人の圏外ぎりぎりのあたりにいるのかもしれない。

寿人は科目によって、またそのときの出題内容によって得点のばらつきが激しいようだった。とくに、国語と数学に関しては、小テストのたびにほぼ満点をとった。試験対策の勉強をしているようすはまったくない。一度、どちらかといえば国語の苦手な圭輔が「秘《ひ》訣《けつ》を教えてくれ」とたずねると、「だって、間違えようがないだろう」と自慢するでもなく答えた。国語も数学と同じく、方程式にのっとって解くだけで、暗記する必要はないという。

寿人のような人間を天才肌というのだろうと素直に感心した。それに、寿人には根暗な印象はなかった。

スポーツはなにをやってもそつがなくて、体育の授業でバスケやバレーをやると、隣のコートの女子から声援がかかったりする。彼女たちによれば、寿人は学年ベストファイブの「人気男子」だそうだ。ただ、アイドルのような甘い雰囲気ではなく、目つきや口もとが、ときどききつい感じになる。偏屈なところがあるので、はじめはクラス内で多少浮いた存在だったが、日が経つにつれ、自然に女子が集まるようになった。

「諸田君、なに読んでるの」

女子は、いつなにをやるにしても、かならずふたりか三人、多いときは五人ほどでつるんでいる。数人に机を囲まれ、他愛のない話題で読書の邪魔をされても、寿人は露骨にいやな顔をしたりはしなかった。かといって、愛嬌《あいきょう》をふりまくわけでもない。

ある休み時間に、三人の女子が寿人の前に立っていた。やはり、寿人の読んでいる文庫をのぞきこんで好き勝手なことを言っている。

ちらちらようすをうかがっていると、その中のひとりが近づいてきた。

「奥山君も、よく本を読んでるよね」

名前は知っている。木崎美果《きざきみか》だ。

美人というより愛嬌のある顔立ちで、いたずらっ子のような目が魅力だった。いつも元気よくけらけら笑っている。試験の成績は中の上ぐらい。男女を問わず、わりと人気があった。そして、圭輔も好意を抱いていた。

白くほっそりした指で、圭輔が読んでいる文庫本をつまんだ。

「ええと『ブラウン神父のどうごころ』」

鼓動が速くなる。顔が赤くなっていないか気になる。

「ええと、それ、童心って読むんだ」

しまった、よけいなことを言っただろうか。

「ドウシンね。へえ、外国の本なんだ。神父さんの話？」

視線をあげると、美果は特徴的な目で圭輔をまっすぐに見ている。ばかにしたり、気持ち悪がったりしているような雰囲気はない。中学にあがってから、女子にこんなふうに話しかけられるのははじめてだった。

絶対に顔が赤くなっているはずだと思い、顔をあげられなくなった。

「ブラウン神父っていう人が謎を解くんだよ。ミステリーっていうんだ」

「じゃあ、名探偵コナンみたいな感じ？」

「だいたいそんなところ」

「ねえ、奥山君。なんで机に向かってしゃべってるの？」

美果の友人たちはこちらを見て笑っているに違いない。「美果も物好きだよね」そんな会話が聞こえてきそうだった。

美果はそんなことは気にしたようすもなく、うちの親父さんもミステリーが大好きなんだ、と大きな声で言う。

「たしか本棚にあったから、こんど借りてきてあげるよ、日本のだけど、映画にもなったやつ」

それだけ言うと、じゃあね、とまた寿人を囲む輪に戻っていった。

しばらくすると、『犬神《いぬがみ》家の一族』なら、奥山君はもう読んだと思うよ」という寿人の声が聞こえてきた。

美果のどこに惹《ひ》かれたのか、自分でもよくわからない。

はじめて見たときから、いい子だなと意識はしていたが、たった一度の会話で、完全に心を占領された。

起きているときはもちろん、ときどきは夢の中にまで美果の笑顔が浮かんできた。同じ教室の中にいるというだけでうれしく、そして息苦しい存在になった。

あじさいの花が咲きはじめるころから、圭輔と寿人に美果を加えた三人で、一緒に帰宅する機会が増えた。

下校のとき、美果がスキップしながら近づいてきて、「一緒に帰ろ」と声をかけると、体が少しだけ地面から浮き上がるような気がした。

帰宅ルートはほぼ決まっていて、必ず途中にある古い歩道橋を渡った。

すぐ近くに信号機つきの横断歩道ができたので、いまでは誰も使うものがいない。ただ、壊す予算がなくて放置されているとしか思えなかった。

この上に立って、車道を流れていく車をぼんやり眺め、圭輔の買い物の時刻が迫るまで、映画や本の話をした。

美果は、「あたし大人になったら」が口癖だった。三食ポテチですませる、猫を飼えるだけ飼う、一年に一回は海外旅行に行く、いろいろな記念日にはケーキを手作りする――女の子というのはそんなことばっかり考えているのかと聞いているだけで楽しかった。

ことば遣いや視線から、美果が寿人に好意を寄せているのはよくわかった。圭輔とそこそこ親しく接するのは、寿人の友人であるのと、邪魔にならない存在だからにすぎない、圭輔はそう理解していた。

寿人のほうでは、美果に対してそっけない態度をとっていた。少なくとも、恋心を抱いているようには感じられない。美果がたまに的外れなことをいうと、そっけなくそれは違うよなどと言ったりした。このふたりが両思いの関係だったら、いっそあきらめもついたかもしれない。しかし、この微妙な三角関係のおかげで、圭輔は美果への好意を心の中であたためていた。

ひとを好きになるというのは、それだけで苦しくなるものだと知ったが、圭輔には別種のひけめもあった。

両親があんな悲惨な死に方をして数ヵ月だというのに、女の子を好きになったりしたらばちがあたるんじゃないか、そんなことを真剣に考えていた。

それでも、道子の目を盗んで、せめて髪の毛だけでも毎日洗うようにした。

14

「きみはすぐに、いろんなことをあきらめるよね。それにすぐ謝る」

寿人に指摘されて、はじめてそうかもしれないと思った。

たとえば、読んでみたい本の話題になって、寿人が「家にあったから持ってくる」と言えば、一応は期待する。しかし「ちょっと見当たらないから、書庫をよく探してみる」となると「だったらいいよ。面倒なこと頼んでごめん」と謝ってしまう。

「ちょっと古い表現をすると、まるで世捨て人みたいだ」

その単語は知っていたし、寿人のいいたいこともわかった。

いつからか、声を立てて笑うほど楽しんではいけないし、楽しいことを期待してもいけないという考え方が癖になっていた。

理由を考えれば、ひとつしか思いつかない。

自分だけが生き残ってしまったという、両親に対する後ろめたさだ。

寿人に話せば、「意味がわからん」と笑われるだろう。

それでも、美果に対する気持ちだけは自分でも止められなかった。


六月の半ばごろ、夕食前に部屋で本を読んでいると、達也が声をかけてきた。

「なあ、圭ちゃん。最近、同じクラスの木崎美果と仲がいいだろ」

「別によくないよ」

いつ見ていたのだろうと驚いたが、無関心を装って答えた。達也は圭輔の首に腕を回してきた。

「嘘つくなよ。いつも、一緒に帰ってるじゃないか」

腕に力が入った。頭に血が上る。

「諸田君と三人だよ。苦しいからやめてくれよ」

寿人の名を出すのは悪い気もしたが、美果とふたりきりでないということを強調しなければならない。

「知ってる。あいつはそのうち目立たなくなるから、気にしなくていい。とにかく美果を紹介してくれよ。頼むよ」

「紹介っていっても、なんて言えばいいのかわからない」

あいかわらずだな、と達也は舌を打った。

「こちらがぼくの親戚《しんせき》の浅沼達也君です。ぼくはいま達也君の家でお世話になっています。達也君はスポーツが得意で、焼き肉とカレーが好きです。本人はこんなにイケメンなのに、母親はマジでひどいです。とか適当に言えばいいんだよ。笑いをとってくれたら最高」

「自分で言えばいいじゃないか」

「だったらそうするから、とにかく紹介してくれ」

達也の頼みを断るという選択肢はない。達也の機嫌を損ねれば、道子にいいつけられて、また雑用が増えてしまう。

美果に紹介しろと迫られた翌日、一時限目が終わった休憩時間に、思いきって美果に声をかけた。

「木崎さん、ちょっと時間ある?」

「なに?」

ふり返った美果の顔には、なんの疑いも浮かんでいない。

「ちょっと紹介したいやつがいるんだ」

「え、なになに。誰？」

圭輔がわざわざ紹介するくらいだから、寿人などと同種の人間だと思ったのかもしれない。鼻歌をうたいながら、達也のいる一組の前までついてきた。

一組のドアをあけて中をのぞくと、まちかまえていた達也と目があった。達也は「おう」と片手をあげて答え、両手で髪の毛に手櫛《てぐし》を入れながらやってきた。

達也は戸口の脇に立ち、にこにこ笑っている。外見だけなら、すごくいい雰囲気だ。美果の顔が曇ったように感じたが、いまさらやめるわけにはいかない。

「彼、浅沼達也君。いま、達也君の家でお世話になっているんだ」

「こんちは」達也が明るい声で挨拶《あいさつ》した。「圭輔君の親友の達也です。明るく優しく元気よく、がモットーです」

「ああ、はあ」

美果はあいまいに答えて、圭輔の顔を見た。どういうつもりで紹介したのかと、責めているように感じた。

「それじゃ」

圭輔は逃げるようにしてその場を去った。背中から覆いかぶさるように達也の笑い声が聞こえてきた。

机に座ってうつむいていると、ほどなく美果が戻ってきたのが気配でわかった。しかし、どうしても彼女のほうを見ることができなかった。

二時限目の数学の時間のあいだ、圭輔はじっと座っているのがつらかった。まるで、冷たい氷の椅子に直接座ったようだ。

達也が自慢げにしゃべっていたことを思い出す。

――女子を団地の空いた部屋につれこんで、みんなで服を脱がせたんだ。

胃のあたりが重い。むかむかする。


「ごめん、今日は用事があるから早く帰る」

掃除当番の週ではなかったので、六時限目が終わると同時に、寿人の返事も待たずに教室を飛び出した。

大急ぎで靴を履き、全力で走る。途中なんどか転びそうになり、校門を出たところでようやく足を緩めた。

息が苦しい。

両手を膝《ひざ》にあてて呼吸を整える。消化不良気味の給食が、胃から逆流してきそうだった。少し息が楽になったので、校舎のほうをふり返った。ぞろぞろと生徒たちが昇降口から吐き出されてくる。その中に、寿人や美果や達也の姿があるか、ここからではわからない。

圭輔は足早に、ふだんと違う、人通りの少ない道を選んで進んだ。

考えまいとしても、やはり達也のことが浮かんできてしまう。

達也の仲間にいたずらされた少女は、もしかすると、ひとりではなかったかもしれない。少女たちは口を閉ざしたのだろうか。大人には相談しなかったのか。達也は「親には言わない」と言っていた。もしかしたら、相談したのに世間体を考えて大人たちが秘密を守ったのかもしれない。

そういえば――。

五年生のときに、団地で小学生の女の子が落ちて死んだ事件を思い出した。ふだんからおてんばだったから、自分で塀に乗って遊んでいるうちに落ちたらしいと聞いている。しかし、単なる推測で、目撃者がいたわけではなかったはずだ。

あれは本当に事故だったのか。

気がつくと、電柱のそばにしゃがみこみ、荒い息をしていた。目を開いているのに、夜のように暗い。久しぶりに出た過呼吸の症状だ。ゆっくり、ゆっくり、と自分に言い聞かせる。

「大丈夫？」

聞き覚えのある声に顔をあげると、同じクラスの杉原美緒《すぎはらみお》がこちらを見おろしていた。

怒ったような表情だが、心配してくれているらしい。彼女の家も複雑な事情があると聞いている。母子家庭で、その母親がかなり深刻なアルコール依存症で、なんどか入院したらしい。たしか事故で弟を亡くしているとも聞いた。大人びた雰囲気があって、圭輔とともに、クラスで浮いた存在だ。

「大丈夫だよ。ちょっとたちくらみがしただけ」

圭輔が立ち上がったのを見て、杉原は「じゃあ」と挨拶して去って行った。

圭輔はいま来た道を戻り始めた。

美果に、達也には注意しろと、忠告しなければならない。

校門のすぐ脇で待った。

つぎつぎに生徒が出てくる。部活をやらない生徒の下校がピークになっているようで、よほど集中していないと見落としてしまう。向こうから寿人がやってくるのが見えた。顔を合わせたくなかった。校門近くの文具店に入って、棚の陰に隠れ寿人をやりすごした。

やがて制服の波が急に引け、通り抜ける生徒がまばらになっても、美果の姿はなかった。

校庭では、運動部の連中が声をあげている。

同じクラスの女子が三人、いかにもだるそうに、ずるずると靴をひきずりながらやってくる。その後ろには、もう誰も歩いていない。迷った末に声をかけてみた。

「あのさ」

女子たちは、野良犬に吠《ほ》え掛かられたような顔で圭輔を見た。

「なに？」

「木崎さん、どこかで見なかった？」できるだけ、どうでもいいような口調でたずねた。

この三人は、手がつけられないほどではないが、ごくおおざっぱな区分けでは、不良のレッテルが貼られていた。学校を休みがちで、しょっちゅう先生に髪型や持ち物のことで注意を受けている。

「あれ、奥山、美果のこと待ってたんだー」

ひとりが大げさに驚いてみせた。あとのふたりが、わーお、とか、ひゅーひゅー、とはやしたてた。

「うっそー、そういう関係だったの。ゼンゼン知らんかった」

「うちは知ってた」

「うっそ、まじー」

さらによけいなトラブルの種を蒔《ま》いたのかもしれないと憂鬱《ゆううつ》になった。

「美果はさっき、一組の男子が呼びに来て、一緒に帰ったよ」ひとりが教えてくれた。

「そうそう。浅沼な。ちょっとキザな野郎」

「えっ」

しまった。遅かった。その思いが顔に出たらしい。

「ねえちょっと、この子、絶望してるよ」

「げ、マジだったのかよ」

「ショックー」

「ショックってどういう意味？」

「いや、なんとなく言ってみた。この場のノリで」

「ナーイス」

げらげら笑う彼女たちに、もうひとつ質問した。

「いつごろ出てった？」

「そうねー」ひとりが目玉をぐるりと回した。「掃除が終わってすぐかな。うちらより十分前くらいかな」

ね、と同意を求められたふたりは、そうだね、そんくらい、とうなずいた。

「ありがとう」礼を言って、さっそく歩きだした。

「じゃあなー、奥山」

「がんばれよー」

「浅沼に負けるなよー」

彼女たちの暢気《のんき》な声援を背中に受けて、校庭にもどった。

ずっと正門の近くに立っていた。見失っていない自信がある。ということは、別の門から出ていったのだ。

裏門を目指して走った。

「なんだ、奥山。忘れ物か」テニス部の監督をしている、担任の原島《はらしま》教諭が声をかけてきた。

「あ、はい、すみません」

適当に返事をして先へ急ぐ。しかし、ふたりの姿は見当たらない。

裏門からさらに外の通りへ出て、中学生らしき姿をみつけるたび走り寄った。しかし、どれも人違いだ。やがて日が暮れて人の顔が判別できなくなるまで、走って探し回った。達也も美果も見つけることはできなかった。

予定の時刻よりすっかり遅くなってしまったが、いいつけられた買い物をすませて帰宅した。キッチンに立ってなにかやっている道子に、遅くなったことを詫《わ》びるため声をかけた。

道子がふりむきざま、手にしていたグラスの中身を圭輔にかけた。ぱしゃっと音がして、顔から腹のあたりにかけて、ウイスキーの臭いがする液体で濡《ぬ》れた。飲んでいた水割りをかけたのだ。怒りの原因はもちろん、予定より帰宅が遅れたからだ。

怒った道子に夕食は抜きだと宣告されたが、そんなことはどうでもよかった。

七時近くなっても達也は帰ってこない。

道子は結局、圭輔が買ってきた惣菜《そうざい》でビールを飲みながら、いつもどおりテレビの画面に見入っている。圭輔は道子に気づかれぬよう、そっと家を出た。連絡網が載ったプリントと、小銭入れを持った。

公園前の公衆電話に十円玉を何枚か入れて、プリントを見ながらボタンを押した。祈るような気持ちで、呼び出し音を聞く。

〈はい、木崎です〉

一瞬、美果かと思った。声が似ているが、わずかに幼い感じがする。

「あの、美果さんいますか。同じクラスの奥山といいます」

〈あ、姉ですか〉やはり妹だった。〈姉はまだ帰宅していません〉

背中の毛が逆立った。

「わかりました。すみませんでした」

伝言しますかとたずねる妹に「折り返しの電話はしないで欲しい」とおかしな頼みをして電話を切った。

ほかに、するべきことが思いつかなかった。

道子に気づかれぬようそっと部屋に戻って本を開いた。

いくら文字を目で追っても、意味が頭に入ってこない。いらいらしながら、なんども時計を見る。時間の経つのがひどく遅く感じられる。

午後八時、まだ達也は帰宅しない。どうしよう、もう一度電話をかけてみようか。しかし、なんども電話をかけたら怪しまれるのではないか。

十時近くになって、ようやく達也が帰ってきた。いきなり「飯は食ってきたからいらない」と言ったので、道子の不機嫌がぶりかえした。

「まったく、どいつもこいつも、ひとの苦労も知らないでさ」

八つ当たりされ、さっさと片づけろと命じられた。道子が食べ散らかした残り物を処理しながら、コーラを飲んでいる達也の顔を盗み見た。ふだんとまったくかわらぬ表情で、その横顔からはなにも読み取ることができない。

美果本人に聞くにしても、電話をかけるには時刻が遅すぎる。かといって、自分から達也に、「美果をどうにかしたのか」とは聞けない。さっさと寝てしまって、明朝早くに学校へ行こうと決めた。なかなか寝付けずにいると、真夜中近くになって、達也が部屋に入ってきた。体から煙草の臭いがした。

「放課後、どこにいた？」

がまんできずに聞いた。達也は一瞬驚いたようすだったが、すぐにふふんと笑った。

「気になる？」

「木崎さんになにかしたのか」

達也は、圭輔の表情をうかがいながら煙草に火をつけた。

「ほんとに聞きたい？　美果ってさ、オッパイがけっこうでかいんだぜ。圭ちゃん知ってた？」

冷たい手をいきなり腹の中につっこまれたようなショックだった。驚いてベッドから身を起こしかけた圭輔に、達也が追い討ちをかけるように言った。

「下着なんて花柄入ってるけど、あれ校則違反じゃないの」

「達っちゃん、――まさか。うそだろ」

「おれは止めたんだよ。『先輩、そんなひどいことやめてください』って」

「先輩ってなんだよ。美果ちゃん、どこにいるんだよ」

「あらら、むきになっちゃって。やっぱ好きだったんだー」

とうとう、おかしくてたまらないというように、げらげら笑いだした。

15

翌日の朝、いつもより早く家を出たが、向かった先は学校ではなかった。

公園そばの公衆電話に十円玉を入れ、ボタンを押す。

〈はい、××中学です〉

国語の水谷《みずたに》先生の声だった。浅黒い怖そうな顔が頭に浮かぶ。

「あ、あの、二組の奥山です。あの、原島先生をお願いします」

一瞬の沈黙があった。説教されるかと思ったが、ちょっと待って、という答えが返ってきた。しばらく保留にされたあと、原島先生の声が聞こえた。

〈はい。代わりました〉

「奥山です。すみません、きょうは風邪をひいて熱が出てしまったので、休ませてください」

口の中が痛いので、少しもごもごとしたしゃべり方になった。

〈おまえ、校則知ってるだろう。そういう連絡は、保護者からじゃなきゃだめだろうが〉

予想したとおりの展開だ。

「あの、家の人に『電話してください』って頼んだんですけど、めんどくさいからいやだって言われて」

もちろん、そんなことを頼んではいない。しかし、本当に頼んだとしても、道子ならそう言ったはずだ。

〈なに言ってるんだ。そこにいるなら、代わってくれ〉

「それが、さっき、パチンコ店で並ぶって出かけてしまって」

〈こんな朝っぱらからか〉

「はい。新装開店だからとか言ってました」

以前聞いたことをそのまま伝える。

電話口で舌打ちする音が聞こえた。原島先生も、家庭訪問で道子に一度だけ会ったことがある。道子の人柄を思い出しているに違いない。

〈わかった。連絡ノートに書いてもらって、明日……は休みか、月曜にもってこい。いいな〉

「わかりました」

ほおっと長い息を吐いて、受話器を戻した。月曜のことなどどうでもいい。

それればかりか、担任を説得できてもできなくても、それならそれでいいと思っていた。規則があるから連絡しただけだ。

電話ボックスの樹脂製の風防に映った自分の顔を見た。

左のほお骨のあたりが紫色に変色し、左の目が赤く充血している。唇の左側が切れて、いまでもわずかに出血している。舌の先で触れると、跳び上がるほど痛い。鼻血は止まったが、鼻の腫《は》れはまだ残っている。わき腹も痛む。ふとももも腕もあざだらけだ。すべて、ゆうべ達也にやられた痕《あと》だ。

達也が美果を陵辱したらしいと知って、感情をせき止めていたものが壊れた。いまだかつてあげたことのないような雄叫びとともに、達也につかみかかっていった。

だが、一発も殴ることはできなかった。

逆に足を払われ、床に転がされた。そのあとはただ一方的に蹴《け》られるだけだった。

達也に暴力をふるわれたのははじめてだった。やり返せなかったことは悔しかったが、強い敗北感を受けたのは、達也がまったく本気を出していなかったことだ。

達也の漏らすくすくすという笑い声と、自分のうめき声、それにかかとで肉を蹴るごすっという鈍い音だけが聞こえる部屋で、圭輔は無数の打撲傷を負った。

「なあ、圭ちゃん」

さすがに少しだけ息を切らして達也が言った。半年前、圭輔の家へ居候に来て「ゲームやろうぜ」と擦り寄ってきたときと、まったくかわらない口調だった。

「――圭ちゃんに言っておくけど、おれには逆らわないほうがいいよ。圭ちゃんがおれに勝てるのはテストだけだろ。それで満足しておけよ。おれ、本気になるとちょっと怖いかも。自分が止められないんだよね。だから、暴力だってふるったことないんだぜ。ほんとだよ」

圭輔は起き上がることもできず、床に横たわったまま聞いていた。自分でも不思議だったが、恐怖も怒りも感じなかった。

「そっちが悪いよね。先に殴ってきたんだから」

ライターをこする音がして、煙草の臭いが漂ってきた。

「ちゃんと返事しないとわからないよ」

息がつまって声が出ないので、はっきりわかるように首を縦に振った。

「わかればいいよ」目の前に手を差し伸べてきた。「ほら、手をだせよ。痛かっただろ」

しかたなく、その手をつかんだ。

「なにしろ、おれたちは親戚《しんせき》なんだから、仲良くやろうぜ。――これで、鼻血拭《ふ》けよ」

ティッシュの箱を圭輔に渡すと、買ってきたばかりのマンガ雑誌をぱらぱらめくりだした。

圭輔は、鼻血で汚れたシャツを洗うため部屋を出ようとした。その背中に達也が声をかけてきた。

「あの火事の夜のことを思い出すよなあ」

足が止まる。つい、ふり返って達也を見た。

「いろいろあった」天井を見上げて、じらすような口調で言う。「おれ、あの晩のことはようっく覚えてるんだ。おじさんとおばさんが早く寝ちゃったこととか。火事のとき、おれが圭ちゃんを助けてやったこととか。それとさ、いまだから言うけど、おばさんの――

おい、圭ちゃん、なんだよ、これからいいところなのに」

部屋を飛び出し、洗面所に向かった。

水道の水をざあざあと流しながら、顔をぶるぶると洗った。からっぽの胃から、苦い液体がつぎつぎこみ上げてきた。


あまりに理不尽な仕打ちを受けると、ある一線を境に、恨みに思う気持ちが薄れていく。犯罪心理学の世界には、そんな説があるのだと、寿人が教えてくれた。

聞いたときは理解できなかったが、いまはわかる気がする。

こいつには逆らえない。生きていくかぎり、きっとこの男には逆らえない——。

そんなふうに思いはじめていた。

もしかしたら、運命というものが本当にあって、自分を達也の奴隷にするために、両親を死なせたのではないか、そんな気さえする。達也から解放されるには死ぬしかない。生きているあいだは逆らえない。

自分でも不思議なほど冷静に、そう結論が出た。


ずる休みの電話を終え、電話ボックスを出た圭輔は、なるべく人の目につかないよう、歩きはじめた。

行き先は、春先まで住んでいたあの団地だった。

いよいよ再開発が始まる、という噂を聞いた。更新期限がきた住人から順に、別な団地へ移されているらしい。そのせいでますます住む人が減り、いまでは全戸の三分の一近くが空き家になっているそうだ。

適当な空き家に忍び込んで、最後の時間を過ごそうと思っていた。

図書室から借りてまだ読み終えていない本を、邪魔が入らないところでゆっくりと読みたかった。読み終えたあとで――あるいは途中でも――いつか噂で聞いたように、団地内に棲《す》むという恐ろしげな住人が自分を殺すなら、むしろ望むところだと思った。

死後の世界がなければそれまでだし、あるならきっと両親と顔をあわせることができるだろう。そうしたら、話したいことがたくさんあった。

団地内の道を歩き回って、比較的荒れていなさそうな空き部屋をみつけた。庭に面したガラスが割れていて、扉をあければ中に入れそうだ。

部屋の中は、廃墟《はいきょ》というほどひどくはなかった。多少埃《ほこり》っぽいが、まだ住人がいなくなって間がないようだ。天井を見ると、ライトをはずした後の金具がむき出しになっている。あれが使えるかもしれない。あとでためしてみよう。

狭いダイニングにおきざりにされていた、安っぽい白木の椅子に腰を下ろして本を読み始めた。

美果のことは考えないようにした。考えても、心が苦しくなるだけで結果はなにも変わらない。自分にできることは、自分なりのやりかたで償うことだ。

たまに、近くの通りをバイクや自動車が走っていく音が聞こえるほか、ほとんど物音がしない。自分のペースでページをめくっていった。

食事の場面になって、我に返った。正確な時刻はわからないが、太陽は高くのぼっている。腹が減ってきた。昨夜からなにも口に入れていない。

マンションを出る前に、大急ぎで握り飯をひとつ作った。冷えたご飯に梅干しをひとつ押し込み、塩をぱらぱらとふって海苔《のり》を一枚巻き、ラップにくるんだ。

それをバッグから出してほおばると、梅干しがほおの奥に触れて、つばがたくさん湧いた。

酸っぱさに顔をしかめ、美果の笑顔を思い出した。美果はおにぎりが好きだと言っていた。二週間ほど前の校外学習のときは、おかずの入った器と、かなり大きなおにぎりを持ってきて、顔とおにぎりの見分けがつかない、などと友人にからかわれていた。

美果の身に、なにか汚らわしいことが起きたなら——。

頭を振って、嫌な考えを打ち消した。卑怯《ひきょう》かもしれないが、考えているとわめきだしそうになる。

そろそろ決行しよう。さっきの金具をためしてみようと思ったとき、ふと、誰かの声を聞いた。

庭に面した窓に目を向ける。殺人鬼に殺されてもいいなどと思っていたくせに、いざとなると心臓がどきどきした。息を殺して気配をうかがう。また声が聞こえた。

「奥山君、いるか」

驚いた。寿人の声だ。どうしてここに、と疑問が湧く。

「諸田君」立ち上がって答えた。

荒れた庭をやってくるのは、学生服を着た寿人だった。ひとりではない。すぐ後ろにいるのは杉原美緒だ。

「杉原さんが教えてくれたんだ」

寿人がふり返ると、杉原がむすっとした表情のまま軽くうなずいた。

「彼女、今日は家の事情で遅刻したんだけど、奥山君がこの中に入っていくのを見たって、教えてくれたんだ。なんだかひどい顔をしてたってさ」

そういえば、杉原もこの団地の住人だった。教師に報告せず、寿人に話したところが変わっている。

「仲間に入れてもらおうと思って、ぼくも早退してきたよ。彼女もわざわざついてきてくれた」

どこまで察しているのか、寿人が軽い調子で言う。

「じゃあね」杉原はそれだけ言って、去っていった。

後ろ姿を見送りながら、寿人がつぶやいた。

「変わってるけど、いい子だね」

「うん」

彼女の姿が見えなくなると、寿人の顔が真剣になった。

「どうしたんだ。その顔」

「なんでもないってことはないだろう」

「ほんとに、なんでもない」

そう言いながらも圭輔は、ぽたぽたと涙がこぼれ落ちるのを止められなかった。


結局、寿人に昨夜のことをすべて話すことになった。

寿人は聞いている途中から、「ずいぶん、ひどい話だ」と憤慨していた。

驚いたことに、美果はいつもどおり学校へ来たと言う。

「ほんとに間違いない？」

「うん、この目で見たからね。美果ちゃんはふだんとなにも変わらない感じだったよ。友達とけらけら笑ってたし、『あれ、奥山君はお休みなんだ』なんて暢気《のんき》に言ってた。もし、ひどいことをされてたら、あそこまで普通にふるまえないと思う」

圭輔は、ほっとするあまり足から力が抜けてしまった。昨夜のことが原因で美果が自殺でもするようなことになれば、あるいは死ななくとも一生心に残る傷ができたなら、達也のことよりも自分を許せないだろうと思っていた。

美果になにもなかったのなら、本当によかった。

きっと、思うようにいかなかったので、腹いせであんな嘘をついたのだ。美果に手をだせなかった代わりに、圭輔をいたぶって楽しんでいたのだ。

「とにかく、どうしたらいいのか、一度おじさんに相談してみるよ」

「おじさんって、警察の人？」

　圭輔は真剣にたずねたのだが、寿人は笑った。

「違うけど、たくさん本を読んでるから、知識は豊富なんだ」

　あまり期待はしなかったが、よろしくと頭を下げた。

「それより、その顔はかなりひどいな。――そうだ。これからおじさんの家に行かないか。湿布薬があると思うよ。ここからそんなに遠くない」

　寿人はすっかりその気になっていた。圭輔のほうでも、たびたび話題に出るおじさんの家に興味があった。

　食べ残しのラップなどをスクールバッグにしまおうとした。ファスナーをあけたとたん、ベランダからこっそり持ち出した洗濯ロープが顔をのぞかせた。あわてて、奥に押し込む。寿人に気づかれなかっただろうか。

「じゃ、行こうか」寿人が先に立って歩く。

「だけど、どうして早退までして来たの？」

　寿人がふり返った。

「だから杉原に聞いたんだよ。彼女、家がいろいろあって変人扱いされてるけど、根はいいやつだ。圭ちゃんのこと心配してた。それに――」

寿人は、はじめて「圭ちゃん」と呼んだ。

「きみが前に言ってたじゃないか。『あの団地の中なら、死体があってもすぐにはみつからない』って」

あっ、と声をたてそうになった。

寿人には見抜かれていた。

ここへは、誰にも邪魔されずに首吊《くびつ》り自殺ができそうだと思って来たのだ。美果に詫《わ》びるには、そして達也から逃れるにはそれしか方法がないと。

16

寿人の〝おじさん〟の家というのは、駅から歩いて十五分ほど、古い木造の二階家だった。

このあたりは古い邸宅が多く、木立に隠れて母屋が見えないほど広かったり、文化財に指定されている建物もあるらしい。

おじさんの家も、古さでは負けていないように見えた。枝が密生したドウダンツツジの生け垣にぐるりと囲まれている。木製の門は少し傾いていて、あまり門としての役目を果たしていない。

《牛島《うしじま》》

表札にはそう書かれている。どこかで見た名だと思った。それもわりと最近だ。しかし、思い出せそうで思い出せない。

門を一歩入ると、母屋の引き戸の玄関まで、きれいに小石が敷き詰められた小径《こみち》がある。

「遠慮しないでいいよ」

寿人に促され、あとをついていく。寿人が扉に手をかけると、鍵《かぎ》がかかっているのか開かない。

「出かけたみたいだね」

寿人がポケットから鍵を出して解錠した。合い鍵をあずかっているらしい。

広めの玄関からあがると、古い板張りの廊下が続いている。六月中旬だというのに、ひんやりとした空気だ。

「奥だよ」

廊下の左手には二階にあがる階段があり、右側には部屋があるのかふすまが閉まっている。薄暗い廊下のつきあたりに磨《す》りガラスの扉があり、そこから日が差し込んでいる。

寿人についていくと、扉の奥はリビングダイニングキッチンだった。

床は、フローリングというより、板張りと呼ぶほうが似合いそうな古さがあった。

「全体に古いだろ。大正末期の建物なんだ。ここもキッチンとリビングに分かれてたらしいけど、仕切りの戸をはずして広く使ってる。合わせると二十畳以上あるらしい」

キッチン部分にはすっきりとしたダイニングテーブルが、リビングのほうにはやや重厚なローテーブルが、それぞれ置いてある。さっぱりとしていて、必要最低限の家具しか並んでいない印象だった。

「適当に座ってくれよ」

寿人に勧められ、やはりこれも相当に古そうなソファにそっと腰をおろした。スプリングが飛び出したりすることなく、しっかりと圭輔の体を受け止めてくれた。

寿人が木製の箱を持ってきた。

「救急箱だ」

中から湿布の貼り薬を出し、シャツをめくれという。圭輔が痣《あざ》を見せることをためらいながらも裾《すそ》を持ち上げると、思ったとおり寿人は、これはひどいと漏らした。

「医者に行かなくて大丈夫か」

「平気だよ。見た目ほど痛くないし、たぶん骨は折れていないと思う」

そのことばに嘘はなかったが、ほかにも医者にかかれない理由があった。しかし、いくら相手が寿人でも、金がないから病院に行けないとは言えない。

「浅沼達也というのはひどいやつだな。先生か公的機関に相談したほうがいい」

「コウテキキカン？」

「たしか、区役所にそんな窓口があったと思うし、児童相談所っていうところもあるだろう。ぼくはあまり詳しくないけど、ときどき虐待された子どもが保護されたってニュースでやってるじゃないか。そういうところに逃げ込む手はある」

たしかに、そういう方法もあるかもしれない。

両親を亡くしたショックと、道子や達也に圧倒される形で、ずるずると浅沼家で暮らすことになった。それだけではない。道子は後見人という立場の、圭輔にとっていわば親のような権限を持ってるらしい。〝らしい〟というのは、どさくさまぎれのような手続きのあと、信頼できる大人の説明を聞いたことがないからだ。

「一緒に相談に行ってもいいよ」寿人が親切に言ってくれた。

「うん。考えてみる」あいまいに答えた。

同居し始めた直後から、道子や達也との対立を避けるようになっていた。対決したときに見舞われそうなトラブルを考えると、どうしてもふんぎりがつかない。今回のこの痣だらけの姿がいい例だ。逆らえばろくな目にあわない。おとなしくしているほうがましなんだ、とつい考えてしまう。

毎日、道子や達也と暮らしたものでなければ、この気持ちはわからないかもしれない。

寿人がなにか思いついたように、そうだ、と言った。

「浅沼の親父さんに相談したらどうだろう。話が通じるタイプじゃない？」

それも無理だ。

「通じないよ。それに、最近見かけないし」

「家にいないってこと？」

「また、どこか出張にでもいったのかもしれない。それに、達也が言うことを聞くとは思えないよ」

達也と道子が深夜に交わしていた会話を思い出した。寿人に、あのふたりの関係は言わずに会話だけを教えた。

「おいおい、ダムって――。なんだかすごい会話だね」

寿人がため息をついた。ようやく、あの親子の不気味さがわかってもらえたかもしれない。


湿布を貼り終えると、寿人は勝手に道具や豆を使って、サイフォンでコーヒーを淹《い》れはじめた。香ばしい香りが部屋の中に満ちる。

「もう少し大丈夫だろう？」

壁の時計を見ると、ちょうど六時限目の授業の最中だった。圭輔は、もう少しなら、と答えた。

「家の人は帰ってこないの？」

「まだだね。そうだ、ぼくの部屋に行かないか」

さすがに驚いて聞き返す。

「自分の部屋もあるの？」

「うん。二階なんだ」

寿人がさっさと階段をあがっていくので、あとに続いた。

階段をあがりきったところが廊下になっていて、片側に部屋が三つ、反対側にひとつある。どれも引き戸だ。寿人はひとつだけ孤立した部屋の戸を開いた。ごとごとと、重みのある音が響く。

床はやはり板張りで、古い木の机とシンプルなパイプベッドがあった。床には空いたスペースがほとんどない。

壁一面が本棚になっていて、まるで図書館のようにびっしりと書物が並んでいる。それだけでなく、本や雑誌を使ってジェンガゲームをやっているのかと思うほど、高く積み上げられている。湿った臭いがした。

「ときどき空気を入れ換えてるんだけどさ、ちょっとかび臭いだろ」

なんとなく暗いのは、本が多いせいでなく、普通の部屋にしては窓が小さめのせいだった。

「ここは、北向きだったからもとは納戸なんだよ。それでも六畳近くある」

どうしても理解できなくて、降参した。

「このおじさんの家に、諸田君の部屋があるってこと？」

寿人が愉快そうに笑った。

「ごめん、ごめん、嘘をつく気はなかったんだけど、圭ちゃんがいちいち驚くから面白くてさ。種明かしをすると、いま、ぼくはこの家に住んでるんだ。居候してるんだよ」

ようやく事情がのみ込めた。圭輔と似た境遇にあるということだ。

「ぼくは北海道生まれで、もともと両親とあっちに住んでたんだ。実家の近くに、だだっぴろい草原があってさ、そこにある種の野草が大量に自生してるんだ。ススキの仲間なんだけどね。ぼくは小さいころから喘息《ぜんそく》気味で、その草が原因のアレルギー性気管支炎だってことがわかった。父親の仕事の都合で引っ越しはできないし、かといって野原を焼き払うわけにいかないんで、小学五年生のときから、親戚《しんせき》のおじさんの家にごやっかいになることになった。牛島さんは、ぼくの祖母の弟の息子なんだ」

圭輔は、また、あっ、と声をあげた。いま聞いたばかりの複雑な相関図がすんなり理解できたからではない。さっき牛島という表札を見て、どこで目にしたのか分からなかったが、それを思い出したからだ。入学してすぐもらった連絡網の、番地の最後に《牛島方》と書いてある生徒がいた。

自分が《浅沼方》だから、同じように牛島という家に世話になっている子どもなのだろうと思った。思っただけで、それ以上の興味は持たなかった。

それが寿人だったのだ。

だけど、とつい考えてしまう。自分と似てはいるが、中身は天と地ほどの差がありそうだ。

「この部屋は、もともとおじさんの書庫だったんだ。北向きで本が焼けないからね。本にうずもれて生活してる感じが最高だろ。ちゃんと、南向きの部屋ももらったんだけど、本を読みながらよくこっちで寝てる。気管支にはよくないんだけどね」

「じゃあ、おじさんがここへ本をとりに来るの？」

「とりになんか来ないよ。一階にある書斎と書庫には、この何倍も本が置いてあるんだぜ」

17

結局、この日は〝おじさん〟に顔をあわせる前に帰った。

自殺するのを中止したなら、買い物をしなければならないからだ。

スーパーに立ち寄り、カートを押しながらメモに書かれたものを入れていく。今夜はお好み焼きらしいと考えながら、ばら肉をカゴに入れて小麦粉のコーナーに向かう途中、背中をつつかれた。

ふり返ると、制服を着た美果が立っていた。いたずらっ子のような目が笑っている。

「奥山君、なーにやってるの？　今日、学校休んだでしょ」ひやかすように言って、カゴの中をのぞく。「おつかい？」

本当なら逃げ出したいほど恥ずかしい場面だったが、どうしても言わねばならないことがあった。

「ねえ、ちょっとその顔どうしたの？」

「なんでもないんだ。それより、きのうはごめん。あいつに、どうしても、って言われて」

「なにを？」

「ほら、浅沼に紹介したこと」

「ああ、あれね」うなずいた。「どうせ、強制されたんでしょ。気にしなくていいよ。それより、ほんとに大丈夫？」

「見た目ほどひどくないんだ」

美果のさばさばとした話し方に、救われる思いがした。美果のカゴの中を見ると、アーモンドチョコとプリンが入っていた。

「浅沼に、しつこくされなかった？」

「された、された」美果が棚のポテトチップを見比べながら顔をしかめる。「カラオケ行こうってしつこいから、途中まで行った」

「行ったの？　なにもされなかった？」

美果はぷっと小さく噴いた。

「店に入るわけないよ。ほかにも女子が来るっていうのが嘘だってわかったし、なんだか、ほかの男子も呼ぶみたいなこと言うから、適当にごまかして帰った」

あの達也が、よく素直に帰してくれたものだと驚いた。美果が目を細めてふふっと笑う。

「うちのお父さん、警察官だよ、って言ってやった」

「えっ、そうなの」

「浅沼もびびってた」

「すごいな。お父さん、警察の人なんだ」

「うっそぴょーん」

「うそ、——なの？」

「うそだよ、そんなの。公務員は公務員だけど、道路の管理かなんかの仕事してる、ただの地味なおっさん」

彼女なら、この先も達也をかわすことができるかもしれない。少しだけ安心した。

「よかった」

「もしかして奥山君、心配してくれたの？」

「あ、ええと、少しね」

「さんきゅ。それよりさ、その顔冷やしたほうがいいよ」

「わかった」

美果はポテトチップの袋をカゴに入れ「お母さんにも買い物頼まれてるから、またね」と行ってしまった。

帰宅して、達也に向かって「きのう嘘をついただろう」と責めることは、もちろんできない。美果の無事が確認できたことと、美果が自分を恨んではいないことを知ったただけで満足だった。

買い物袋を渡すとき、道子も圭輔の顔のあざに気づいたようだった。しかし、ほんの一瞬おやっという表情を浮かべただけで、すぐにそっぽを向いた。達也がやったと気づいて、無視するつもりなのだろう。なにかを期待しているわけでもなかったので、失望することもなかった。

翌日もその翌日になっても、達也は二度と圭輔に美果の話題を持ち出さなかった。

さすがの達也も、一度失敗して興味を失ったのだろうと思った。

週末に、ようやくおじさんこと牛島肇《はじめ》に会いに行くことになった。美果も一緒だ。圭輔と寿人の会話を聞いていて、ぜひ自分も招いて欲しいというので、寿人が折れた。

肇は、三十五歳、髪は短くさっぱりしていて、真ん丸い顔に太めの眉毛《まゆげ》、笑うと目がなくなる、明るい印象の人物だった。

肇の妻、美佐緒《みさお》は三つ年下の三十二歳、肇よりさらに快活そうな印象で、はきはきとしたしゃべりかたをする女性だった。

リビングのローテーブルを五人で囲み、それぞれの前に美佐緒手作りのロールケーキと、紅茶が並んだ。

「おじさんとおばさんは愛し合ってるんだ」

お茶会がはじまるなり、寿人がいきなり言った。

「おいこら」肇が、あまり照れたようすもなく、寿人を睨《にら》む。

「でも、本当でしょう」

「まあな」

隣の美佐緒は、特別照れたようすもなく微笑んでいる。

「うわ、いいなあ」美果が目を輝かせた。「すてき」

その後は、寿人が巧みに話題を振って、肇の博識ぶりを披露してもらうことになった。ことに、歴史と自然科学に関しては、聞いたこともない単語がすらすらと出てくる。まるで頭の中に事典が入っているみたいだ、と感心するばかりだった。

「どんなお仕事をされてるんですか」美果が質問する。

「大学の国文学の助教授なんだよ」

寿人はそう言って、圭輔も知っている有名な私立大学の名をあげた。

「すっごーい」美果が素直に感心する。「あたしも、入れますか？」

「少しだけ真面目に受験勉強すれば、大丈夫だよ」

「やった。少しだけでいいんだって」

美果以外の全員が同時に笑った。

会話が一段落し、美果が手洗いに立ったすきに、肇が真顔で言った。

「きみの境遇は寿人に聞いたよ。ちょっとひどいね。ぼくでよかったら手を貸すよ」

両親を亡くして以来、圭輔は感情のゆれが自分にも理解できなくなっていた。なにを見たり聞いたりしても、まったく無感動のときもあれば、ちょっとしたきっかけでいきなり涙があふれ出すこともある。このときも肇のことばが終わるなり、ぽたぽたとテーブルに雫《しずく》を落としてしまった。

「まだ十二歳なのに、ひとりでそんな重荷を抱えてるなんてひどい話。この人、丸顔だけど、わりと頼りになるのよ。どんどん頼ってやって」

美佐緒のことばに、涙の量がますます増えた。

「今の発言は問題だ。丸顔と人格に科学的な関連はない」肇が口を尖《とが》らせる。

「褒めてるんだからいいじゃない」

「はいはい、ごちそうさま」

寿人が大人びた口調で言うと、誰からともなく笑いだした。肇が真面目な表情に戻る。

「浅沼道子さんという女性が後見人になってるらしいけど、たしか後見人というのはかなり制約があって、遵守しなければならないことがたくさんあるはずだ。なにしろ、未成年とはいえ別人格の財産をあずかるんだからね。圭輔君は、財産目録だとか収支の報告は受けたことがあるかい」

「いえ」

具体的なことは、まったくなにもない。ただ「ちゃんとあずかるから」と何度か言われただけだ。

肇は腕を組んで、ふうん、と唸《うな》った。

「学生時代からの友人に、弁護士をやってるやつがいる。ぼくも専門的に詳しいわけじゃないから、こんどそいつに聞いてみるよ」

「はい」

　そう答えたものの、うれしさ半分、トラブルはいやだという思いも半分あった。

「とにかく、あと一度でもきみの顔にあざができていたと寿人に聞いたら、きみがいくら反対しても、ぼくはしかるべく手を打つよ。本当はいますぐ行動に移すべきだと思うけど、きみが望まないらしいから、もう少しだけようすを見よう」

　涙をごまかすため、腕を目に当てたままなんどもうなずいた。

　手洗いから戻った美果が、「なんかあった？」ときいた。

18

　まるでこのときの会話を聞いていたかのように、達也は二度と暴力をふるわなかった。たまにプロレスの技のようなものをかけられ、それはそれで苦しかったが、少なくともあざが残るような暴行はなかった。もしかすると、本人が言った「暴力だってふるったことないんだぜ」というのは本当なのかもしれない。

　美果にそれとなく聞いてみても、あれ以来達也は接触してこないらしい。父親が警察官だと言ったのがよほど効いたのかもしれない。

　その後も、月に二度ほどの割合で牛島家を訪れた。肇のつきることのない知識を聞く、それがなにより楽しい時間だった。

夏休みに入ると、圭輔はほとんど連日のように牛島家をおとずれた。

夕方の買い物と、命じられた家事をこなすかぎり、道子はからんでこなかった。達也は、中学に入ってできた仲間と遊ぶのに忙しいらしく、圭輔をかまっている暇などなさそうだった。

一方、肇は大学が夏休みになって、毎日のように家にいた。

「三人も四人も一緒だから」と、昼食は美佐緒の得意なパスタ料理をごちそうになる。さすがに美果は毎日というわけにはいかなかったが、三日に一度ほどは牛島家にやってきた。一度、自分で焼いたというクッキーを持参して、みんなから絶賛された。


八月に入って一週間ほど経ったころだ。

二日間自由な時間がとれず、牛島家に行くことができなかった。

一日は荷物が届くからと留守番を命じられ、もう一日は、例の作業ジャンパーの男が朝からずっと部屋にいて、ビールやつまみの追加の買い出しを命じられたからだ。この男は、死神がいなくなってから、堂々とマンションにやってくるようになった。あいかわらず、カンニングをするときのようなずるそうな目をしている。

他の男はみかけないので、道子は相手をひとりに絞ったのかもしれない。

その日は、朝から洗濯や片づけを手際よくすませ、道子が次の用事を思いつくまえに、さっさとマンションを出た。

三日ぶりにブザーを鳴らすと、美佐緒が応対に出た。すぐに、いつもと表情が違うことに気づいた。

美佐緒は申し訳なさそうに、「寿人は、ちょっと用事ででかけてるの」と答えた。行き先を聞きづらい雰囲気だ。

「では、また明日来てみます」

「あの、もしかすると、しばらく戻らないかもしれないわね。親戚《しんせき》の家に行ってるから。電話するように伝えておくから」

美佐緒に似合わない、奥歯に物が挟まったような口ぶりだ。圭輔はひとつお辞儀をして門を出た。

その日の夜、寿人から電話がかかってきた。とりついだ道子に、ものすごい目で睨まれた。

〈ごめん、電話しちゃまずかったよね〉気配を察した寿人が謝っている。

「気にしなくていいよ。それより、なにかあった？」

〈うん――〉

寿人が口ごもるのもめずらしい。牛島家でいったい何があったのだ。

〈じつはいま、実家に戻ってるんだ〉

「実家って、北海道？」

〈そうなんだ。ちょっと親戚で不幸があってね。しばらく戻れないかもしれない〉

「まさか、そのまま転校する？」

ここでようやく寿人の笑い声が聞こえた。

〈それはないよ。遅くとも二学期までには戻るから〉

うれしくもあり、残念でもあった。つまり、最長では二学期まで会えない可能性があるということだ。それは同時に、行き場所を失うことでもあった。さすがに、ひとりで牛島家を訪問できるほど、親しくはなっていない。

気をつけて、というような、場違いな挨拶をして電話を切った。

翌日は図書館などで時間をつぶしたが間が持てない。さんざん迷ったすえ、勇気をふりしぼって美果の家に電話をかけた。

機嫌の悪そうな男の声が応対した。美果の父親だろうと思った。自分の名を名乗り、木崎美果さんはいますか、とたずねた。

〈美果は親戚の家にいっていて、しばらく帰ってこない〉

これが、あのいつも明るく愛想のいい美果の父親だろうか。つい「すみません」と詫《わ》びて電話を切った。

実家と親戚の違いはあるが、ふたりともしばらく帰ってこないという。偶然だよ偶然、と自分に言い聞かせても、抑えきれない不安が湧き上がってきた。

美果の家に電話をかけた翌日、達也のところに顔を見たことのない大人の男女がたずねてきた。そのとき達也が自宅にいたのは、偶然ではなく約束がしてあったのだろう。不機嫌な顔で道子も同席していたからだ。

圭輔は部屋でようすをうかがった。

男女は、達也に対して友人関係や、何日にどこでなにをしていた、というような質問を繰り返した。口調は優しかったが、正確に応えるまでなんども質問する。終わりのほうで、秀秋の名も出た。

圭輔は、この男女は警察の関係者ではないかと思った。

達也のところに警察が来たり、補導されたりしてもいまさら驚かない。問題は、なにをしたのかということだ。

不安がますます強くなってゆく。まさかと思うが、美果や寿人の行動と関係があるのだろうか。警察がやってくるほどのことだったのか。

ふたりに直接聞けばすぐにわかることだ。早く話がしたい――。

しかし、夏休みが終わるまで、とうとうどちらも帰ってこなかった。

始業式の朝、美果の姿はなかった。

寿人は寿人で、久しぶりに会ったというのに、気難しそうな顔をしてどこかよそよそしい。こちらから事情を聴こうと思ったとき、ホームルームが始まってしまった。

休み明けでざわついている生徒に向かって、担任の原島教諭が声をあげた。

「木崎美果は、家庭の事情で転校した」

ええーっ、という声がいっせいにあがった。

うっそー、聞いてなーい、なにそれー。

呼吸が速くなりはじめる。

「──詳しいことは教えてくれないのよ」

美果と仲がよかった女子のひそひそ話が聞こえる。

落ち着け、ゆっくり息をしろ。きっとなんでもない。

「静かに。静かに」原島教諭が出席簿で教卓をバンバン叩《たた》いた。「静かにしろっ」

ようやくざわつきが収まった。

「急なことで、みんなに挨拶もできずにすみませんと、ご両親が挨拶に見えた。お別れの品をあずかっているので、いまから配る。──よし、各列の先頭のもの、取りに来て後ろに回せ」

だめだ、まずいな、息が苦しい。

「おい、奥山、早くしろよ」

背中をつつかれ、自分の席まで回ってきていることに気づいた。

ひとつとって、後ろの生徒に渡す。お別れの品は、有名なデパートの包装紙に包まれたハンカチだった。

「あ、バーバリーだ」

「やだ、かわいい」

暢気《のんき》な声があちこちであがる。

斜め後方の席に座る寿人を見た。これまで見たことがないほど、その顔は怒っているように見えた。

視界が暗くなってきた。顔をあげていることができず、机にうつぶせた。

「先生、奥山君がなんだか変です」

隣の席の女子が声をあげた。


一時限目が終わった休憩時間に、保健室まで寿人が見舞いに来た。

「調子はどうだ」

「大丈夫だよ。ただの過呼吸だから。三時限目から出る。それより、木崎さんのことは、まさか達也が原因じゃないよね」

寿人は圭輔の問いに応えず、横を向いたまま唇を噛《か》んでいる。

「知ってるなら教えてくれよ」

「あいつは関係ない。表面上は」

「表面上ってどういう意味だ。それに、きみが実家に帰った理由は？」

「このまえ、言ったとおりだよ」

こんな歯切れの悪い寿人は見たことがなかった。

「わかった、達也に直接きいてみるよ」

寿人は、無言で圭輔の目を見ていたが、そのまま保健室を出ていった。

達也は登校していなかった。

夏休み中ずっと「二学期からガッコ行きたくねえな」とぼやいていたから、初日からさぼったのかもしれない。

結局その日は、寿人ともぎくしゃくとして、ほとんど口をきかなかった。

道子の買い物を済ませ、家で待つと、八時ごろに達也が帰ってきた。やはり、さぼってどこかで遊んでいたらしい。服から煙草の臭いがした。

「達也」

「あ?」

達也は、口を半開きにして、不思議そうな顔をした。

「圭ちゃん、なんかマジになってる?」

「木崎さんになにかしただろ」

「は?」

そのとぼけた表情を見て、疑念が確信に変わった。

まさか、そんなことが本当に起きたなんて。

「おまえ、木崎さんに、なにかひどいことしたんだろ」

「おい、なに泣いてんだよ」

達也に飛びかかったが、すっと体をかわされ、手をだせなかった。

「いつの話してんだよ」にやにや笑っている。

「なんてことするんだ。ちくしょう」

「だからさ、やったのは松田《まつだ》先輩たちだって。おれは何もしてねえよ。ほんとなの。木崎のやつ、いやー、とか泣いてな。かわいそうに」

こめかみのあたりが痛いほど鬱《うっ》血するのが、自分でわかった。床にぽたぽたと涙が落ちる。

「それを――見てたのか」

「興奮しないで、圭ちゃん」

圭輔は体を起こし、意味をなさない雄叫びをあげ、達也の足にタックルした。

ふいをつかれた達也が、こんどは尻餅《しりもち》をついた。圭輔は達也の腹にまたがり、顔をかばう腕の上から、めちゃくちゃに殴りつけた。

「わかった、わかったから。謝るよ」

ほとんど防戦一方だった達也が、うめくように声をあげた。

圭輔は我に返り、達也の体から下りた。

達也は「痛《い》ってーな」とぼやきながら立ちあがり、乱れた髪を直した。あまりダメージを受けたようには見えない。へらへら笑っている。

「マジで、おれはなにもしてないよ。この前のときだって、松田さんに言われて呼び出したんだ。木崎なんて、おれの趣味じゃないって」

　煙草をくわえ、火をつけた。

「あいつ、このまえ父親が警察官だとかって嘘ついたんだぜ。松田さんたち、すっげー怒ってた」

「松田って、あの二年の松田か」

「やめとけよ、松田さんに逆らったら、ただじゃすまないぜ。ま、いまは学校に来てないけどさ」

「家はどこだ」

「だからやめとけって。知らないのかよ。圭ちゃんの親友の諸田寿人がチクってさ、みんな家裁に呼ばれたんだぜ。学校にもばれて、松田さん以外の三人も謹慎くらってる。いま、のこのこ行ったら、マジでどうなるかわからないぜ。美果本人とか家族はなにも文句言ってないのに、よけいな口出しして。ばかだよな。諸田も」

　指先が震えそうなほど怒りがぶりかえした。

　この夏、なにが起きていたのかが、これでようやくわかった。

　達也がどこまで主導したのかわからないが、松田という先輩とその仲間が、美果に暴行をはたらいたのだ。ショックを受けた美果を、両親はどこかへ移し、そのまま転校させたのだろう。

　圭輔は、美果と家族の痛みを思った。表ざたになることを避けるため、家族は泣き寝入りすることに決めたのかもしれない。美果は、思いをよせていた寿人だけに、事情をそれとなく告げた。怒った寿人が、警察に通報した。

松田たちの処分は思ったより甘く、ただの自宅謹慎になった。報復の危険があったので、おそらく牛島夫妻が寿人を実家に戻したのだ。

寿人に対して、水くさいという腹立ちも感じたが、圭輔になにも言わなかったのは、きっと逃げ場のない圭輔の身を案じたからだろう。

それより、戻ってきた寿人は大丈夫なのか。今後もずっと安全とはかぎらない。どうやって身を守るつもりなのか。

いつか家に来た大人たちは、やはり警察か役所の人間だったのだ。この事件に加担したか、あるいは証人として、達也を聴取に来たに違いない。だが、達也が言う「おれはなにもしてないよ」というのは本当だろうと思った。達也は、やったならそれを自慢するからだ。

「なあ、そんなにしょげるなよ」達也が圭輔の肩を叩《たた》いた。「――圭ちゃん、美果のこと好きだったもんな。気持ちはわかるよ。言ってくれれば、順番待ちさせてあげたのにな。五番目だったけどさ」

もう一度殴りかかるエネルギーは残っていなかった。

「おれは、木崎みたいなガキじゃなくて、どっちかというと、諸田が居候している家のひととかがいいな。たしか美佐緒さんとかいったな。ああいう大人の女を動けなくしてむりやりとか、——ああ考えただけでたまんない」

こいつをどうにかしなければ、と思った。

この浅沼達也という男を、自分の存在そのものと引き換えにしてでも、どうにかしなければならない。

「——一回やると癖になるのかなあ。それとも、やっぱり、年上が好きなのかなあ。なあ圭ちゃんどう思う。圭ちゃんのお母さんもよかったよな。あ、ほかのやつには内緒だぜ。マザコンと思われちゃうもん」

圭輔はマンションを飛び出した。足がやけに痛むので、見れば裸足《はだし》のままだった。いまさら戻る気になれず、焼けた家のあった土地を見に行った。最近、訪れる間隔があいて二週間ちかく来ていない。いまは、両親と暮らした場所が無性に懐かしい。

「なんだ、これ」

はじめ、場所を間違えたのかと思った。あわてて周囲を確かめたが、やっぱりここだ。

家が建ち始めている。

すでに柱が何本かそびえ、空いた場所に木材などが積まれ、シートを被せてある。敷地の隅には簡易型のトイレまであった。

白い看板が立っているので読んでみた。

施工主のところに、このあたりでよく社名を見かける工務店の名前が書いてある。道子が売り払ったのだろうか。いくら後見人だって、勝手にこんなことをしていいのか。

一度にいろいろなことが起こって、考えがまとまらなかった。

あてもなく歩きまわり、深夜一時に公園のベンチにぼんやり座っているところを、制服警官に保護された。

パトカーの後部座席に乗せられ、マンションまで送られる途中も、自分の両親や、美果、そして寿人や牛島夫妻の明るい笑い声が、まるで自分を責めるかのように頭の中でぐるぐるまわっていた。

第二部

1

「主文」

　裁判長の声が法廷内にゆきわたる。

「――被告人を懲役一年三月《さんげつ》とする。ただし、二年八月《はちげつ》のあいだ、その刑の執行を猶予するものとする。――次に、判決の理由を述べます。被告人は、立ったまま聞けますか」

　裁判長に質問された被告人の平野《ひらの》昌志《まさし》は、あいかわらずおどおどした目をしばたたかせて、小さく「はい」と応えた。

　弁護人席に座る奥山圭輔は、隣の白石《しらいし》真琴《まこと》弁護士と顔を見合わせた。

　――まあ、こんなもんでしょ。

　真琴の表情は、可もなし不可もなしといったところだ。

　傍聴人がざわつきはじめた。意外な判決だったからではなく、予想どおりの結果だったからだ。

　ありきたりの事件にしてはめずらしく傍聴席が半分ほど埋まったが、判決が下されたとたんにつぎつぎと椅子を跳ね上げて帰って行く。彼らのうちほとんどはこの裁判に関係のない人間、つまり趣味で傍聴してまわっている連中だ。しかも、映画館でいうならエンドロールを見ずに帰る観客だ。

圭輔は三人並んだ判事たちの反応を見た。ほんの少し顔が赤らんだりこわばったりしているようだ。無関心を装っているようで、実は傍聴人の反応を気にする裁判官は少なくない。

今日の判決に面白みがなかったのは裁判官のせいではない。勝手になにかを期待した、傍聴マニアたちが悪いのだ。日本の裁判で、そうそう奇跡は起きない。

圭輔も、うっかり帰り支度をはじめそうになって、あやういところで手を止めた。さすがに判決趣旨の読み上げが終わる前に、弁護人まで資料を片づけはじめてはまずい。

それでも、圭輔の関心はすでに次の事案へ移りつつあった。

九九・九パーセントの有罪率を誇る日本の刑事裁判において「有罪、ただし執行猶予つき」の判決は、きわめて無難な着地点だ。「有罪か、無罪か」という息詰まる判決の瞬間になど、弁護士をしていてもめったに遭遇しない。

今回平野が起こした事件は、俗にいう「ひったくり」だ。

刑法に「ひったくり」という罪の規定はない。ごく大ざっぱに仕分けると、すんなり奪って逃げれば「窃盗」、奪うときに脅迫すれば「強盗」、少しでも怪我をさせれば「強盗致傷」と、順に重くなる。

平野は、約三ヵ月前の夕刻、住宅街の道を歩いていた六十三歳の女性が手に持っていたバッグを、走って追い抜きざまにひったくろうとした。このとき、老女が手を離さなかったため、睨《にら》みつけて「はなせ、ばばあ」とののしった。おどろいた被害者がつい手を離したすきに奪ったのだが、数十メートル逃げたところで、事件を目撃していた通行人らに取り押さえられた。したがって、肉体的、金銭的被害はゼロといえる。

ところが、被害者の女性が「死ぬほど怖かった」としつこく訴えたためか、担当検事の虫の居所がわるかったのか、平野は《強盗罪》で起訴された。

つまり今回の裁判の焦点は、「はなせ、ばばあ」が脅迫にあたるかどうかにあった。

裁判長は《窃盗》の判断を下した。圭輔からみれば、判決内容は妥当に思える。

がっかりしていた傍聴人たちが、この裁判にいったい何を期待していたのか、こちらから聞いてみたいほどだ。

国選弁護の仕事は、この平野の公判のように、法の要求を満たすためだけの付添人的な役割に終始することが少なくない。ごく稀《まれ》に、裁判史に太字で記されるような判決も出るが、それは本当にめずらしいことだといえた。

その稀なことが、三ヵ月前に起きた。

だれがどう考えても被告の犯行だろうと思われた事件を、白石慎次郎《しんじろう》という国選弁護人がひっくり返してしまった。

被告は、前科五犯のひったくり常習者だった。これまでとまったく同じ手口で襲われた七十三歳の女性の証言が決め手となり逮捕された。やがて被告の自白をもとに、被害者宅近くのくさむらから被害者のハンカチが見つかった。いわゆる〝秘密の暴露〟つきの、典型的な有罪事件だった。

ところが公判に入ってから、被告がこれは冤罪だと訴えはじめた。慎次郎は被告の主張を信じ、自白の強要や誘導尋問による証拠の捏造《ねつぞう》をあばき、無罪判決を勝ち取った。しかも、ほぼ同時期に別な事件で逮捕された犯人が、あれはおれがやったんだと告白したため、ますます注目を浴びることになった。ワイドショーや週刊誌はもちろん、大手新聞も特集記事を組むほどの話題となった。さらに、ニュース映像でいつも慎次郎の隣に映っている美人は誰だ、というおまけの騒動までついた。

この白石慎次郎が、現在圭輔が世話になっている法律事務所のオーナー弁護士であり、隣につきそっている若手女性弁護士は彼の娘、白石真琴だった。

この逆転判決以後、白石事務所がかかわる判決が下されたのはこれが三例目だが、どこで調べるのか、何かが起きることを期待してマニアやときに記者までやってくる。そろそろ飽きてくれるころだろうと、圭輔や真琴も熱が冷めることを待ち望んでいる。ただ、急に傍聴人が増えて妙に肩に力が入っていた判事たちに、少しだけ同情した。

圭輔はもう一度傍聴席に目をやった。

それでもなお残っている、学生や研修生以外の男たちは、判決が目的で来ているのではない。圭輔もすっかり顔を覚えてしまったが、彼らは真琴のファンだった。

圭輔が法曹界に入って驚いたことのひとつが、美貌《びぼう》の女性が多いことだった。裁判所の通路で、テレビドラマの収録だろうか、著名人の裁判で証言するモデルだろうか、と思うような美人とすれ違い、あとで検事だと知ったりする。弁護士や判事にも同様なことがいえて、裁判フリークの連中にはしっかり〝お気に入り〟がいるらしい。

真琴も固定ファンがついているひとりで、大手週刊誌から《美しすぎる戦士たち》という企画の取材申し込みがあった。真琴からは「二秒で断った」と聞かされた。

最後に平野に接見し、控訴する意思がないことを確認して、裁判所を出た。

梅雨の雲が重く垂れこめている。午後も出かける予定があるので降らなければいいが。

真琴とふたりで、一旦《いったん》事務所へ戻ることになった。タクシーを使えるほど儲《もう》かってはいない。桜田門《さくらだもん》駅から地下鉄に乗り、池袋《いけぶくろ》西口にある事務所へ向かう。二十分弱のいわばこれが通勤だ。

比較的すいた車両のシートに腰を下ろす前から、真琴との話題は、来週に初公判が始まる婦女暴行事件に移っていた。真琴が主体となり、圭輔が補佐する裁判だ。

法務省も変なところに計算高い、と圭輔はいつも思う。

たとえば、さっきの平野のようなケースでは、裁判員のお呼びはかからない。社会的に注目度が高かったり、殺人や強姦《ごうかん》といった、傍聴席が埋まる裁判に裁判員制度を適用する。圭輔たちが来週から受け持つのは、その裁判員裁判だった。圭輔が本格的に法律の勉強を始めたときには、この制度はすでに始まっていた。したがってまったくといっていいほど違和感はないのだが、白石所長や先輩の海老沢公一《えびさわこういち》弁護士は、いまだに愚痴をこぼす。従来型の裁判とは、立てる対策ががらりと変わってやりづらいという。良くも悪くもテレビドラマっぽくなるんだな、というのが白石の口癖だった。

「被告はあいかわらず、同意の上の行為だったと主張してるのよ」

真琴が形よく整えてある眉《まゆ》をひそめた。地下鉄のシートで交わすにしても、少し声が大きい気がする。それでも、ただ「行為」と言ってくれたので少しほっとする。熱が入ってくると、あたりかまわず〃男性器の硬直した形状〃をストレートに口に出したりする。スーツ姿のサラリーマンがぎょっとしてこちらを見たこともあった。

「論点はその一点でしょうか」圭輔は、まわりを気遣った声で答える。

「そうなの。結局は水掛け論になって、被害者側に有利でしょ。だから、過去の行動から、ふたりの関係を裁判員に印象づけたいわけ。わたしが見るところ、被害者の女性は二股《ふたまた》をかけていたのよ。それを新しい恋人に責められて、苦し紛れに『関係を強要された』と主張しているんだと思う。ベッドで撮ったピース写真でもあればいいんだけど」

圭輔はあわてて資料を探すふりをした。

2

『白石法律事務所』は、池袋駅西口から歩いてほんの数分のところにある。

立地でいえば、東京芸術劇場と立教大学の中間あたり、そう悪くはない。しかし、建物は相当に古い。エレベーターの立てる異音が気になる雑居ビルの、五階部分を間借りしている。

圭輔が大学を卒業した年は、新旧の試験制度が並行運用された最終年だった。圭輔は、金と時間のかかる法科大学院へは進まず、予備試験を受けて本試験に臨んだ。要するに、従来型の司法試験だ。大学を卒業したその年に、一度目の挑戦で合格した。司法研修を終えたあと、大学時代の先輩の口利きで、この法律事務所に雇われることとなった。

選択肢として判事や検事を目指す道もあったかもしれないが、圭輔は挑戦する前から断念していた。もちろん、その職が狭き門だということもある。だがそれ以前に、検事になって被告人に少しでも重い刑を背負わせるために情熱を傾けることはできそうもない。まして判事になれば、みずからの口で量刑を宣言することになる。死刑の可能性もあるだろう。その重圧に耐えられる自信がなかった。

いつのころからか、誰も助けてくれる人がいない人間をこそ助けたい、そう思うようになった。あまり人に言ったことはないが、昔、寿人に見せてもらった『情婦』という映画の弁護士のように、見た目はさえなくとも内に正義感を秘めた弁護士になりたいと願った——。

〈きれいごとを言うなよ〉

自分の声が聞こえる。

圭輔にはかつてひとりだけ、心底から憎いと思った人間がいた。具体的な殺人手段こそ考えなかったが、彼がこの世から消えてなくなることを、いくどとなく願った。

その一方で、彼を呪うたびに、「おまえに人を断罪する資格があるのか」という思いが湧きあがる。

検事や判事を目指さなかった、それが本当の理由だ。

「ただいま戻りました」

「お疲れ様でした」

圭輔と真琴が事務所に入っていくと、応接セットのテーブルを片づけていた渋谷美和子《しぶやみわこ》が声をかけてくれた。四十歳をひとつかふたつ超えた事務員だ。

続けて、所長の白石慎次郎弁護士の声が聞こえた。

「お疲れさん」

机の上に、書類立てに収まらないファイルなどが、崩れ落ちそうなほど積み上げられていて、顔が半分ほどしか見えない。白石には、裁判所を出る前に裁判結果を知らせてあった。

「ほぼ、想定どおりですね。おふたかたも納得でしょ」

法廷で鍛えられた白石の地声は大きい。

「納得です」真琴が先に答えた。「本人も控訴しないと言ってます」

「納得です」圭輔も短く答える。

それで、この裁判に関する講評は終わりだった。任意指名の弁護人なら、今後のことについて被告と打ち合わせもあるだろうが、国選弁護では、これで事実上の務めは終わりである。取り組まねばならない案件は山のようにある。ぐずぐずこだわっている時間はない。

圭輔は白石の机に寄って報告した。

「わたしは、このあと、梅田《うめだ》さんのところの聞き取りに行きます。例の、散歩している犬に嚙《か》まれて五針縫った事件です。なんだか、予後が思わしくないとか言ってまして」

白石慎次郎は本来、刑事事件を得意としている。気のいい中学校の先生、といった雰囲気だが、内に燃える正義感は強い。そのくせ「〝刑事〟は金にならない」が口癖でもある。乱暴ないいかたをすれば、もともと金がないからこそ強盗や窃盗を犯すのだ。ポケットマネーで弁護士を雇うのは厳しいだろう。金持ちが被告となる事件もなくはないが、そういう人種には、ふだんから懇意にしている弁護士がいる。したがって、糊口《ここう》をしのぐために〝民事〟を扱うことになる。

割り切ってはいてもやはり苦手意識があるのか、白石は引き受けた民事事件のほとんどを、三人いる部下の弁護士にあずけてしまう。

最近、圭輔もちらほらと、ひとりでまかされる案件が出てきた。今回の一件では、知人が散歩させている犬に手を出して嚙まれ、五針縫うことになった原告が、五百万円もの賠償金を請求する訴訟を起こそうとしている。常識からはずれていると思うが、まずは言い分を聞いてやらねばならない。人がみんな謙虚で慎み深くなったら、この世から裁判はなくなってしまう。

刑事事件が有罪判決で決着するのが予定調和なら、民事の紛争は調停が理想だ。本裁判にまでもつれ込ませた弁護士は、担当裁判官から露骨に「面倒かけやがって」という目で見られることもある。圭輔もすでに体験した。

「いや、じつはね」白石が、あまり手入れのしていない癖毛をぼりぼりと掻《か》いた。「奥山先生が了解してくれたら、あの案件は海老沢さんにお願いしようかと思っているんです」

白石は、圭輔のことを一人前扱いしている証《あかし》として、「奥山先生」と呼ぶ。はじめは少しこそばゆい気もしたが、最近ようやく慣れてきた。

海老沢は、この事務所に雇われているもうひとりの弁護士だ。年齢は四十歳、今年五十二歳になる白石とちょうどひとまわりの年齢差がある。真琴が二十七歳、圭輔が今年二十五歳と若いので、海老沢弁護士は実戦部隊長的な存在だ。犬に噛まれた後始末などまかせては申し訳ない。

「わたしでなんとかなると思いますが」

ささやかに反論すると、白石は、そうじゃないんだ、と笑った。

「奥山先生に、別な案件で名指しの依頼が来ているんだよ。それもちょっと面白そうなんです」

「わたしを、名指しで？」

驚いている圭輔に向けて、白石が書類をひらひらと振った。

「弁護士会からの照会なんですが――」白石は細身の老眼鏡をかけ、書類を確認しながら説明する。「強盗致死事件の被告ですね。ええと、――前科《マエ》はなしと。有罪どころか送検すらない。逮捕歴まではわからないな。今回は国選弁護人がついて、公判前整理手続きがすでに三回開かれている。ところが、被告が突然、私選弁護人をつけたいと主張した」

国選弁護人とは、経済的な理由や適当な弁護士を知らないなどの理由で、本人が弁護士に依頼できない場合、国が代わって任命する制度だ。よほど客観的に正当な理由がなければ、被告から「替えてくれ」と頼むことはできない。

しかし、方法がひとつある。

私選弁護人を雇うことだ。私選ならば、たとえ裁判の途中だろうと、いつでも好きなときに雇うことができる。その時点で、国選弁護人はお役御免となる。

強盗致死は、強盗殺人と同じ扱いを受ける。刑法に規定された処罰は『無期』か『死刑』しかない。初犯で被害者がひとりであれば、現実的にみて死刑はないだろうが、無期は避けがたい。被告も必死になるだろう。財産をなげうって、有能な弁護士に依頼したくなる気持ちもわかる。しかし――。

「それが、わたしなんですか？」やはりぴんとこない。

「そういうことですね」

白石はうなずいてから、圭輔の顔をみて微笑んだ。

「被告は無罪を主張しています。否認事件ですね」

自分の机で書類に目を通していた真琴が、すっと顔をあげた。やりとりを聞いていたらしい。

否認事件は、いわば刑事法廷の華だ。弁護士の腕のみせどころともいえる。九九・九パーセントの壁が立ちはだかっているからだ。

白石がまた書類に視線を落とした。

「被告は、逮捕当初はあいまいな供述をしていたが、まもなく犯行を認め起訴された。ところが、最近否認に転じた。本人が否認しているにもかかわらず、担当の国選弁護人が、『心証を悪くすると、死刑もありうる。いまさら悪あがきはやめて、情状酌量を求めよう』と説得したらしい」

そこまで読んで、白石は顔をあげた。

「それで、弁護士を替えたくなった」

刑事事件ではありがちな話だ。ありがちどころではなく、こんなのばかりだ。だが、「なぜこの自分に？」という疑問の答えにはなっていない。

白石が先を続ける。

「被告人は、奥山先生の名をあげて、弁護を依頼してくれと頼んだらしい。いますぐに弁護料は払えないが、あとでなんとかする。きみならきっと断らないはずだから、と。はは、なんだか虫のいい話でしょ」

老眼鏡の上からのぞいているいつもの厳しい目がやや緩くなった。

「最初は、またぞろうちの評判をどこかで聞いて、はかない逆転の望みでも抱いたのかと思ったわけですが、奥山先生を名指しなんです。もしかすると、個人的な知り合いかなと思ったわけです」

「なんという名ですか」

名前を聞けば、はっきりするだろう。

「ええと、東京都板橋区在住、安藤達也、二十四歳」

「あんどう、たつや」

まさか——。

いきなり氷点下の風に吹きつけられたように、悪寒がした。

「ははーん。この男、一度姓が変わってるね。十五歳までは浅沼となってる。知ってますか」

間違いない。あの達也だ。呼吸が速くなりかけている。意識して、ゆっくりと吐く。

——おれたちは親戚《しんせき》なんだから、仲良くやろうぜ。

ふいに呼びかけられたような気がして、周囲を見まわした。

降り出した雨に濡《ぬ》れた窓に、達也の笑顔がぼんやりと浮かびあがった。

3

自分の机に戻って、添付されている資料と、事務員の渋谷美和子が取り急ぎ集めてくれた情報に目を通した。

事件は約四ヵ月前の二月二十八日に起きた。

板橋区にある運送会社『丸岡運輸《まるおか》』に勤める本間保光《ほんまやすみつ》（三十五歳、西東京市××）が、勤務先の事務所内で、ドアから押し入った強盗に襲われた。他の社員はすべて退出したあとで、本間も戸締まりをしてあがる直前だったことが状況から判断できる。また、目撃証言や怪我の具合などから、犯行は午後九時五分から三十分ごろまでの間であったと推定される。

本間は硬い棒状のもので後頭部を強打され、机に突っ伏すように倒れた。

広い通りに面した正門は施錠されており、残業の社員が利用する裏口にあたる通用門から出入りしたと思われる。犯人は事務所内の金庫から、当日の集金分と、一時金として保管してある現金、あわせて九十三万四千円を奪って逃走した。

ふだんはまめに連絡してくる夫が、午後十時を過ぎても、なんの音沙汰《おとさた》もないことを不審に思い、妻の寿々香《すずか》が携帯電話や事務所に連絡を入れた。まったく応答がないので不安になり、タクシーを呼び、自宅から車で約二十分の勤務先へようすを見に向かった。建物内の電灯はほとんど消えていたが、エアコンの室外機が動いているのを不審に思い、一階事務所のドアを押すと鍵《かぎ》がかかっていなかった。

中に入り、ドア近くの電灯スイッチをつけ、夫らしき人物が頭から血を流して机に突っ伏しているのを発見した。近寄ってみて夫に間違いないことを確認し、すぐに警察と消防に通報した。保光は発見時にはまだ生きていた。救急病院に搬送されたが、翌三月一日に死亡した。死因は頭部打撲による脳挫傷《のうざしょう》及び急性硬膜下血腫《けっしゅ》並びにくも膜下出血。

現場から犯人のものと思われる遺留品は見つかっていない。また、二台ある防犯カメラを意図的に避けた形跡もある。内部の事情を知る人間の犯行である可能性も高い。

三日後、警察は安藤達也二十四歳（東京都板橋区××）を任意で取り調べ、住居侵入の疑いで逮捕状を執行した。安藤は、丸岡運輸を事件の約一ヵ月前に、勤務態度の不良を理由に解雇（正確には契約途中の解約）されており、容疑者のひとりとしてあがっていた。取り調べの結果、強盗致死の嫌疑が固まったため同容疑で再逮捕される。

逮捕に至った主な理由は次のとおり。

一、本間保光（以後被害者）は当該営業所のチーフマネージャー（一般的な係長職）で、非正規雇用社員の仕事の割り振りを担当していた。安藤達也（以後被告）は退職間際に、自分がくびになるのは、被害者が無理な仕事ばかりを回して評価を下げたからだといいがかりをつけ、激しい口論になった。手は出さなかったが、脅迫じみた発言を続けたため、その場にいた従業員複数が仲裁に入った。

一、事件当時、被告が金銭的に困窮していたことは周囲の証言であきらかだが、自宅アパートのたんすの引き出しから、裸の一万円札が十枚発見された。このうちの三枚から被害者の指紋が検出された。

一、被告が住んでいるアパートの敷地内に最近掘り返した形跡があり、ここに金属製の特殊警棒が埋めてあるのが発見された。洗浄した痕跡《こんせき》があったが、微量ながら被害者の血痕が検出された。
一、被告は以前、同僚から『丸岡運輸には昔からの現金支払いの客が多く、月末には百万近い現金が金庫に集まる』と聞かされ、非常に興味を抱いたようすだった。
一、事件当夜、道路を挟んで同社の向かいに住む女性（六十三歳）が、不審な物音（あわてて門をしめるような音）を聞き、自宅二階の窓から外を見たところ、同社裏門から被告にそっくりの男が逃げていくのを目撃した。この女性は一ヵ月ほど前、出勤してきた被告に、コーヒーの空き缶を庭に投げ入れられ口論となった経緯があり、人相風体を覚えていた。目撃したのは後ろ姿だが、背恰好《せかっこう》は被告に間違いなく、被告がふだん着用していたダウンジャケットや、特徴的なニット帽にも見覚えがあったと証言している。後の実験で、複数の帽子の中から当該ニット帽を言い当てている。
一、この目撃女性とは別に、警察へ中年の女性と思われる声で「安藤達也が、事件翌日に飲み屋のテレビでこのニュースを見ながら『おれをなめると、ああなるぞ』と笑っていた。溜《た》めていたつけも払った」という匿名の電話があった。公衆電話からで発信人は不明。この居酒屋『まつもと』（板橋区××）は被告いきつけの店で、通報どおり約二万円あったつけを被告本人が支払ったことがわかっている。
一、同夜の被告の居場所について、証明できる人間や証拠はない。

そのほかの要件としては――。

犯行時刻推定の根拠は、被害者の前に三名の社員が一緒に退出したが、これが九時五分だった。また、向かいの家の女性が物音を聞き、窓から目撃したのが九時三十分であり、このとき明かりは消えていた。その後も窓際の机で読書をしていたが、次に明かりがついたのは十時三十分ごろだと証言している。これは被害者の妻が駆けつけた時刻と一致する。

また、司法解剖による怪我の状態とも矛盾しない。

被告は逮捕直後あいまいな供述をしていたが、取り調べを重ねるうちに犯行を認めた。

直接証拠ないし、秘密の暴露にあたる決定的な自白はない。


圭輔は、添付されていた資料から顔をあげた。

この事件のことを、知ってはいた。

ただし、北海道で起きた玉突き事故だとか、九州で起きた脱線事故だとか、そういった自分に直接かかわらないニュースのひとつとして。

ふだんテレビはほとんど見ないし、インターネット系のニュース速報を頻繁にチェックする習慣もない。毎日が忙しく、普通の強盗致死事件に深い関心を寄せる時間はない。そしてなによりも、まさかあの達也が被疑者だとは、思いもしなかった。

「どうします?」

白石所長の、いつもながらのよく通る声で我に返り、圭輔は顔をあげた。

「お断り……していただけませんか」

「ああ、そうなの」

白石は少しだけ残念そうな表情を見せたが、理由はたずねなかった。負けそうだからではなく、なにか事情がありそうだと感じ取ったらしい。圭輔は、その気遣いに対して、多少は説明するのが礼儀だろうと思った。

「名前から判断すると、昔のちょっとした知り合いの可能性があります。しかし、とくに親しかったわけではありませんし、どちらかといえば再会したくない人物です」

「なるほど。それなら断りましょう」

白石はきっぱりと言い切って、圭輔から受け取った書類に短く書き込みをし、《既決》のトレーに放り込んだ。ずけずけとものを言う人だが、相手の心情を読み取る才能の持ち主だ。圭輔が嫌がっていると察したのだろう。

「それなら、飼い犬事件のところは、予定どおり奥山先生にお願いしましょう」

圭輔は、なるべく明るい表情を心がけて、はい、と答えた。

午後は予定通り、依頼人のところへ事情を聴きに行った。

依頼希望者が、中身の詰まった財布を持って順番待ちしているような法律事務所なら、こちらの都合にあわせて呼びつけるのだが、弱小事務所では、顧客を大切にしなければならない。

近所に住む犬の飼い主を訴えると主張しているのは、梅田安雄《やすお》という三鷹《みたか》市に住む五十四歳の男性だった。加工食品製造の会社に勤め、妻と学生の子どもが二人、ごく普通の家庭環境に思われる。

圭輔が約束の時刻に梅田家をたずねると、さっそくリビングに通されて、話を聞くことになった。妻は買い物だとかで留守だった。

旅行好きな夫婦らしく、観光地の名が入った編《あ》み笠《がさ》や郷土人形などが、壁やサイドボードにところせましと飾ってある。出されたコーヒーに、圭輔が最初のひとくちをつけるなり、梅田が切り出した。

「まったく、えらいめにあいましたよ」

真新しい包帯を巻いた右手を振ってみせる。圭輔も、書類を読んで概要は理解していた。犬に嚙《か》まれたのが二十日前、処置後の抜糸が済んでからでも、すでに二週間ほど経っている。梅田は、自分がいかに苦痛を味わったかということを際限なく語る。頃合いを見て遮った。

「予後がよろしくないとうかがいましたが」

「ヨゴ？」

「ええ、治療後の経緯ですね」

「傷はいいんです。問題はここのケアです」

なぜかまだ包帯を巻いた手で、自分の心臓のあたりを軽く叩《たた》く。

「今回のことが原因で、すっかり犬が苦手になってしまった。老後に介助犬の世話になれないようなことになったら、これはとんだ人生の痛手です。トラウマってやつですか」

浮かびかけた苦笑をなんとか飲み下す。慰謝料請求裁判の原告は、すぐにトラウマだとか心的外傷後ストレス障害《PTSD》だとかいう単語を持ち出す。

「少なめに見て、これはいけると思うんです」

梅田は、ソファにややのけぞるような姿勢になって、包帯を巻いていないほうの指をぱっと広げた。五百万、という主張は本気らしい。

圭輔は、直接梅田の目を見ないよう、やや視線を落とし気味にして説明した。

「ご承知かもしれませんが、アメリカあたりでは、ときどきびっくりするような賠償金が支払われます。しかし、日本はまだまだ民事の賠償金は抑え気味です。これは、あくまでご参考までに申し上げますが、過去の判例や示談金額から判断して、今回の場合、最終的に決着するのは、その十分の一前後ではないかと思われます」

すでに治療費は受け取っているのだ。そのあたりが妥当だろうと思う。全治一週間で、後遺症のおそれもない。

勝ち誇ったような笑みを浮かべていた梅田の顔が険しくなった。

「つまり、五十万、だと？」

本当は、それでも多いだろうと思っている。

「あ。これはあくまで一般的な事例を参考にした数字です。もう少し上で折り合いがつくかもしれません。ただ、賠償金額を上げるとそれに応じて裁判費用もかかります。当事務所の着手金は八パーセントとなっていますから、これが四十万円、それに成功報酬が……」

「先生」梅田は、膝《ひざ》に手をついて、身を乗り出した。「要するに勝てばいいんでしょ。こっちから値切るばかはいないでしょう。お金でご苦労なさったことのない弁護士先生じゃ無理もないかもしれませんが、商売ってのはそういうもんです。このあたりでかんべんしてくれと相手が泣きを入れるまで、ぐいぐいと押すもんです」

続けて、梅田自身が三十年に及ぶ社会生活から学んだ駆け引きの極意を、延々と説かれた。やはり、せっかく白石所長があ言ってくれたのだから、そのまま海老沢弁護士に代わってもらえばよかったと後悔しはじめていた。海老沢なら、きっとうまく話をまとめるだろう。

耳から入ってくる梅田のことばは、ただ頭の中をぐるぐるとまわった。かわりに、記憶の倉庫からじわじわとしみ出てくる達也の面影で、心の中は占領されていった。

依頼は断ったが、気持ちは引きずっている。

中学生のときに安藤姓に変わったことは知っている。高校生時代の噂も、ときどきは耳に入ってきた。しかし、高校を卒業して以後の消息については、ほとんどなにも知らない。

安藤というのは道子の旧姓だ。圭輔たちが中学三年の秋に、道子は秀秋と離婚した。

離婚といっても、協議離婚ではない。圭輔たちが中学に入学した直後、〃死神〃が突然いなくなった。圭輔に、道子と達也の関係や道子の浮気のことを尋ねたすぐあとに。もしかすると何か関係があるのかもしれない。まったくないかもしれない。

通常、配偶者の失踪《しっそう》後三年を経れば裁判離婚ができるが、道子はこれよりも早く、民法に規定された「悪意の遺棄」による離婚を申し出て、認められた。失踪後二年と数ヵ月だった。達也はそのまま道子に引き取られ、道子の旧姓である安藤を名乗った。その後、秀秋を見かけたことはもちろん、噂を聞いたことすらない。


資料によれば、達也には、裁判どころか送検された経歴すらない。

不思議に思う一方、あの達也ならそうかもしれないと納得できる。

圭輔は、小学五年生で出会ったときから中学卒業までの達也については、食べ物の好みや悪事を企《たくら》むときの顔つきまで、それこそ家族のように知っている。

達也は、美果の一件以外にも、中学時代に二度警察の事情聴取を受けている。どちらも恐喝にかかわった疑いだ。しかし、証拠がなかったらしく、なんら処分はされなかった。

同居していたとはいえ、圭輔は四六時中達也に付き添っていたわけではない。だから、彼の行動をすべて把握していたわけでもない。それでも確信している。達也がかかわっていたのは間違いない。

これだけではない。少なくとも数十という単位で、達也は暴行や恐喝――ほとんどはその両方――の事件の首謀者だった。

達也が断罪されなかった理由は、もちろん達也のやりかたが狡猾《こうかつ》だったことが大きい。まったくといっていいほど、達也は自分で手を下さない。脅迫も口にしない。すべて、代わりの人間にやらせる。現場に立ち会うことも少ないが、居合わせたときにはむしろ「そんなこと、やめろよ」と諫《いさ》めたりする。その結果、聴取の記録としては、《達也少年はたまたまその場にいたが、『そんなことはやめるべきだ』と注意した》と残る。

達也は中学生だ。いくらずる賢いといっても、大人を——それも警察関係者の目を——欺くのにも限度があるだろうと思っていた。しかし結果は違った。

警察が及び腰だった理由はふたつ思い当たる。

ひとつはもちろん少年法にまつわる壁だ。改正されたとはいえ、まだまだ触法少年に相当に甘いシステムになっている。下手につついてみても、警察の手柄になるチャンスが少ないわりに、リスクが非常に大きい。「さわらぬ子どもにたたりなし」だ。

もうひとつ、達也にとって幸運な事件があった。

同居していたころ、達也が酔った勢いで口を滑らせたので知っている。圭輔の家が燃えた前年の冬、達也は放火の疑いで補導された。児童相談所から家裁へ送致されたが、ここで無罪に相当する「不処分」の決定を受けた。しかも、「警察の取り調べ方法に問題があった」という指摘までついた。警察は、大人でいえば誤認逮捕に相当する失態を犯したことになる。それだけでなく、聴き取り中に警察官が達也を殴ったというのだ。

これに対して秀秋と道子は執拗《しつよう》に抗議し、マスコミに訴えかけるなどして問題を全国区に広めた。最終的には、達也を殴ったとされる刑事が辞職し、捜査に当たった所轄署の署長と、警視庁の〝少し偉い人〟が達也の家まで詫《わ》びに来る結果となった。

圭輔は両親からその話を聞いた覚えがない。意図的に耳に入れないようにしていたのかもしれない。ひときわのんびりした性格だった圭輔は、こんな騒動が起きていることをまったく知らなかった。母親があの親子に向けていた、嫌悪と恐怖が混じったような視線の理由はこれだったのかもしれない。

そしていま、その場の光景が見えるような気がする。おそらく、刑事が自発的に殴ったのではない。達也が殴るようしむけたのだ。あの日の圭輔にしたように。

この放火事件があって以降、警察は達也に関して慎重になったのではないか。達也が非行少年であることはわかっていても、よほど確たる証拠がなければ、動かない。そんな裏事情があったと思えてならない。

さらにいえば、前歴がないのは警察が消極的だったばかりではない。尻尾《しっぽ》をつかませない天才なのだ。よほどでなければ自分から暴力は働かず、ことばで相手の心をもてあそぶ。ゆさぶり、追いつめ、苦しむ姿を見て喜びを覚える。もしかすると、指図すらしていないかもしれない。雰囲気を作って周囲の行動を誘導する。カツアゲした金をピンハネしたり、女性に乱暴したりするところを見て楽しむのは、むしろ余禄《よろく》だったのではないか。

よほど窮していたのか、その達也が失態を演じた。野性の獣が檻《おり》に入るときがきたのだ。しかも、悪くても無期懲役。二度と出してはだめだ。

「絶対ダメだ」

「なにか？」

熱弁をふるっていた梅田が、腰を折られて不服そうな顔をした。

4

新宿駅から、世田谷区のやや東よりに位置する最寄り駅まで、私鉄で十分ほどゆられる。改札を出て徒歩十五分ほどのところに現在の牛島家はある。そして、今は圭輔の住まいでもある。

昔、はじめて寿人に連れて行かれたあの古い家は、ひんやりとしているのに温かみを感じさせる家で、圭輔は好きだったのだが、とうとう老朽化に耐えられなくなったのだと聞いた。

こんどの家は、なんの変哲もない鉄筋コンクリート造りだ。もとは個人会計事務所として使っていた建物で、築二十年ほど経つ。牛島夫妻がこの建物を選んだ最大の理由が、いくら書物を置こうと床の抜ける心配がない点だそうだ。

場所に関しては、肇の趣味が反映されているらしい。四本の私鉄に囲まれ、いずれの線路へも歩いて行ける。鉄道が好きで、移動手段として車より電車を好む肇にはぴったりの立地だった。

肇は、教授になってもあいかわらずまめだ。連日遅くまで働いていたかと思うと、まだ日の高いうちから山のように食材を抱えて戻り、料理を作りはじめたりする。多少薄くなった髪に白いものがまじりはじめたが、丸い顔に並んだ瞳《ひとみ》は、いつもいたずらっ子のように輝いている。駅まではイギリス製の折り畳み自転車で通勤している。

美佐緒も夫にまけずマイペースだ。子どものころ、数年間ミラノで暮らしたことがあって、いまでもイタリア人の友人がいる。近所の公民館で、主婦やリタイヤ組を相手にイタリア語の講習をしている。何種類かのパスタと、魚介を主体とした料理が得意だ。レパートリーの数はあまり多くないが、達也の家で口にしたどんなものよりも、はるかにうまい。

寿人は、両親が暮らす北海道にある大学へ進み、その後東京に戻ったがアパートで独り暮らしをしている。したがって今は、牛島夫妻と圭輔の三人暮らしだ。

もしも、この人たちと出会えてなければ、自分はいったいどんな人生を歩んでいたかと考えそうになるだけで、いまだに吐き気にも似た肌寒さを覚える。

「ただいま」

「おかえりなさい」

リビングのテーブルで、美佐緒が顔もあげずに応えた。広げた本に視線を固定したまま、右手に持ったワイングラスを口に運ぶ。テーブルの上に広げてあるのは、ボードゲームのように見えた。肇はまだ帰宅していないようだ。

郵便物が隅に寄せてあったので、圭輔は自分宛てのものを抜き取った。一通のはがきが目にとまる。

《いよいよ開催日決定！　同窓会のお知らせ》

またか、と思う。ことしのはじめごろからときどき届くようになった。出身中学の名が記してある。差出人は個人ではなく、同窓会の企画から運営まで請け負う企業のようだ。どこにでも商売の芽はある、と最初は感心した。しかし、企業の手にかかるとしつこいことになる。無視していても毎月のように来るのだ。よほど集まりが悪いのか、対象の卒業期間が五学年単位と幅を持たせてあった。開催の日付はひと月ほど先になっている。

《イベント内容や最新の参加名簿は専門サイトをご覧ください》

圭輔は、引っ越し先をとくに秘匿してはいない。しかし、積極的に転居通知を出したわけでもない。同窓会の好きな人間が、なんらかの方法で調べたのだろう。これだけニュースなどで騒がれていても、実生活レベルでは個人情報に関する意識はその程度だ。

よりによって、中学の同窓会など出たくはない。あとでほかの不要書類と一緒にシュレッダーにかけることにした。

美佐緒が、本に視線を落としたまま言う。

「今夜はポトフだけなの。悪いけど勝手によそって食べてくれる。それとこのテーブル、今夜は私が占領するから」

テーブルに広げられているのは、ヨーロッパの地図だ。山脈や海が立体的に見えるようデフォルメされている。全体が蜂の巣のように細かく六角形に区分けされ、駒のようなものが散らばっている。

「シミュレーションゲームですか？」

「あら、よくわかるわね」

ようやく美佐緒が顔をあげた。目が輝いている。はじめてあったとき、美佐緒は三十二歳だった。今年四十四歳になる計算だが、目のあたりに多少皺《しわ》ができた程度で、若々しさはほとんど変わらない。肩より少し長めの髪を、ポニーテール風に束ねている。

「ワーテルローの戦いですか」

「正解！　すごい、やったことあるの？」

「ヨーロッパを舞台にした戦略ゲームといえば限られていますからね。それは攻略本ですか」

何本も蛍光ペンのラインが引かれている。

「やるからには負けられないでしょ」

おそらく、肇と勝負してこてんぱんに負けたのだろう。もしも肇が勝ちを譲っていれば、夕飯のメニューはビーフシチューにシーザーサラダぐらいは添えてくれたかもしれない。

圭輔は苦笑して、ポトフの鍋《なべ》に弱い火をつけた。

《圭ちゃんが、司法試験に一発で合格したことは、噂で聞きました。聞いた瞬間、昔から頭のよかった圭ちゃんなら、ぜんぜん不思議はないと思いました。親戚《しんせき》として、友人として、文字通り同じ釜《かま》の飯を食った仲間として、とても誇りに思います――》

圭輔は、そこで一旦《いったん》手紙から顔をあげ、向かいの席に座る真琴の表情をうかがった。こちらを気にしているようすはない。

5

封筒を裏返した。間違いなく、発信住所は板橋西警察署のものだ。達也は、拘置所ではなくかつての代用監獄――いまに言う代用刑事施設――に収容されているらしい。

封筒の宛て名に個人名が入っていたので、事務員の渋谷美和子が机まで持ってきてくれた。白石所長にもほかのものにも気づかれていない。もちろんなにも後ろめたいことはしていないが、達也の名を見ただけで、まがまがしいものに触れたような気分になる。いますぐシュレッダーにかけようかと思った。

最近、同窓会のはがきがくるようになった理由がこれでわかった。もちろん逮捕される前だろうが、おそらく達也が圭輔のことを調べたのだ。その過程でほかの人間にも知られた。この事務所のことも、前から知っていた可能性が高い。

しばらくためらったが、結局、続きに目を通した。

≪――中学を卒業後、圭ちゃんは家を出ましたね。それ以来ほとんど音信不通で、たまに連絡がくるのは圭ちゃんの代理人とか名乗る、たかり屋みたいな弁護士からでした。そんなこともあったけど、今でも私の友情はかわらないつもりです。私の母は圭ちゃんのことを「恩知らず」などと言っていましたが、私はそうは思いません。人にはそれぞれ事情があります。圭ちゃんは、自分の道を進みたかったのでしょう。夢を実現するためには、少しぐらい他人に冷たくしてもしかたないと思います。気にしているといけないので、念のため書きますが、あのころ立て替えた生活費を返してもらっていないことなど、私はまったく気にしていません。母にも、「もうそろそろ、こだわるのやめようよ」と言っています。だって、小学六年生の大晦日《おおみそか》から三年間、わが家で圭ちゃんの面倒をみたことは、かけがえのない思い出だからです。楽しかったなあ。

いたずらして煙草とか吸ったりね。

ところで今回、私は無実の罪で逮捕されました。そして裁判にかけられます（これ以上具体的なことは書かないほうがいいかもしれません）。

繰り返しますが、今回のことはまったく身に覚えのないことです。どうか、信じてください。この事件は、私はやっていません。天地神明に誓って本当のことです。誰もそのことを信じてくれません。ずっと接見禁止で、家族にも友人にも会えません。この孤独感を、圭ちゃんならわかってくれるでしょうか。

どうか、お願いです。かつての友情に免じて、私の弁護をしていただけないでしょうか。

せめて一度、接見に来てはいただけないでしょうか。いろいろと伝えたいことがあるのです。

安藤（旧姓浅沼）達也

奥山圭輔様

追伸。私はいまでも、ときどきあの火事の夜のことを思い出します。窓から真っ赤に噴き出していた炎、天を目指して湧き上がっていった黒煙。どうして圭ちゃんのご両親があんなひどい目にあわなければならなかったのか。そのことを、いつも考えています。》

やはり、読まずに捨てればよかった。

達也はいまでも人の心をかき乱す天才だ。半乾きの下着を身につけたような不快な気分になった。単に、圭輔のことをばかにしているだけではない。達也は、きっと、あのことを知っているのだ。知っていながら、今日までおくびにもださなかった。

《いたずらして煙草とか吸ったりね。》

前後の文章からは微妙に浮いた、さりげない一文が強烈に訴えかけている。おまえは、おれのことを無視できない、と。

圭輔は、達也に接見に行く了解を得るため、白石所長にどう説明しようか考え始めていた。

板橋西警察署の四階にある留置施設内に達也は収容されていた。

接見禁止の扱いであるため、弁護人予定の弁護士として手続きをすませ、面会室に入った。

「よう、圭ちゃん久しぶり」

グレーのTシャツに、下は白いスウェットパンツという恰好《かっこう》で達也は現れた。顔を合わせるのは中学三年の秋以来だ。野性味のある雰囲気はますます強くなっている。伸びた金髪をごまかすためか、髪を短めにカットしている。あいかわらず精悍《せいかん》な顔つきだし、Tシャツの下は筋肉質の体であることがわかる。

座っているだけなのに、全身から体臭のように威圧感を発散させている。そう感じるのは、子どものころの記憶のせいだろうか。

無言でうなずきかえした圭輔に、達也はうれしそうに続ける。

「弁護士になったって聞いてたけど、本当だったんだな。おれらの学年の出世頭じゃねえか」

粗暴さとひとなつこさを併せ持った口調も、あのころのままだ。

「よけいな話をすると、面会が打ち切られますよ」

釘を刺した。

弁護士の面会だから、立ち会いの警官はいない。たとえ聞かれていたとしても、少々無駄話をした程度では、途中で打ち切られることはない。だが、放っておけば達也のペースに巻き込まれてしまう。こちらが主導権を握らねばならない。

「なあ圭ちゃん、ここ蒸し暑いからさ、冷房利かすように頼んでくれよ」

「言ってみますが、無理だと思います」

達也は、ふん、と笑ってからいきなり仕切りのアクリル板に額をつけた。ごん、と音が鳴る。思わずのけぞった。達也はそれを見てげらげらと笑う。

「弁護、引き受けてくれるんだろ」

アクリル板に、丸く額のあとが残っている。

「そのつもりはありません」

「だったら、どうして来たんだよ」

「接見に来てくれと書いてあったからです」

「ふざけんじゃねえよ。弁護人として手続きしたから接見できたんだろうが」

不毛な駆け引きだった。

「わかりました。この面会しだいです。嘘をついていると感じたら、受けません。誰かほかの弁護士にあたるか、国選弁護人を頼んでもらってください」

達也は悲しそうな顔をして、肩をすくめた。

「冷たいなあ。うちで三年も一緒に暮らしたじゃないか」

「二年と二百七十二日です」

「さすがに記憶力がいいね。だったら、あの火事があった夜のことを覚えてるか？」

きたぞ——。心の準備はしてある。

「もちろん、覚えてます。あなたに起こされて連れ出されなかったら、わたしは焼死していたかもしれません。でも、いまは関係ありません」

「なんだよ『あなた』とか、よそよそしいぜ」

「依頼人と弁護士ですから、ごく自然だと思いますが。それでは、二月二十八日、事件当夜のことをうかがいます」

達也が、爪をいじりはじめた。

「あの夜は、不思議なことがいくつかあったよな」

「事件のことを話しましょう」

「まず、圭ちゃんのお母さんとお父さんがすぐに寝ちゃっただろ。警察は、お母さんが医者からもらってた睡眠薬を、お父さんも一緒に飲んだって言ってたけどな」

「今回の事件とはまったく関係ありません。接見を終わりにしますか」

「おい」達也の目が細くなり、前かがみになった。「なめたこと言ってんじゃねえよ」

尻《しり》のあたりから気力が抜けていきそうになる。靴の中で足の指に力を込める。

「終わりに……」

「わかった。わかったよ」達也は急に親しげな笑みを浮かべ、手を振った。「ほんと、相変わらず冗談が通じないんだから」

「それでは、いくつか質問します」

「接見なら、あとからいくらでもできるさ。ほんとは、圭ちゃんだってあの夜のことを聞きたくてここへ来たんだろ」

へへへと笑ったその顔に、思わず見入った。

こいつは、裁判が不安ではないのか。間接証拠ばかりだが、このままでは有罪になる可能性がかなり高い。そうなれば、よくて無期懲役、という判決が待っている。それが不安ではないのだろうか。どうして、こんなにへらへらしていられるのだ——。

圭輔の沈黙を同意ととらえたのか、達也が続ける。

「あの夜は、みんな寝ちゃったんで、おれ、なんとなく家の中を探検してみたんだよね」

「なにが探検だ」

「いいから聞きなよ。圭ちゃんの親の寝室をのぞいたらさ、おじさんがいびきかいて寝てるんだ。なんとなく、スリルが味わいたくて、部屋の中に入ってみたわけよ。そのちょっと前にさ、先輩の家でアダルトビデオみせられて、なんとなく女の人に興味があってさ。圭ちゃんのお母さんも、ぐっすり寝てるだろ。ためしにちょっと腕をつついてみたけど、起きそうもないんだなこれが」

両親の死を悟ったときに、はじめて過呼吸の症状に襲われた。あれ以来、目の前が暗くなる苦しみを、なんどか経験している。いまもまたその予感がする。

「そういえばさ、二階の洗面台のところに、睡眠薬の瓶があるのをみつけたよ。もしかして、あれを飲みすぎたんじゃないの」

　そう語る達也の目を見て、ずっと疑っていたことに確信が持てた。両親は自発的に睡眠薬を飲んだのではない。達也が飲ませたのだ。

「カレーをよそったときか」

「なんか言った？」

「ライスのほうだな。ルーに混ぜたのでは薄まるし、痕跡《こんせき》も残る。だからライスをよそったときに、砕いておいた睡眠薬を振りかけたんだ」

「なに言ってるのか意味がわからない」

「かくし味だとかいってニンニクを入れたのも、それをごまかすためだな」

　いったい、どれだけの量の薬をふりかけたのか。そのせいで両親は熟睡し、火事に目覚めることもなく、有毒ガスを吸ってほとんど即死に近い最期だった――。

　圭輔は、握りしめたこぶしを、自分のふとももに押しつけた。アクリル板がなければ、と思った。しかし、すぐに思い直す。殴りかかっても、叩《たた》きのめされるのは圭輔のほうだろう。昔のように。

「ま、そんなこともあったかな。他愛ないいたずらだよ。だけど、あんなに効くとは思わなかったなあ。ほんと、ぐっすりって感じで、ふたりとも気持ちよさそうに寝てるわけよ。はじめは、さすがにちょっとビビってたけど、おれって、こう見えてもいざとなると大胆なところがあるんだ。ぐっすり寝てる圭ちゃんのお母さん見てたら、なんか好奇心が湧いてきちゃってさ。だってせっかくだろ。それに、そういう年頃だし」

「もうやめてくれ」

「おい圭ちゃん、なんか息が荒いな。もしかして、興奮してきた？」

「終わりにする」大きく息を吸った。

「まあ、もうちょっと聞けよ。おれ、写真も撮ったんだ」

「なんの写真だ」

「なんのって、想像におまかせ」

「嘘だ」

「なにが？」

「おまえが、カメラを持っているところなんか見たことがない」

「うちが貧乏だったっていいたいわけ？　いかんなあ。弁護士先生が偏見もっちゃだめですよ。なーんちゃって。火事のあと、おじさんのデジカメ見つかったか」

「まさか」

達也は楽しくてしかたないという顔だ。

「ま、そういうこと。いまじゃちょっと物足りないけど、そんでも三百万画素あったから、そこそこには写ってたよ。あのデジカメに入ってたデータ、どこにいったかなあ。もしかして、今回の不当逮捕で警察に押収されてたりして」

「きさま」

「まあ、そう興奮するなって。圭ちゃんはほんと純情なんだから。だからお風呂《ふろ》でママの裸ぐらい見ておけっていったのよ。そうそう、まだ火事の原因のことも話してないな。オマワリの中には、おれが放火したんじゃないかって、疑っていたやつもいたみたいだけど、残念ながら証拠がなかった。だって、ほんとにやってないもん。

　警察はさ、おじさんが寝る前に出窓のところで吸った煙草の灰が落ちて、下にあったクッションでくすぶり続けて、発火したって説明しただろ。でもさ、あの夜、おじさんはビール飲みながらカレー食って、風呂に入った。リビングで煙草は吸わなかった。そうだよね」

　答えずにいると、達也が「あらら」と語尾を上げた。

「記憶のいい圭ちゃんにしちゃ、めずらしいね。おれはよく覚えてる。おばさんが最初に寝て、つぎにおじさんがカレー食って風呂入って寝た。そのあとおれが風呂に入った。おれが出たときは、圭ちゃんはもう二階に行ったあとだった。おれは風呂あがりに一服しようと思ったんだ。そしたら、さっき使った灰皿が空っぽになってた。あれ、圭ちゃんが捨てたんだろ」

「あたりまえだろ。お父さんが吸ってないのに、吸い殻があったら気づかれる」

「ふうん、なるほどね。まあいいや。そんなことより、ここからが肝心だ。部屋の中は煙草の臭いがした。おかしいよね、あのときリビングにいたのは圭ちゃんひとりだったよね」

ハンカチで額や首筋から噴き出る汗をぬぐう。

「ほらな、蒸し暑いだろ。——それでさ、あのときおれはテーブルでは吸ったけど、わざわざ出窓んとこまで行って吸ったりしなかった」

やはり、ここへ来るべきではなかった。

あの日の午後、圭輔は意地で煙草を吸い、すぐにめまいと吐き気に襲われ、達也に笑いものにされた。それを情けなく思っていた。いたずらで煙草を吸うことすら満足にできないのか、と。だから両親がさっさと寝てしまい、達也が風呂にはいってひとりきりになったとき、灰皿からまだ長い吸いさしを拾った。

そして、もう一度火をつけてみたのだ。

だが、やはりむせてしまい、あわてて灰皿に押しつけた。そのあと、勝手口の外にある吸い殻入れに中身をあけ、灰皿もきれいに洗った。達也が風呂から出たとき、灰皿がきれいになっていたのはそういう理由だ。

あわててもみ消したときに、煙草の先から火種が落ちたのだろうか——。

何百回、何千回、いや何万回も、あの場面を頭の中で再生してみた。そんなことがあるはずがない、と。

「なるほど『はずはない』ですか」

これが法廷であれば、間違いなくそう突っ込まれる。「絶対にない」と断言はできない。それどころか、事故当時はぼんやり霞《かすみ》がかかったようだった記憶の映像が、時間の経過とともに晴れてきている。達也が風呂からあがった気配がして、あわてて灰皿に押しつけたとき、なにか小さなかけらが落ちたような印象もある。

記憶の刷り込みだろうか。

断言できない。たしかに、すいさしの先がぽろりと落ちた気がする。落ちる瞬間が、いまではっきりと映像として浮かぶ。

自分がいたずらで吸った煙草の火種がクッションに落ち、それがくすぶり続けて何時間か後に燃え上がった可能性が、ありえなくない——。

考えただけで、髪をかきむしり、自分の肌に爪を立てたくなる。この呪縛から逃げられずに、いったい何度、夜中にうなされ目覚めたか。だれも気づいていないのをいいことに、達也が放火したに違いない、と自分に納得させ、精神の逃げ場にしてきた。

それをいま、あっさりと達也に崩された。長年閉じこもってきたシェルターを、木っ端みじんに壊されてしまった。

「あ、そうだ、また少し思い出した。おれ、写真撮っただけだったかな」

宙を睨《にら》み、顎《あご》にあてた人差し指をぐりぐりと回している。

「どういう意味だ」

「若い男の子が、目の前にぐっすり寝てる女の人がいて、写真撮るだけで気がすんだかなって思ってさ。そういうのなんて言うんだっけ。据《す》え膳《ぜん》食わぬはなんとかって……」

「だから、どういう意味なんだ」

大声をあげ、アクリル板をこぶしで叩いてしまった。係官がドアから入ってきた。

「大丈夫ですか」

心配そうに声をかけたが、怒鳴ったのは圭輔だと見て取ったらしく、意外そうな顔をしている。

「大丈夫です。ちょっと熱が入ってしまって」頭を下げた。

「そうですか。——何かあれば声をかけてください」

係官は、いぶかるような目つきのまま、小さく敬礼して出て言った。

いままでにないほど高速に運動していた脳細胞が、オーバーヒートして一気に活動をやめた。なにも考えたくない。

「てなことで、弁護よろしく。またなんか思い出したら連絡するよ」

げらげら笑う達也に背を向けて、留置施設をあとにした。

ただ一度、それもたった二十分ほどの会話で、達也に捕らえられた。

6

安藤達也の弁護を引き受けたい旨申し出ると、白石所長は「あ、そうですか」とあっさり納得した。

「しかし、国選弁護ほどの報酬しか望めないかもしれません」

内心では自腹を切って穴埋めするしかないと覚悟していた。

「うーん。それは少々困りましたね」

所長は顔をしかめてみせ、顎を指先でこすった。二日ほど伸びた無精髭《ぶしょうひげ》が、かすかにじょりじょりと鳴った。けちで言っているのではないとわかっている。事務所規定の報酬金額を、勝手に値崩れさせるわけにはいかないからだ。

「まあ、しょうがないか。奥山先生の幼なじみだというんじゃね」

脇で聞いていた真琴が、口を挟んできた。

「お父さんが……あ、所長がいつもそうやって、無報酬で引き受けたりするから、こんなに忙しいのにこんな経営状況なんですよ」

「無報酬でなんて、引き受けてないぞ」

「このあいだの富山《とやま》さんの件はどうなんですか」

「だってあれは……」

「申し訳ありません」圭輔は二人の間に割って入った。深々と頭を下げる。「不足分は、分割になるかもしれませんが、わたしの報酬から差し引いてください」

「なにも、そこまで言わないわよ」

真琴が応えた。顔をあげ礼を言おうとすると、真琴はさっさと背を向けて行ってしまった。白石所長が、圭輔に向かって肩をすくめ、小さく舌を出した。

この人たちを、裏切ることになるかもしれない。

翌日、ふたたび達也のもとへ面会に行った。

今日こそは冷静に対応しなければならない。

「所長の許可をもらった。弁護させてもらう」

「サンキュー」煙草でももらったように軽い口調だ。

「圭ちゃんが断るわけないと思ったよ。同じ釜《かま》の飯を食って、一本の煙草を分けあって吸ったんだもんな」

「その話はもうやめてくれ。具体的な打ち合わせに入ろう」

「ああいいよ。はじめてくれ」

「最初に聞いておきたい。今回の強盗致死事件には、本当にかかわっていないのか」

「やってない。おれは無実だ」ゆっくり首を左右に振った。めずらしく真剣な顔つきだ。

「だったらなぜ、最初から否認しなかった」

「したよ。したって聞いてくれねえんだ。ばかのひとつ覚えみたいに『おまえがやったんだろ』ばっかりで。だからアタマきて『ああ、そうだよ。おれがやったよ。このタコ』って言っちまった」

「それがどんな結果を招くかわかってるのか」

「わかったから、圭ちゃん先生にきてもらったんだろ」

弁護するからには、矛盾が露呈しないかぎり全面的に信用するしかない。だがそれは建前だ。達也の言うことなど、ひとかけらも信用するつもりはない。

「まずは当日の行動だ。逮捕直後の供述では、『強盗の目的で丸岡運輸に行った』と認めているな」

「強盗じゃねえよ。ちゃんと退職金をくれって言いに行ったんだ。行ったけど、ばからしくなって門の前で帰った」

「じゃあ、行ったことは間違いないんだな」

「だから、それは事件の一日前の二月二十七日だって。しかも昼間だ。刑事に百万回ぐらい言ったぞ」

「前日？　調書では二十八日になってるぞ」

「勝手にそう決めつけて、むりやり指紋を押させられたんだ。訂正したけりゃ裁判で言えとか言われてよ」

信用できないが、先へ進むことにした。

「つぎに、証拠をつぶしていこう。起訴状を見せてもらったけど、すべて間接証拠だがかなり不利だ。決定的な物証も自白もないまま死刑判決が出た例もある」

「だから、ぐだぐだした理屈はいいって」

鼻をほじっている達也から視線をはずし、先を続ける。

「向かいの住人が、事件直後、安藤さんにそっくりな人物が逃げていく姿を目撃した。小《こ》森富士子《もりふじこ》さんだ。彼女が証言した服装は安藤さんのアパートから押収されたものと合致している」

達也を「安藤さん」と呼ぶことに決めてきた。そのほうが事務的に進められる。

「あのダウンはユニックで買ったんだ。同じもの持ってるやつは、何千人も何万人もいるぞ。それに、帽子は盗まれた」

達也のいう『ユニック』とは、海外にまで進出している、格安の若者向けファッションブランドだ。たしかに、そのへんでいくらでもみかけそうなデザインや色だ。

「問題は帽子のほうだ。ニット帽の特徴も小森さんは正確に覚えている。紫白黄色のトリカラー、前部に真っ赤な髑髏《どくろ》、頭頂から後頭部にかけて稲妻が走る派手なデザインだ。小森さんはこの帽子を見た」

「だから、盗まれたんだって」

「裁判員は犯行後に捨てたと考えるかもしれない。事件直前まで、毎日のようにきみがかぶっていたのを、複数の人間が見ている。これは、木下という青年から奪ったものだよね」

「借りただけだ」

木下 某《なにがし》は、達也の遊び仲間の知人らしい。彼が、アメリカ旅行した友人にみやげとしてもらったのが、このニット帽だった。達也はこの派手なデザインが気に入ったらしく、ひとめ見るなり木下から取り上げた。名のあるブランドではなく、日本で販売は確認されていない。

「あのな、おれをどんだけばかだと思ってる？　これから盗みに入るのに、そんな派手な帽子をかぶっていくわけねえだろ。それに、その女が見たのは二階の窓だろうが。顔だって見てねえんだろ」

たしかに達也にしては稚拙だ。もしかして本当にやってないのかと信じそうになる。

「警察もおまえらも、みんな欺されてる。あのババアは、ただおれを恨んでるだけだ」

「コーヒーの空き缶を投げ入れられたから恨んでると？」

「ああそうだ」

「小森富士子さんは、書道教室を開いている。六十三歳だが、一週間前の生徒の服装を記憶していて言い当てる特技があるらしい。これは判断材料にされる可能性がある。それに、温厚で生徒からの信頼も厚いと聞いた。庭に空き缶を投げ入れられたぐらいで偽証するとは一般的に言って考えにくい。――裁判員はそう考える可能性がある」

「その女が温厚だか淫行《いんこう》だか知らねえが、やってねえものはやってねえ」

「それとアパートの庭から、本間さんの血が付いた特殊警棒が見つかった。あれに心当たりは？」

「前のアホ弁護士に全部話したよ」

「あらためて、自分の耳で聞きたい。あの警棒は、安藤さんのではないのか」

「違う。アパートにはほかにも住人がいるだろ。外からだっていくらでも入ってこられるだろ。なんで、おれなんだよ」

「まず、アパートの住人だが、全部で六世帯入っている。うち、三人は高齢の独居老人で、強盗はされてもする側にはなれない。別のひとりは四十代の独身女性で、当夜は会社の同僚と深夜まで飲んでいた。最後のひとりは、二十一歳の大学生。香川県の実家にいた」

「外から来たやつかもしれないだろ」

「誰が、なんの目的のために、凶器を安藤さんのアパートの庭に埋める必要がある。裁判員たちは、世間が考えている以上に冷静で常識的だ。荒唐無稽《こうとうむけい》な可能性は排除される。彼らが納得するような合理的な理由がなければ苦しい」

達也は不服そうに横を向いてしまった。

「まあいい、この問題は保留にしておこう。次に、たんすから見つかった十枚の一万円札の存在だ。これが一番やっかいだ。まず聞きたい。あの金はどうした？　季節外れのサンタクロースが部屋に忍びこんで、たんすに置いていってくれたのか」

「なあ、弁護士さんよ。おまえ、おれの味方なのか、それとも罪を着せたいのか」

さすがに〝死神〟の血を引いている。圭輔を睨《にら》む目が、『エルム街の悪夢』に出て来る怪人を連想させた。

鼓動が速くなった。仕切り板があるとはいえ、手の届く距離に達也がいる。子どものころ植え付けられた恐怖心は、大人になってもぬぐいさることができないといわれるが、ある面ではあたっていると思った。

「もちろん、弁護するからには味方だ。責めているわけじゃない。検察側の証拠にひとつずつ反証しなければならないんだ」

「わかった」投げやりな口調になった。

「じゃあ、もう一度聞く。あの金はどこから入手した？　どうして被害者の指紋がついた札がある」

「あのな、たかが十万だぜ、たった十万。そのぐらいの金を持ってたからって、いちいち強盗殺人犯にされたんじゃたまらない」

　正確には強盗致死罪だが、どのみち無期は堅い。

「警察の調べでは、安藤さんの母親が経営するスナックの商売が思わしくなくて、支払いが悪いから酒の仕入れも止められそうになっていたそうだね。ならば、十万もの金を遊ばせておくというのは不自然だ」

「だからなんだっていうんだ。あれはおれの金だ。どうしようと勝手だ。それに、ぎりぎりまで出ししぶって金は貯めるんだよ」

「本間さんの指紋はどう説明する」

「いいか、おれはあの会社で働いていた。あの会社の人間の指紋がついてたっておかしくないだろ」

「給与は振り込みだったな」

「貸した金を返してもらったんだよ」

「三万もか」

「三万もだ」またきつい目で睨む。「細かいことといってねえで、さっさとここから出してくれよ。酒が飲みてえんだ」

「最後に聞く。犯行の時刻どこにいた？」

「スナック」

「つまり道子さんが経営するスナックだな。店の中か」

「二階だよ」

まだ行ったことはないが、資料は読んだ。下が店舗、上が居住スペースになっている。もちろん賃貸で、家賃を滞納していることも警察の調べでわかっている。

「そこでなにしてた」

「人には言えないこと」

「つまり、安藤さんの主張をまとめるとこうなる。よく聞いて、間違いがあったらただしてくれ。――丸岡運輸まで退職金の名目で金をせびりに行ったが、門のところで気が変わって帰った。翌日、安藤さんとまったく同じ服装をしたどこかの誰かが、強盗に入り、なぜか奪った金の一部と特殊警棒を安藤さんのアパートに隠した。犯人が工作しているあいだ、安藤さんは母親の部屋で人に言えないことをしていた。さらに、安藤さんは激しい口論になるほど腹を立てていた被害者に三万円貸していて、四ヵ月近くも黙っていた。それを最近になって返してもらった。そしてこれらの真実を、逮捕されて四ヵ月近くも黙っていた」

「ま、そういうことだな。冤罪事件ってやつ？」

げらげら笑う達也を無視して係官を呼んだ。

別れ際に、達也は「そうだいいことを教えてやる」と言った。

「昔、ネズミに毒を飲ませて殺したって言っただろ。あれは本当だぜ。農薬を飲ませたんだ。エサにまぜても食わないから、むりやり口を開けて、理科室からかっぱらったスポイトで流し込んだ。パラコートだよ、除草剤の。昔は普通に売ってたらしくて、団地の庭に捨ててあってさ、やばいよねそういうの。ネズミちゃんは苦しみながら暴れ回って死んだよ」

「それがどうかしたか」

「いや、あれを飲んだら、人間も苦しんで死ぬだろうなって思ってさ」

「まさか――」

主輔が睨むと、達也がげらげら笑いだした。

「勘違いするなよ。おれがそんな野蛮なことするわけないだろ」

面会を終えたあと、この事件の公判担当検事に会いに行った。

朝一番でアポイントをとってある。

担当の茂手木《もてぎ》一之《かずゆき》検事に、このたび達也の弁護人になりましたと、型どおりの挨拶《あいさつ》をした。

「安藤は否認に転じたそうですな」

大げさに眉根《まゆね》を寄せた表情に、テレビ映りを気にしている役者を連想した。

「公判でもそう主張するつもりのようです」

「まさか、奥山先生の入れ知恵じゃないでしょうな」

「ひとぎきの悪いことはいわないでください。彼が自発的に言い出しました」

「ほう、強気ですね。新証拠でも出ましたか。ならば、整理手続きのときにきっちりお願いしますよ」

「フェアにいくつもりです」

「けっこう。――ところで、証拠品のなにを知りたいとおっしゃいました？」

茂手木は、さっきからずっと広い検事室の大きな机に座ったままだ。圭輔は応接用のソファから、けさ電話で伝えた内容をもう一度口にした。

「証拠品の中に、女性の裸体を写したデジカメのデータがなかったでしょうか。提出された証拠品のリストには載っていませんが」

検察側に、見つけた証拠をすべて開示する法的な義務はない。したがって、自分たちに都合のいい証拠だけを採用しようとする。有罪率九九・九パーセントの理由は、ここにもある。

「裸体のデータね」机の書類に目を落としたまま、さぐりを入れるような口調で聞く。

「それを知ってどうします？」

「証人になってくれる人を探します」

「なんの証人です？」ようやく顔をあげて圭輔を見た。

「もしかすると、だれか自分を恨んでいる人間にはめられたのではないかと、本人が言っているものですから」

嘘は、いつまでたってもうまくつけない。

「はめられた？　裸の写真を撮った女にってことですか？」

なにを言い出すことやら、茂手木検事のやや赤みがかった顔はそう訴えていた。

「わたしはある事情から被告の人間性を知っていますが、あんな間の抜けた凶器の隠しかたはしません。だれかに、罪を着せられたという主張には理があります」

「乱暴した女がでっちあげたと？」

「乱暴かどうかわかりませんが」

茂手木はいきなり椅子の背に背中をあずけ、のけぞるように哄笑《こうしょう》した。

「あっはっは」手の甲で涙をぬぐっている。「奥山先生。もっと女遊びしたほうがいいですよ。女ってやつは、そんなまだるっこしいことはしませんよ。恨んでいるなら、火をつけるか包丁でずぶり。そんなもんです」

もちろん、苦しい理屈なのはわかっていた。答えに困っていると、茂手木検事はやや真面目な表情に戻って言った。

「まあいいでしょう、もったいぶるほどのこともない。残念ながら、そういったデータは見当たりませんな。本人の所有物で、まがりなりにもＩＴと呼べそうな機器はスマートフォンしかなかったが、その中にも猥褻《わいせつ》画像はない」

正直にいえば、圭輔は警察にあまりよい印象は持っていないが、捜査能力は認めざるを得ない。家宅捜索をして、画像データを収納した機器や媒体がなかったのなら、存在しないと考えていい。達也がそんなデータ保存のために、ネット上のレンタルサーバーにアップするなどという手間をかけるとも思えない。逮捕が迫っているときに道子にあずけるほどのものでもない。

やはり、ゆさぶりだった——。

内心ほっとしたことを悟られないよう、額を丁寧にハンカチでぬぐう。

「了解しました」

「それだけですか。それじゃ、次回の公判前手続きでお会いしましょう」

丁寧に礼を言って検事室を出た。

7

二日後、第四回公判前整理手続きの通知が来た。

圭輔に担当が移って最初の会合だが、予定ではこれが最後となっている。申請して認められれば増やすことは可能だが、重要な新証拠でも出なければむずかしいだろう。

第一回公判が開かれるのは五日後だ。

裁判員裁判というのは、司法に関してずぶの素人に、数日の公判に臨んだだけで判断を強いる。しかもあえて、死刑も含めた重い量刑の犯罪に適用している。考えかたでは少し乱暴な制度だ。

そこで迅速化と明確化を目標に作られたのが公判前整理手続きだ。

公判――いってみれば裁判の本番――が始まるまえに、裁判官と検事、そして弁護人とときによって被告も同席して、お互いの手の内をさらす。「こっちにはこんな証拠がある」「こっちは、こういう趣旨の証人を呼ぶ」ととりきめる。ここで論点が絞られる。つまり、有罪か無実かの決着をつけるのか、罪を認めて量刑を争うのか。

原則的に、証拠や証人のあと出しは認められていない。そもそも、複雑な駆け引きや証拠採用の手続きに時間を割かないことが目的の制度だからだ。最終弁論ぎりぎりに、隠し球の重要証人が突然ドアを開けて登場し、真犯人を指差して法廷中があっと驚くうちに終わる。そんな劇的な展開はありえない。

たとえば今回のように、決定的な物証がなく、被告人が否認している場合は、検察と弁護側ががっぷりと組むことになる。あと出しは心証としてマイナスポイントになるだろう。つまり、こちらは、あくまで間接証拠しかない点と、本人の否認を材料に闘うしかない。弁護人としては歯がみしたいほどの不利な状況だが、主輔個人としてはむしろ物足りないぐらいだ。もっと確実な証拠が見つけられなかったのかとさえ思う。

今回の事件が起きるずっと前から、達也の手は真っ黒に汚れている。その代償を払うときがようやく来た。裁判が始まってしまえば、よけいなことをしゃべる機会はない。十三年前の火事のことなど、持ち出す暇もない。弁護士として最低限の務めは果たすが、断罪されることを強く願っている。


帰宅すると、玄関脇のカーポートに、大型バイクが停まっていた。HONDAのロゴが見える。なんど聞いても忘れてしまう——本当は覚える気がない——のだが、たしかCBなんとかという往年の名モデルだと聞いた。〝ナナハン〟というタイプらしい。このバイクを見て、沈みがちだった心がいくぶん軽くなった。

「ただいま」

玄関に、見慣れぬ靴が脱いである。リビングに向かう足が、わずかに速くなる。

「久しぶり」

ダイニングテーブルについて、缶ビールをあおっていた諸田寿人が、明るい笑顔で声をかけてきた。さっきのバイクは寿人の愛車だ。

「来てたのか」

「ちょっと、おじさんに資料を借りたりとか、ほかに用事もあってね」

寿人にしては、歯切れが悪い。

「美佐緒さんは？」

「留守番するって言ったら、最近みつけた好敵手のところへ、ハンニバル率いるカルタゴ軍を破りにいった。ところで、晩飯まだだろ？」寿人がきく。

「うん、まだだ」

「よかったら、食おうぜ」

もちろん異存はない。テーブルには、寿人の得意料理であるレンコン入り黒酢の酢豚が
まだ湯気をたてている。圭輔の大好物だ。


「あれ、これは同窓会の通知じゃないか」

テーブルに置きっ放しになっていたはがきを寿人がみつけた。

「ああ」

「おれんとこには来てないな。まあ、誰にも住所なんて教えてないからしかたないか」

いつからか、寿人は自分のことを「おれ」と呼ぶようになった。

「そうだな」

「なんだよ、せっかく訪ねてきたのに上の空か」

バイクで来たはずなのに、ビールのペースを落とさない。寿人が好きなラガービールだ。

持参したということは、泊まるつもりで来たのかもしれない。

「ちょっとここんとこ忙しくてね」圭輔は、あわてて細切りのザーサイと卵を炒《いた》めた料理
を口に入れた。「これ、ビールに合うね」

「だろう」相好を崩してから、寿人が話題を戻す。「だから、弁護士はきついって言った

んだ。制度が変わって過当競争になるのはわかってたじゃないか。もしおれがきみぐらい勤勉だったら、都庁のI類でも受けて、志願して転勤のない楽な職場に回してもらうね。出世なんてしなくていいから、生活安定、人生充実、ってことで。もしも法曹界に入るなら、判事を目指すね。ちょっときついが、安定志向」

そんなことを言いながら、安定生活とは対極のような仕事をしているくせに、と思う。皿にとりわけた酢豚をつまみ、寿人についでもらったビールをあおった。久しぶりに飲むラガービールは喉《のど》に苦かった。

中学一年の二学期が始まってすぐ、寿人はアメリカに去った。父親が転勤になり、いくつかの事情があって、単身赴任ではなく一家で引っ越すことになったためだと聞いた。

夏休み中に起きた美果の事件が尾を引いて、寿人とはなんとなくしっくりいかなくなったまま、別れることになった。出国の前に一旦《いったん》北海道の実家に戻るという寿人を見送るために、最寄りの駅まで一緒に歩いたが、あたりさわりのない会話しか交わさなかった。

「また戻ってくるよ」

最後の最後に、寿人は映画のせりふのようなことを言った。

その後の二年間のことは、あまり主輔の記憶に残っていない。

記憶力は悪いほうではないと思うが、まるで数日前に見た夢のように、ぼんやりと薄暗く霞《かすみ》がかかっていて、はっきりと思い出せないのだ。

ことあるごとに道子にののしられ、物を投げつけられ、それを脇で達也がへらへら笑いながら見ている、そんな情景ばかりで、どれがいつのことだか判然としない。

その反対に、ふとしたきっかけで、美果や寿人と日の差す公園で、笑いながらバドミントンをしている場面がちょくちょく浮かぶのだが、よく考えてみるとそんな事実はない。ただの空想が、思い出として刷り込まれてしまったらしい。同様に、忘れたことさえ忘れてしまっているできごともずいぶんあるのかもしれない。

圭輔が両親と暮らしていた土地には新しい家が建ち、見知らぬ一家が住み始めた。道子に説明を受けた記憶はない。これは忘れたのではなくて、本当になかったように思う。ときどき、なにかの『同意書』というものを見せられ、名前を書かされたが、それが手続きといえば手続きだったのかもしれない。

この問題も含めて、二度ほど秋田の佐和子伯母《おば》に、公衆電話から電話をかけてみたこともあった。しかし伯母は、しどろもどろに「道子さんにおまかせしているし、あたしは手続きとかでいちいち東京には出ていけないし」と言うばかりで、らちが明かなかった。ただでさえ手持ちの少ない現金がもったいないので電話をかけるのはやめた。

「何か目標を立て、その実現のために行動する」という、ごくあたりまえの思考ができなくなった。ひとりも友達がいないことも、鏡に映る自分の姿を見ても、つらいと感じなくなっていった。

だから、中学三年の二学期初日、教室の中に寿人の顔をみつけたとき、「珍しい顔がある」とは思ったが、特別の感慨はなかった。

はにかんだような笑みを浮かべて近づいてきた寿人がなにか話しかけた。圭輔はただ「ああ」と答えた。寿人の顔つきが変わり、圭輔の目をのぞき込んでから、驚いたような声をあげた。

「圭ちゃん、いったい何があったんだ?」

寿人に「しっかりしろよ」と肩をつかんでゆすられ、もう一度「ああ」と答えた。寿人が泣き始めたのをきっかけに、圭輔の目からも涙がこぼれ落ちた。

なぜ泣くのか、その理由が自分でもよくわからないまま、一時限目の授業が始まっても涙を流し続けたため、久しぶりに保健室へ行かされた。

その日のうちに、日常生活や、この先のこと、とくに進学ははじめからあきらめていることなどを、寿人に問われるままぼんやりと語った。聞く途中から、過去に見たことがないほど寿人は深刻な顔つきに変わっていき、やがてなにかを決意した表情になった。

「もう、逃げちゃいけない。やっぱり闘うしかない」

なぜか、自分に言い聞かせているような気がした。

「きみだって、人間らしい生活を要求する権利がある」

「もういいよ。無理なんだよ」

すっかり身についた、精神的フェイルセーフだ。希望が持てないなら――ときには、持てそうであっても――はじめからあきらめるのが最良だ。望まなければ、苦痛は少ない。それに、失火の原因を作ったかもしれない自分は、人並みなことを望んではいけないのだ。

その呪縛から救い出してくれたのは、牛島夫妻だった。

寿人から事情を聴いた肇が、さっそく道子に話し合いを求めた。道子にまったくその気がないことがわかると、稲沢《いなさわ》という友人の弁護士に相談して、矢継ぎ早に対策を講じてくれた。

圭輔の身柄はすぐにも保護施設へ移されることになりかけたが、牛島家で一時的にあずかるということに落ち着いた。

中学三年の九月も終わり近い週末、肇と稲沢弁護士につきそわれ、二年と九ヵ月ぶりに道子親子のマンションを出た。圭輔は道子の顔をまともに見ることができなかった。達也の姿はなかった。

財産を取り返すという点に関しても、肇や稲沢弁護士は積極的に動いてくれた。

ただ、ほとんどが手遅れだった。

まず、土地は他人のものになっていた。道子が後見人に指定されて間をおかず、大阪の所在地になっている不動産会社に売られ、さらに二度転売されたあげく、現在住んでいる一家が〝善意の第三者〟として取得した。中間に入った不動産会社のうち最初の二社は、債権がらみの曰《いわ》くがある物件を扱っていた業者で、すでに倒産して責任者の所在もわからない。

「いま住んでいる一家から取り戻すことはむずかしい」

稲沢弁護士は、残念そうにそう説明してくれた。

そのほか、若干あった貴金属類などもすべて換金され、残っていない。

問題は現金だが、これも大半が残っていなかった。

父、正晴の生命保険金が二千万円支払われたはずだった。ローンを組んだ時に加入した保険でローンの残債は清算されている。したがって、土地を売った代金も丸々残るはずだったが、現金化を急いだのか、相場よりかなり安い二千万ちょっとだ。叩《たた》き売ったとはいえ、それでも保険金とあわせて四千万以上の現金があったことになる。ところが、稲沢弁護士が職権を使って調べてみても、現在は七百万ほどの金しか残っていない。

稲沢弁護士は、まずは道子に説明を求めた。

本人の弁によれば、きちんと預金したのだが、その直後に秀秋が持ち逃げしたそうだ。

圭輔が秀秋の姿を見なくなったまさにあのとき、約三千万の金を下ろして消えたと主張する。

「どうして警察に届け出なかったのか」当然ながらそう追及したらしいが、「帰ってくると信じていた」とか「一時的に借りただけだと思っていた」などと答えたそうだ。悪意の遺棄による離婚の申請をしていることと矛盾するが、なにを言ったところで暖簾《のれん》に腕押しだろうと、誰より圭輔が知っている。遅まきながら逃亡中の秀秋に対する告発がなされたが、これも徒労に終わるだろうと確信していた。

全体から見れば微々たるものだが、秋田の佐和子伯母に百万円が支払われたこともわかった。脅したのか丸めこんだのかわからないが、実態は、親族として道子のやり方に口を出さないことへの報酬だったのだろう。これは取り返せるかもしれないと言われたが、そのままにしてくださいと断った。


何度か行われた話し合いの場に、事実関係確認のため、一度だけ圭輔も同席したことがある。道子は、肇や稲沢に対してはもちろん、圭輔のことも聞くに堪えないことばでののしった。

最初は「未成年後見人による横領は〝業務上横領〟として、刑事責任を問うこともできる。ぜひ道子を告発するべきだ」と意気込んでいた稲沢弁護士も、状況があきらかになっていくにつれ、当初の勢いはなくなっていった。

細かい手続き上の瑕疵《かし》はあるが、大筋で手続きどおりになっている。圭輔の同意が必要なものは要件が満たされ、報告もなされたことになっている。秀秋が持ち逃げしたという金があずけられていた口座も、きちんと圭輔名義になっていた。すべて悪いことは秀秋に押し付けてある。問題があったとすれば、持ち逃げを放置したことと、その点に関する報告義務違反だが、刑務所に送り込むのはむずかしいかもしれない、という。

さらに、四千万のうち三千万を持ち逃げされたのなら、差し引き三百万円で圭輔を二年九ヵ月も面倒をみたことになる。決して横領と呼べる金額ではない。

いくつかつつける部分もあるが、実刑は難しいかもしれない、そう悔しそうに語った。

さらに稲沢弁護士が調べたところによれば、秀秋は年金や失業保険、生活保護などの公的給付金に関する詐欺で前科が二度もあった。これも、道子の主張を後押しする事実だ。秀秋が連れてきた富樫という男がいれば、なにか新事実が出るかもしれないが、どこのだれなのか詳細は不明だ。

この騒動がはじまってほどなく、悪意の遺棄による離婚が認められ、道子と達也は浅沼姓から安藤姓に変わった。

「もうあきらめます。ありがとうございました」

圭輔は、肇と稲沢弁護士にそう言って頭を下げた。

ここまでのなりゆきを見ていても、あまり腹は立たなかった。やっぱりこうなった、と妙に納得すらした。

どうせ取り返すことができないなら、道子が刑務所に入ろうが大手を振って歩いていようが、関心はない。

これ以上、道子や達也とかかわりたくない――。

ほかのことは望まない。彼らと今後一切かかわることなく、生きていきたい。裁判などで延々と泥仕合を続けるぐらいなら、残りの金を全部やってもいいとさえ思った。

それ以外に希望はありません――。

圭輔の依頼に、肇も稲沢弁護士も納得はできないようだったが、ほかに自己主張しない圭輔がこの一点だけは譲らなかったので、最後は折れてくれた。

結果的に手元に残ったのは、七百万余りの金だけだ。

圭輔は、そのまま牛島家に身を寄せることになった。道子に代わって、牛島肇が後見人になってくれた。後に知ったのだが、実はこの後見人というのはきちんと務めようとすればかなり大変な役なのだ。道子ができたくらいだから、と考えていたが、とんでもない誤解で、むしろ道子がここまで取り消されずにいたことが奇跡に近い。七百万円は、生活費として使ってくださいとあずけた。

これ以後、達也たち親子との縁はほとんど切れた。彼らはどこかの古いアパートに引っ越し、生活保護を受けながら達也は公立高校に進んだと聞いたが、もはや関心すら持ちたくなかった。

寿人は、父親がふたたび転勤で日本に戻ったため、以前とおなじように牛島家に居候することになった。寿人は私立高校に進み、圭輔も牛島夫妻の強い勧めで高校進学を果たした。都立だがそれなりに金はかかるだろうと、アルバイトに励んだが、圭輔が稼いだ金を牛島夫妻は受け取らなかった。それどころか、七百万円も大学進学の資金にするため定期預金にしてあると告げられた。

残り数ヵ月間の中学時代と高校の三年間を、圭輔は寿人と牛島夫妻に囲まれて暮らすことになった。

収容所のごとき家から救い出してくれたうえに、実の親のように接してくれ、家庭というものを思い出させてくれた牛島夫妻には、返しきれないほどの恩があると圭輔は思っている。

そしてなにより、あの日達也が口にした、おぞましい災難が美佐緒の身の上にふりかからなかったことを喜んでいる。


圭輔は、成績優良者に対する奨学金制度の充実した私大へ進み、特待生枠で返済義務のない奨学金を受けることに成功した。四年間、アルバイトと司法試験の準備にほとんどの時間を割いた。最も安いコース設定の携帯電話だけは持っていたが、中学時代の強制収容所のような暮らしのおかげで、テレビゲームやましてや課金のオンラインゲームなどに関心を持たずに生活することは、まったく苦痛ではなかった。

一方の寿人は、「社会人になるまえに少し親孝行する」と言って、札幌の大学へ進学した。アレルギー対策のため大学の寮で生活をしているが、これまでよりはずっとまめに実家に顔をだせそうだと聞いた。

圭輔が司法試験に合格したとき、寿人は就職していなかった。フリーターというやつだ。学生時代にやったテープ起こしのアルバイトの縁で、ライターの助手のような仕事をしている。

萱沼勝《かやぬままさる》という名のこのノンフィクションライターは、あまりスポットの当たらない冤罪《えんざい》事件や、うやむやになった少年犯罪事件などを好んで取り上げる。大手週刊誌に記事を売って、同世代のサラリーマンと同じ程度の収入を得ているらしい。その助手という立場では、報酬はたかが知れているだろう。寿人自身も「面白いけど、これがまた忙しいわりにぜんぜん金にならないんだよ」と笑う。新宿区にあるそう新しくないアパートに住み、空き時間を見つけて、近くのコンビニでアルバイトをしているそうだ。

「今は取材のノウハウを学んだり、使いっぱしりすら買ってでたりして、人脈を作っているところだ」

寿人なりに、計画表はあるらしい。

「最近、萱沼さんが面白そうな事件をみつけてきてね」

ラガービールのロング缶六本パックが空になるころ、さすがに赤い目をした寿人がそんなことを言った。

「また冤罪事件？」

いや、と寿人はテーブルに視線を落とした。少しだけ迷ったように見えたが、すぐに顔をあげた。

「冤罪と同じぐらい奥が深いかもしれない。とんでもない悪ガキのことなんだ」

首筋の毛がざわついた。寿人がここへ来た本当の目的を察したからだ。

「その悪党の名は安藤達也、旧姓浅沼達也という」

8

週が明け、公判前整理手続きに出席するまであと二日となった。

圭輔が事務所で書類仕事に追われていると、「奥山先生に電話です」と取り次がれた。

ディスプレイの表示は《公衆電話》となっている。多少いぶかしく思う気持ちもあったが、圭輔は受話器を耳にあて保留を解除した。

「はい、代わりました」

〈もしもし、弁護士の奥山さん？〉

やや語尾を上げて話す、若そうな女の声だ。後ろで車が行きかう音がする。

「はい、そうですが」

〈これから言うところに来てくんない。電話じゃ話せないからさ。大事な話があるんだ〉

ガムを嚙《か》んでいる。

「あなたのお名前は？」

〈エーコ〉

どんな字を書くのだろうと思ったが、それはあとでもいいだろう。

「どんなご用件ですか」

〈だから、電話じゃ話せねえって言ってんだろ。あんた、ばかなの？〉

ずいぶん口が悪い。手元のメモ用紙に《エーコ、二十代？　短気か》と書いた。

「およその趣旨でもうかがえませんと、出向くわけには……」

〈ああうっせ。わかったよ。あんたが弁護している人間についての証言だよ〉

「どの被告人でしょうか」

〈てめえ、なめてんのか〉

受話器越しにつばが飛んできたような気がして、圭輔は少しだけ耳から遠ざけた。柄の悪い人種にはよく出会う。それでも、ここまで弁護士に汚い口をきくのはめずらしい。

「しかし、具体的なことを何もうかがえないのでは、正直申しまして、いたずら電話と判断せざるを得ないのですが」

〈達也だよ。安藤達也〉

ただのいたずら電話ではなさそうだ。

「安藤さんは承知なのですか」

〈決まってるだろ、ばか〉

「いわれもなく、汚いことばでののしられる覚えはありませんが」

〈うるせえ。そっちの携帯の番号教えろ〉

圭輔は、ゆっくりと十一桁《けた》の数字を口にした。

エーコと名乗った女は、待ち合わせ場所として、大手チェーンの喫茶店の名をだした。

新宿駅の南口にあるという。

〈わかんなかったら適当に調べな。それで、今日の四時にそこの窓際に座っててくれ〉

「あ、ちょっと待って。今日は、その時間帯には予定があって……」

言い終える前に、切られてしまった。

犬に手を嚙まれた梅田と面会の約束がある。いまから急に変更してもらえるだろうか。あの梅田のことだ、かんかんに怒るだろう。へたをすると、こっちが訴えられる。こんな失礼な電話になどつきあっていられない——。

圭輔は深くため息をついて、もう一度受話器をとりあげた。


梅田にさんざん嫌みを言われて、どうにか打ち合わせを明日に変更してもらった。

達也に関する証言となれば、やはり無視はできない。

午後四時五分前に、指定された喫茶店に入った。ほどよく空《す》いている。圭輔はコーヒーを注文してすぐ窓の外に視線を走らせたが、人通りが多すぎてたとえエーコの特徴を知っていても探し出すことは困難だろう。この場所を選んだのは偶然ではなさそうだ。

ひとくちコーヒーをすすったとき、以前にもこんな展開があったような気がしてきた。どのケースだったろうと少し考えて思い出した。『情婦』という映画だ。あの中で主人公の弁護士が、不気味な女に呼び出されたシーンを実体験と混同していたのだ。もちろん、エーコという女があんな古い映画を見ているとは思えないから、偶然だろう。

四時ちょうどになったがエーコは現れない。すでに近くにいて、こちらを観察している可能性もある。五分が過ぎ、十分が経過した。現れる気配がない。どういうつもりなのか。

さらに十分が経ち、あきらめることにした。腰を浮かし伝票に手を伸ばしたとき、フロアの反対側に座っていた女が、圭輔の顔に焦点を合わせたまま立ち上がった。あれだ、と思った。もちろん、店内の人物はすべて観察済みだ。この女は、さっきからずっと顔を伏せてスマートフォンをいじっていた。

女は、トレーに載せたグラスやカップをカウンターに置き、ゆっくりとこちらに向かって歩いてくる。その隙にもう一度観察した。身長はあまり高くない。百六十センチに少し欠ける程度か。痩《や》せている印象だ。服装は派手ではなかった。脚にぴったりとはりついたジーンズをはき、オレンジ色のカットソーの上から、ゆったりした白いシャツを羽織っている。

髪もやや暗めの栗色に染めているだけで、ごく普通の印象だ。

エーコは圭輔のテーブルの脇に立った。

「奥山さんだろ」

「エーコさんですか」

エーコは隣のテーブルに客がいないのを確認してから、無造作に腰を下ろした。

圭輔はノートを開いて聴き取りの体勢をみせた。蒸し暑いのに我慢して着ているジャケットの内ポケットに手を入れ、ICレコーダーのボタンを押す。

「はじめまして」

「あたしの名前は、ツクダサユミ、貸してみな」

電話口よりはだいぶ声を落としている。

ノートとボールペンを奪い取るようにして《佃紗弓》と書き、突き返した。ことば遣いから連想するよりは整った筆跡だ。エーコというのは、単にA子という意味だったのかもしれない。なんとなく、圭輔の反応をうかがっているような気がしたが、この名前に覚えはない。

女の風体も観察する。華奢《きゃしゃ》な体つきや身のこなし、そしてなによりややきつい目つきから若猫を連想させる。どこかで会ったような気がしてきた。過去の裁判の証人だろうか。

「あの事件があった夜、あたしは達っちゃんと会ってた」

紗弓は、唐突に結論を言った。

「『あの事件』というのは、二月二十八日のことですか」

「そうだよ。達っちゃんが強盗したとか言われてる夜だよ」

「なるほど」

圭輔は、うなずきながら紗弓の表情をうかがった。化粧がそれほど濃くないので、素の顔がわかりやすい。おそらく自分より年下だ。二十歳から二十三歳のあいだ、といったところか。

「なんだよ、嘘ついてるっていうのかよ」

　圭輔を睨《にら》むその目は、やはり、猫に似ている。人間のようすをうかがいながら、なにか企《たく》んでいる猫の目だ。

「そういうわけではありませんが、安藤達也さんが逮捕されたのはご存じだったんですか」

「知ってたよ」

「それなら、どうしてもっと早く証言しなかったんですか」

「あたしの勝手だろ」

「もちろん勝手ですが、それならなぜいまになって」

「こっちにも事情があんだよ」

「わたしに言いたくないなら、それでもかまいませんが、仮に裁判で証言するとなると、必ず検察側につっこまれますよ」

　紗弓は、嚙んでいたガムを紙に包んでポケットにしまった。すぐに新しいガムを嚙みはじめる。

「あたしには、男がいるんだよ。一緒に住んでるけど、結婚はしてない。やくざの下っ端やってるクソみたいな野郎で、別れてくんねえんだ。すぐ暴力ふるう、ＤＶ野郎もいいとこ。達也と会ってたのがばれたら、マジ殺されるかも」

「その方のお名前は？」

「マサト――ちょっと貸してみな」

またノートを奪い、《田口優人》と書いた。

「なるほど、優人さんのことがあるので、躊躇《ちゅうちょ》されたんですね」

「まあね」

「しかし、わたしは達也さんに面会しましたが、あなたのことはひと言も触れてませんでしたよ」

「そういう人なんだ。あたしのことを心配してくれてんだよ」

笑いそうになるのを、どうにかこらえる。

「なるほど。ご事情はわかりました。それでは、問題の夜のことをもう少し詳しく聞かせていただけますか」

「夜の七時ごろから朝まで。達っちゃんとずっとうちのマンションにいたよ。コンビニで買った弁当食ってから、あとはずっとね」

「つまり……」

「そういうこと、シャワー浴びて、やって、寝た」

ノートに《十九時前後以降、二人で在室》とメモする。

「途中、達也さんが抜け出したようなことは？」

「ないね。一ヵ月ぶりだったから、ずっと一緒にいた。次の日の昼近くまで」

「優人さんのことは気にならなかったんですか」

「前から、麻雀《マージャン》に行く予定だった。徹マンやるときは、翌日の夕方まで帰らない」

そんなはずはない――。

あの事件は達也の犯行だ。そうに決まっている。できることなら、検察側に立ちたいぐらいだ。この女は嘘をついている。

信じる気はないが、証人として名乗り出たならば無視するわけにはいかない。だが、愛人の証言は家族の証言と同程度の重みしかない。かばうのが普通だからだ。

「事情はわかりましたが、わたしにどうしろと？」

「あたしと一緒にいたんだから、無実でしょ。あんなところから出してあげてよ」

「すでに起訴されて、まもなく裁判が始まります。一度起訴されてしまえば、簡単にあともどりはできません。さっき、『どうしてもっと早く証言しなかった』と言ったのはそういう意味です」

「説教は聞きたくないね。だったら証言する」

「同居されている男性はどうするんですか」

「名前を出さないで証言したい」

とっさに前例を思い浮かべる、捜査段階での匿名証言はあったはずだ。裁判ではどうだろう。前例を調べてみるべきだ。しかし――。

「むずかしいかもしれませんね」否定的に応える。

「そこんとこ、なんとかすんのが弁護士じゃないの」

「仮に、匿名で証言できたとしてもですね、それですぐ無実という判断にはならないと思います」

「どうしてよ」

疑うような女の目を見て思った、やっぱり前に会ったことがあるはずだ。

「家族や、親しい間柄の人の証言は、あまり重視されません。かばう可能性が大きいからです」

「でも、事実は事実だろ」

「今回は裁判員裁判です。彼らがどう受け止めるかにかかっています」

紗弓は組んでいた腕をほどき、寄りかかるのもやめた。

「ま、いいや。あんた専門家だろ。そこんとこ考えといて」

紗弓の右手がすばやく動いて、圭輔の左のほおをぴしゃぴしゃと叩《たた》いた。少し湿っていて、ひんやりとした手のひらだった。

「じゃな」

ちょっと待ってください、と声をかけたが、紗弓はふり返ることなく店を出ていった。

彼女自身が書いた《佃紗弓》という文字を、しばらく見つめていた。


事務所へ戻り、あまり頭を使わなくて済むルーティンの書類整理をしながら、紗弓のことを考えた。

まるで雑巾《ぞうきん》を絞るように記憶中枢をいじめたが、思い出せない。どこで会ったのだろう。

単に、大学で同じ講義を受けていただけなのか。やがてあきらめた。

つぎに、事件当夜一緒にいたというのは本当なのか、という問題だ。証拠能力という以前に、圭輔には、紗弓と達也が愛人関係にあるとは思えなかった。あの女は、口は悪いがすれっからしには見えない。やくざの使いっぱしりと内縁関係にありながら、達也と二重の愛人関係を築くようにも見えない。もちろん、見かけで判断してはいけない。そんなことはわかっている。しかし、どうしても、あの紗弓が達也と裸でもつれあっている姿は——。

そこまで考えて、我に返った。トレーに入れかけた書類を見つめたまま動きが止まる。

——もしかすると、思えないのではなく、思いたくないのではないのか。

ずっと昔、こんなふうに一目みただけで気になってしかたがなくなった女性がいた。

書類をトレーに放りこむ。紗弓に叩かれた左のほおが、なんとなく熱い。

「奥山さん」

呼ばれて顔をあげると、白石真琴弁護士が微笑みながら立っている。この二年先輩の弁護士に話しかけられるといえば、ミスや不手際の指摘ばかりだ。だが今は、なんとなく機嫌が良さそうだ。それにこの事務所では、いや、この業界の習慣らしいのだが、先輩後輩を問わず、お互い名前の下に「先生」を付けて呼び合う。「さん」と呼ばれるのはめずらしい。

「また、なにかやりましたか」謝る準備をしながらたずねる。

真琴が、こんどははっきりとした笑みを浮かべた。

「違うの。知り合いの方から、映画の試写会の券をいただいたから。明日の夜、八時からなんだけど、ご都合どう？」

参考資料として映画を見る必要のある裁判があっただろうか。真面目にそんなことを考えてから、ただ普通に誘われたのだと思い直した。

冷めかけたほおが、また熱くなる。

どうしよう。行ってみたいのはやまやまだ。しかし、自分なんかと行っても面白くないだろう。真琴なりに、毎日かけずりまわっている一番下っ端の主輔を慰労しようと気遣ってくれたに違いない。

「あの、せっかくなんですが、明日は翌日の公判前整理手続きの準備もあったりするので、申し訳ありませんが、どなたかほかの方を……」

「あ、そう」真琴が意外そうな顔をした。「そうよね。急に言われてもね。そうだ、わたしも映画なんか見ている場合じゃなかった。仕事しなくちゃ」

そう言うと、手にしていた封筒を丸めてゴミ箱に落とし、さっさと自分の机に戻って行った。

あわてて、ゴミ箱からチケットを拾う。

「あの――。明日は時間が余っていることを急に思い出しました」

「もう少し答弁の腕を磨いたほうがいいわよ」

真琴は口をへの字に曲げたが、目は笑っている。

恐縮しながら頭を下げたとき、電話が鳴っているのに気づいた。助け船のような気がして、すばやく持ち上げた。

「はい、白石法律事務所です」

〈もしもし、圭ちゃんでしょ。声ですぐわかったよ。あたしだけどさ、久しぶりだね〉

圭輔にもすぐにわかった。酒と煙草で焼けた声は忘れられない。できることなら二度と聞きたくなかった。

〈達也のことで、相談したいんだよ〉

昔と変わらず、有無を言わせぬ口調で、道子は用件を切り出した。

9

道子が経営するスナックは、板橋区の北西、都営地下鉄の駅から歩いて数分のところにある。

下調べしたところでは、荒川に近く、周囲は工場や大きな運送会社が並んでいる。いわゆる工業団地に隣接した小さな商店街だ。

店は、道子が電話で説明したとおり、シャッターが下りたままの青果店と個人経営のクリーニング店に挟まれていた。郊外の商店街でよく見かけるような、一階が店舗、二階が住居になっている長屋タイプの建物だ。地図で見た限りでは、店の裏からほんの三百メートルほどで荒川の河川敷だ。

紺の地に白抜きで書かれた『スナック　たっちゃん』というアクリル製の看板を見た瞬間に、圭輔は強烈なめまいを覚えた。近くの電柱に腕をあずけて、しばらく息を整える。談笑しながら歩いてきた作業服を着た二人組が、圭輔を避けるようにして通り過ぎて行く。

やや気分が落ち着いたところで、再度店の前に立った。いまさら引き返せない。断るならはじめから断るべきだった。それに、しょせんこの親子からは逃れられないのだ。

《暴力団お断り》というプラスチック製のプレートが貼られた、合板のドアを引きあける。からんからんというドアベルの音と一緒に、カラオケの音と煙草の煙が流れ出てきた。

「いらっしゃい」

電話で聞いたよりも、さらにしわがれた声の主を見る。ピンクと緑のまだら色に染めたぱさぱさな髪を両肩にたらし、どぎつい化粧をした道子が、唇をにゅっと広げた。

圭輔は、スナックという種類の店にほとんど足を踏み入れたことがないので、標準というものがわからない。しかし、おそらくどこもこんな雰囲気だろうと思わせる造りだった。ドアから入ってすぐ右手が黒いカウンターになっている。L字形に曲がっていて、入り口に近い一辺が短く、奥へ長い。スツールは全部で六脚、ほかに四人座ったらきつそうなボックス席が三つだ。左手奥に一畳ほどのステージがある。ステージ脇の壁には液晶のディスプレイがかけられている。カラオケセット以外の店の調度はどれも古く擦り切れた印象で、酔っ払いが粗相したのか、かすかに小便の臭いがする。

いま、そのステージに立った中年客が、『天城越《あまぎ》え』をがなっているところだった。

「そこ、座って」

道子が顎《あご》で示した先、L字カウンターの一番はじっこに座る。盛り上がっているボックス席からはほとんど死角になった。

「何飲む？」くわえ煙草で聞かれた。

「けっこうです」

「そんなわけにいかないでしょ」

道子は、使いまわしているらしい、薄くシミのついた紙のコースターを圭輔の前に置き、その上に小ぶりのビアグラスを載せた。カウンターの下からビールの中瓶と自分用の少し大ぶりなグラスを出して、二つとも満たした。

「じゃあ、再会に乾杯」

道子はグラスをかかげ、圭輔にはおかまいなしにひと息で飲み干した。

上唇に泡をつけたまま、袋から手づかみで移したミックスナッツの小皿を圭輔の前に置き、自分のグラスにまたビールを注いだ。圭輔は口をつけない。

「ご用件はなんですか。達也さんの裁判に関することだとうかがいましたが」

「圭ちゃん、弁護士なんでしょ。達也をあそこから出してやってよ。昔のよしみでさ」

煙草をもみ消す。道子の真っ赤に塗られた唇が歪《ゆが》んだ。愛想笑いを浮かべたのかもしれない。

「わたしには、釈放する権限はありません。保釈申請はできますが、百パーセント無理です」

カラオケの歌声が必要以上に大きいので、声を張り上げないと会話にならない。本来は、こんなところで大声で話す内容ではない。

道子は箱から煙草を一本振りだし、口にくわえた。

「冷たいね」火のついていない煙草が揺れる。

「事件の性質と、本人が否認している点から考慮して、無理だと言ってるんです。有罪になれば執行猶予もつかないでしょう。残る道は無罪の判決が下されるのを期待するしかありません」

「だからどうすれば、無罪になるのかって聞いてんの」

顔に大量の煙を噴きかけられた。横を向いて呼吸を整える。無罪なわけないだろう、と言ってやりたい。

「いまのところ、検察が持っているのは間接証拠だけですが、裁判員の心証はよくないと思います。最近、間接証拠だけでも『疑わしきは罰する』判決がでる傾向にあります。つまり……」

「つまりでもつわりでもいいけどさ。とにかく出してやんなよ。可哀想に」

目を閉じる。話が通じない点は、昔とまったく変わっていない。道子は、圭輔がビールに手をつけていないのを見て、瓶に残った分を自分のグラスに注いだ。

「お代わりする？」

「いえ、けっこうです」

圭輔は、黒い化粧板のカウンターに視線を落とした。ところどころ欠けて、下のベニヤ板がのぞいている。過剰な巻き舌で歌う『勝手にシンドバッド』がわんわんと響いている。ミラーボールが小さな光のしみを作っている。テーブルにぼんやり映る自分の影を見ているうちに、ため息が漏れた。

道子は、アイスピックを取り出して、シンクの中で氷をがしがし割り始めた。

「達也は事件があった夜、女のところにいたらしいじゃない」くわえ煙草で氷を砕きながら言った。

なぜ知っているのか。

「その女に証言してもらえばいいじゃない」

「どうして彼女のこと、知ってるんですか」

道子もその意味に気づいたらしい。くわえ煙草のまま、圭輔の顔をぼんやりと眺めている。

「ぼくはまだ、誰にも話してません。まさか、彼女と面識があるんですか」

道子はすぐに返事をしない。言い逃れを探しているのだ。

今日のことをすでに道子が知っているということは、紗弓と道子は顔見知りで、しかも連絡を取り合っていることになる。

すべてがつながって見えてきた。

紗弓が達也と密会していたというのはやはり嘘ではないか。名乗り出るのが遅れたのは、同棲《どうせい》している男が怖かったからではないだろう。そもそも達也は紗弓のことはなにも言っていなかった。もちろん、紗弓を気遣ったなどという理由のはずがない。万が一、達也が自己犠牲を覚悟するほどあの紗弓に惚《ほ》れているなら、反対に「あの女に近づくな」と脅したはずだ。達也がそんな稚拙な偽証を頼むとも思えないし、第一、接見禁止だ。原則として弁護士しか会えない。

要するに、いまごろになって道子と紗弓が底の浅い話を思いついただけなのだ。

怒りと情けなさでめまいがしそうだった。

「ママぁ、こっちにアイスセットおかわり」

ろれつのよくまわっていない声が響いた。テーブル席に座る三人組のひとりが手をあげている。

「ちょっと待って」

道子はさっき砕いた氷を、手づかみでアイスペールに放り込んだ。

「ママぁ」

「しつこいな。ほらできたよ。取りに来な」

「はあい」

よろよろ近づいてきた、つなぎの作業服を着た中年客が、どんよりした目でカウンターの圭輔をじろじろ眺めまわしたあと、右手をいきなり道子のドレスの胸元に差し込んだ。客の男は、驚いている圭輔にウインクして、そのままドレスの中で小さめの西瓜《すいか》ほどはありそうな道子の乳房をもんでみせた。

「なにすんのさ、スケベじじい」

道子が男の手を引っ張り出すと、男はおかしな節をつけて、ぼよよんぼよよん、と歌いながら、アイスペールをぶら下げ戻っていった。

「なんの話だっけ、あ、そうだ、紗弓ちゃんのことだろ」

道子の狼狽《ろうばい》はすっかり消えていた。この間に落ち着きを取り戻したらしい。主導権を握れたかもしれないチャンスを逸した。

「あの子いい子でね。最初はこの店に客で来て、相談のってやったりしたんだよ。男から暴力受けてるらしくてさ。もう少し早く達也と知り合っていれば――」

「ママぁ。ボトル、新しいのくれるー」

「はいよー」

道子は胸をゆすって手をあげた。

「とにかくさ、話なんか適当に作ったらいいじゃないの。そのために、いい給料もらってるんでしょ。証拠だって、なけりゃ作んなさいよって話。青いこと言ってないで」

もうここに用はない。道子も言いたいことは言っただろう。

主輔が料金をたずねると、「五千円」と言われた。逆らう気力がなかったので、財布の中にあった千円札を五枚、カウンターに置いた。

「あさって、公判前整理手続きがあります。そこでこの話題を出してみます」

「うまくやんなさいよ。昔、世話になった借りを返すチャンスだよ」

店に入って、まったくなにも口にしていないのに、泥水をがぶ飲みしたように胃が重かった。

主輔は、道に立って、じじじじと音をたてている『スナック　たっちゃん』の看板をもう一度眺めてから視線をあげた。二階の部屋の明かりは消えているが、カーテンの隙間からちかちかと光が漏れている。おそらくテレビがつけっぱなしなのだ。

酒とテレビが大好きで、果てしなくだらしがないところは、昔と変わっていない。

10

紗弓と道子に会った翌日、達也に面会に行った。

「明日は、第四回公判前整理手続きだ。わたしにとっては最初だが、おそらく予定どおりこれが最後になる」

「あっそ。よろぴくね」

「紗弓さんに会った」まだ道子のことは隠しておく。

「へえ、そうか」

達也の表情に注意しながら切り出したが、なにを考えているのかは読み取れなかった。

ただ、紗弓の登場はまったく予期しなかったことではなさそうだ。

「彼女、証言したいそうだよ。安藤達也さんのアリバイについて」

「なんて言ってた？」

どういう展開になっているか、あきらかにさぐっている。

やはり彼女たちがはじめたことだ。

凶悪事件であること、いまだ直接証拠がないこと、否認に転じたことなどから、一貫して接見禁止だった。最低限の手紙はやりとりできただろうが、証言内容の指示など書けばすぐにはねられる。打ち合わせる機会があったとすれば逮捕前ということになるが、それならこの数ヵ月のブランクの意味がわからない。

まさかとは思うが、前任の国選弁護人が橋渡しをしたのか。念のため確認する必要がある。

「彼女の話が本当なら、説明する必要はないだろう」

「取り調べがきつくてさ、頭が朦朧《もうろう》としてたんだ」

「証言の内容を裏付けたい。当夜、何時から何時までどこにいた」

「てめえ。なめてんのか」

達也の目が細くなった。足の指に力を込める。

「脅しても無駄だ。子どもじゃないんだ。それに、偽証の片棒は担ぎたくない」

達也は、急に身を乗り出し、仕切り板に顔を近付けた。

「その正義の味方の弁護士さんが子どものころ、家が火事になって、両親が焼け死んだ。たまたまその家に泊まっていた友達に助け出されて命拾いをした。しかもその友達の家で三年間も育ててもらって、どろぼう呼ばわりしたあげく、礼も言わずに出ていった。

しかもだ。久しぶりに会ったその友達が、無実の罪で貶《おと》しめられようとしている。だから助けを求めているのに、昔のことを逆恨みして、裁判の打ち合わせもまともにやらない。こういうのさ、テレビ局とかにチクれないかな」

今回は、達也の反応を予想していたので、呼吸も乱れなかった。

「わかった。弁護を引き受けたんだから話す。紗弓さんの話の内容はこうだ」

圭輔は、紗弓に聞いた内容をほぼそのまま伝えた。達也は満足げにふんふんとうなずいている。

「やめとけって言ったのに、名乗りでちまったのか。おれは、紗弓の名前は出したくなかった」とうそぶいた。

「田口優人という同居人の暴力がひどいというのは本当か」

「どういう意味だよ」

「ことば通りの意味だ。弁護側があげる反証は、警察が裏を取りに行くと思ったほうがいい。もしその夫が、やくざでもない、暴力も働かないような男だったら、安藤達也さんの有罪無罪に関係なく、紗弓さんが偽証罪に問われることになる」

圭輔のことばの途中から、達也は声を殺して笑いだした。

「大丈夫さ。弁護士先生はそんな心配しないで、おれを無実にすることだけ考えてくれよ。紗弓の証言だけで足りないなら、どっかから証拠をみっけてくるとかさ」

達也のふてぶてしい笑顔が、道子と重なった。血はつながっていないはずなのに、どうしてこれほど考え方が似てるのか。

「しっかし、ビールが飲みてえ……」

「火事の夜にデジカメで撮ったデータがあるというのは嘘だな」達也のやり口をまねてみた。

「はあ？」

達也が浮かべるだろうこの一瞬の表情に賭《か》けていた。

どんなにポーカーフェイスでも、心の中身が顔に出てしまう刹那《せつな》がある。頭がいいからこそ、圭輔がどこまで知っているのかと逆に表情を読もうとするはずだと思っていた。

達也の目を見て確信した。

「やっぱり嘘だったんだな」

「なに決めつけてんだよ」

「安心しろ。どっちにしろ、いまさら降りない」

へっと笑った達也が「ああそうだ」とつけ加えた。

「道子がスナックやってんだ。一度飲みに行ってやってくれよ。ひでえ店だけどさ、圭ちゃんが行けば喜ぶと思うぜ」

11

いよいよ公判前整理手続きに出席する。

これまでも、白石所長や先輩に付き添って立ち会わせてもらったことはあったが、自分が主体となって扱う事件ははじめてだった。しかもいきなり最終回だ。正当な理由があれば、追加もできるだろうが、その見込みは薄いし、延ばしてみたところで好転するとは思えない。

そしてなにより――。

圭輔個人の気持ちをいえば、さっさと有罪にして塀の向こうに閉じ込めて欲しかった。

すでに三回行われた内容を書類で検証しておいた。とくにこれといって特筆すべき証拠品もない。国選弁護人を解任された、相田《あいだ》という弁護士にも会った。三十代半ばの神経質そうな男で、達也にふりまわされたことには腹を立てていたが、解任されたこと自体は喜んでいるようだった。念のためさぐりを入れてみたが、達也と道子の橋渡し役をやったとは思えなかった。

紗弓のことを持ち出せば、今回の台風の目になるだろう。当然、白石所長には報告しておかなければならない。

悩んだすえ、「達也には、当夜会っていた愛人がいるらしいが、相手をかばって名を言わない。苦し紛れのでまかせの可能性もあるが、あとあとのために検察と判事には事前に報告しておきたい」と申告した。

白石は「なるほど、光明が差すといいね」と笑みを浮かべた。

手続きには、真琴も同行してくれることになった。

本当は、ひとりで行きたかった。しかし、微罪ならともかく重罪の否認事件で、圭輔がひとりということはありえない。

「それにしても、びっくりするぐらい管理の甘い会社ね」

電車の中で、真琴が感想を口にした。たしかに、それは同意見だ。

当日金庫に百万円近い現金が入っている可能性が高いことは、従業員ならだれでも知る機会はあった。ダイヤル番号も少し古い社員なら知っていた。社長夫妻の結婚記念日から、分割してとっただけなのだ。もちろんそれとは別に鍵《かぎ》も必要だが、経理部長の机の引き出しに入っており、犯人はこれをマイナスドライバーのようなものでこじあけた。驚くべきセキュリティの甘さだ。その下地があって起きた犯罪だともいえる。

「乱暴な言いかたをすれば、従業員全員が容疑者でもおかしくない。検察はあいかわらず、自分たちに都合の悪い事実には触れないつもりでしょ。そうはいかない。公判で突っついてやる」

頼むから、そんな考えは捨てて欲しいと願った。

霞《かすみ》が関《せき》にある東京地裁の一室に、裁判長と左右陪審のあわせて三人の判事、取り調べ担当の茂手木検事と助手の事務官、それに弁護側から圭輔と真琴が顔を並べた。被告人は呼ばれていない。

検察側に新証拠はなかった。それよりさっさと公判をはじめましょうという雰囲気だ。

「被告は、全面的に否認しております」

達也の言い分を要約して伝えた。最後に「氏名不詳の証人尋問の予定があります」と切り出した。

茂手木検事が顔色を変え身を乗り出したが、先に裁判長の高山義友《たかやまよしとも》判事が質問した。

「氏名不詳とはどういうことですか」

「被告人は、事件のあった二月二十八日の午後七時ごろから翌日の昼近くまで、ある女性と一緒にいたと申し述べております」

茂手木が割り込んだ。

「ちょっとまってよ。そんなこと取り調べでひとことも言ってないよ。おたくらも調書読んだでしょ」

もともとの赤ら顔をさらに赤くして、細身のめがねの上から圭輔を睨《にら》んでいる。法廷で鍛えた銅鑼《どら》声には迫力がある。

「ある事情があって、秘匿していたようです。女性には内縁の夫がいるそうです。被告人は、彼女の立場があやうくなるのを気遣ったと言っています」

「うそ、うそ」茂手木が手のひらを振った。「あとから思いついたに決まってるよ。そんな殊勝なタマじゃないって」

思わずうなずいてしまいそうになった。隣で真琴が反論する。

「そうと言い切れるでしょうか。現にいまだに我々にも氏名を明かしていません。また、仮に裁判で証言するとしても、匿名を望む可能性があります。本日はその許可もいただくつもりできました」

「匿名の証人だって？　笑わせるよ。どうせ安藤の女でしょ。茶番もいいところだ」茂手木が鼻で笑う。

圭輔はこめかみに浮いた汗をハンカチでぬぐった。この茂手木という検事は虫が好かないが、有能だ。すっかり見抜いている。

圭輔の狼狽《ろうばい》に気づいていないらしい真琴が切り返す。

「証言前から先入観を持ち込むのはやめてください。匿名の証言については、前例もあります。まずは――」

高山裁判長が、それには及びません、と手をあげて制した。

「わかりました。匿名の証言を認めましょう。よろしいですね」

高山は、左右の陪審判事に同意を求めた。

「けっこうです」

「異存ありません」

「時間の無駄だと思いますがね」

茂手木検事だけが不服そうに下唇を尖《とが》らせた。


「助け船を出していただいて、ありがとうございました」

裁判所の一階にある弁護士控室のソファに、真琴と腰をおろした。

「当然よ。奥山先生の事件でもあるけど、白石事務所の事件でもあるわけだから。黒星をつけるわけにはいかない」

「すみません」

「もう」真琴が睨んだ。「弁護士のくせに、そんなに簡単に謝らないでよ」

ふたりそろって、小さな笑い声をたてた。

「それより奥山先生、大丈夫？」真顔になった。

「どういう意味ですか」

「失礼だけど、さっきの主張がなんだか腰の引けた感じだったから。本番であれだと負けるわよ」

達也とのことは真琴に話さないと決めている。理解してもらうのは無理だ。別な用件があるという真琴と別れて、圭輔は事務所に戻った。

壁にかかった時計を見れば午後七時四十分だ。疲れていた。早く帰宅して、美佐緒の料理を食べたかった。腹はあまり空いていないが、茹《ゆ》でたてのぷりぷりとしたスープパスタが無性に恋しい。しかし、書類の整理が残っていて、あと三十分はかかるだろう。

紗弓の証言はおそらく嘘だ。しかも、小細工はこれだけですまないのではないかという、確信に近い不安を抱いている。

両手で顔をこすった。皮膚が熱を持ち、ひりひりしてきたころ、携帯電話が震えた。表示を見ると、寿人からだ。近いうちにまた話を聞きたいと言う。だったら今夜でどうかと答えた。

帰宅途中、電車の窓から夜の街を眺めていると、あの明かりのひとつひとつに、劇的な、あるいは平坦《へいたん》な人生が詰まっているのだというおかしな感慨が湧いた。先日の寿人とのやりとりを思い出す。

萱沼というやり手のライターが、安藤達也に興味を抱いたというのだ。

「そのことがぼくとなにか？」

「いま、萱沼さんがアクティブに手がけている事件が三つある。ひとつは、青森でひとり暮らしの資産家が、寝室で死んでいた事件だ。心臓発作という判断だったけど、彼は金融業もやっていて、所轄署の署長の愛人が彼から借金していた。もうひとつは、島根の海岸に、ロープで手を結んだ男女の水死体があがった事件。女が三十二歳、男が十八歳、状況からすると心中なんだが、この二人にはまったく接点がない。そして、三つ目の事件の下調べを、おれにやってくれと頼まれている」

「それに達也がからんでいる？」

寿人は、口もとを掻《か》いてから言った。

「十三年前の暮れに東京で起きた火災事件だ」

「ふうん」平静を装ったが、寿人にどう見えたか自信はない。

「ある民家が、失火から半焼した。当夜、二階には四人の人間がいた。寝室にいた両親は有毒ガスを吸ってほぼ即死。当時小学六年生のひとり息子と、一時身を寄せていた同い年の親戚《しんせき》の男児は、ベランダから逃げて助かった」

寿人は、一旦《いったん》ことばを止めて、圭輔の反応をうかがった。

「続けてもいいかな」

一度、二度、肩を上下させ心の整理をつけた。

「どうぞ。ただし、名前を伏せなくていいよ」

「すまない。――萱沼さんは、あの事件に興味を抱いて、洗いなおそうとしている。達也のことも本格的に調べ始めた」

「そうなのか」

「いまさらほじくり返されたくはないだろうけど、萱沼さんのやりかたは容赦ない。あのひとにえぐられるより、おれが調べたほうが必要以上に深い傷を作らなくて済むと思う」

寿人はそこでふうっと息を吐き、じつは、と打ち明けた。

「白状するけど、本当は、自分から手をあげたんだ」

「どういう意味かな」

「萱沼さんからこの一件の概要を聞かされて、『近いうちに着手する』と言われた。だからおれは『関係者の聞き取りは自分にやらせてください』と頼んだ。当時住んでいた家から近いので、とか適当な理由をつけて。きみと友人だとは言ってない」

少し考えてから、「ありがとうと言うべきかな」と口にした。

「別に、感謝は期待してないよ。それより、頼みがある。あの夜にあったことを話してくれないか。もちろん、切れ切れには聞いているし、覚えてもいる。だけど、あの場にいた人間から一貫した話をあらためて聞きたい。そして――」

寿人は考えながら、ことばを選ぶようにして続けた。

「――そして、話の内容がすべて真実である必要はない。きみが話したとおりにレポートをまとめる。ほかの証言も適当にでっちあげて、萱沼さんがつまらないと思うような事件に仕立ててあげてやるよ」

圭輔は、ほとんど正直に説明した。

小学五年生のときの出会いにはじまって、道子と達也が来訪したときの印象、不気味なだけでなく現実に不可解な事件や事故が起きた団地のことなど。これまでにも、必要に応じて、浅沼家に引き取られてからのことは何度か説明していたが、キャンプに行ったことや、こまかいやりとりまで語ったのははじめてだった。小学生だった達也が、圭輔の母親の体つきに関して発したことばのこともようやく口にできた。

寿人は、まるで冒頭陳述を聞く裁判官のように冷静な表情でメモをとり続けた。しかたがない、とあきらめた。とりあえずすべてしゃべってしまって、あとで書かれたくないことをリストにしよう。

ただ、あの火事の夜に、圭輔自身がリビングでもう一度煙草を吸ったことは、そしてその時に灰が落ちたかもしれないことは、どうしても言い出せなかった。

時間が足りなくなったので、続きは次の機会にということで終了したのだった。

12

寿人はまたナナハンでやって来た。

淹《い》れたてのコーヒーを持って、すぐに圭輔の部屋へ移った。

フローリングの床に置いた、小さなテーブルを挟んで向かいあった。

「お疲れのところ、悪いね」最初に寿人が謝った。

「とくに用事もないからいいよ」

そういえば、結局真琴に誘われた映画も行くことができなかった。機会を見つけて、こちらから誘ってみよう。

寿人は、小ぶりのバインダー式ノートを開いて言った。

「それじゃ、余談は抜きで本題にかかろうか。まずは、火事の原因から」

いきなり急所を突かれたが、悪意があるわけではないとわかっている。

圭輔のほうでも、萱沼勝について少し調べてみた。

政治汚職や企業秘密といった硬派な素材よりも、扇情的な事件を好んで扱うらしい。これと狙いをつけたら、たとえ何年前の事件でも掘り起こし、白日の下にさらす。世間の関心が高そうなら、さらにノンフィクション風の小説に仕上げるという手法だ。

「クッションに落ちた煙草の灰がくすぶって、数時間後にツリーの飾りに燃え移ったと聞いてる」

ここまでは前回にも話した。

「それなんだけど、お父さんの煙草の不始末ということに関して、率直にどう思う？　ふだんから、そういうことにはわりと無頓着《むとんちゃく》な人だったかな」

寿人の質問は、淡々としていて鋭い。

両親と生活していたのは、十二歳の途中までだ。およその人柄はわかっているつもりだが、本当のところどんな人間だったのか、客観的に判断できるほど圭輔自身が大人になってはいなかった。

それでも覚えている。父は、ずぼらなようでいて細かく気を配る人だった。吸い殻の先が床のクッションに落ちたことに気づかない、いや、そもそもそんな状態で喫煙する人物ではなかった。だが、それなら誰が落としたのか、という次の疑問が生じることになる。

圭輔が即答できずにいると、寿人が助け船を出した。

「よく覚えてないかな」

「うん。悪いけど」

寿人はすんなりと「たしかにそうだな、十二歳だからね」とうなずいてから、ひとつ空《から》咳《せき》をした。

「この先は少しつらい話になる。法医学的な視点だ。続けていいか」

「かまわないよ。心の整理はついてる」

喉《のど》がむずがゆかったので、コーヒーカップに口をつけた。

「それじゃ、遠慮なく。ちなみに、萱沼さんが警察関係者から入手した情報に基づいている。——きみのご両親の遺体は行政解剖された。きみも知ってるとおり、司法解剖にくらべれば緩い処理だ。死因を確認して問題がなさそうならそれで終わりだ。火事の原因に不審なところがみあたらなかったからだろうね。

いくつか注目すべき点がある。まず、ご両親は大量ではないが睡眠薬を飲んでいた。熟睡していたために逃げ遅れた可能性は否定できない。ただ、そのこと自体に事件性はない。香奈子さんが医師に処方を受けていた事実も残っている。

また、胃に若干未消化のカレーライスが残っていた。夕食の時刻から計算すると、普通なら消化されていてもおかしくない。食べた直後に熟睡したためと考えられる。夕食のあとはなにも口にしていないようだ。――どうかしたか」

寿人が気遣いを見せた。

すでに、達也本人から聞いている。いたずら目的で、圭輔の両親に睡眠薬を飲ませたと。しかし、どうしてもそのあとに起きたであろうことを直視する勇気がない。考えないようにしていた。

「なんでもない。先を続けてくれ」

「わかった」

寿人は、軽く咳払いして続けた。

「香奈子さん――お母さんには、死亡直前に情交の跡があった」

かすかな耳鳴りの奥から、壁にかけた時計の音だけが聞こえた。

思ったほど激しい感情は湧かなかった。

――情交の痕跡《こんせき》あり。

法学部の学生だったころから、判例や実習の裁判傍聴で、いくどとなく目にし耳にした表現だ。

達也に睡眠薬のことを打ち明けられた瞬間から、このことばを心のどこかで覚悟していた。怒りも悲しみも、それほど感じない。ただ、寂しいと思った。

当時、母親の体にそんな痕跡があったとは、聞かされなかった。あたりまえだ。圭輔はまだ小学六年生だった。だから、そのことで誰かを恨むつもりはない。ただ、死亡前に性行為があったとすれば、大きな矛盾が生じることになる。警察はなぜ、そこを追及しなかったのか。

寿人が淡々とした口調で、圭輔の気持ちを代弁した。

「残っていた体液の血液型はOだった。父親はO、きみはAだ。おかしな点はない。だから警察は、火事に逃げ遅れるほど熟睡していたはずなのにどうやって夫婦行為をしたのか、という矛盾について深く考えなかった。いや、目をつぶった。ぼくの調べでは、世話になっていた男児の血液型もOだった」

「ちょっと待って、達也の血液型はAじゃないのか」

「Oだ」

断言するからには、裏付けがあるのだろう。あのとき、病院をたずねてきた刑事に、達也は「A型です」と即答していた。圭輔もすっかりそれを信じていた。事件性はないとみて、そして相手が十二歳の子どもだったから、刑事もそれを信じ血液検査まではしなかったのだろう。まさか小学生が、という思いもあったろう。

寿人が続ける。

「警察は、この情交の事実は焼死と直接の関係はないと判断した。当然、DNA鑑定もしていない。亡くなった母親のプライバシーを守るといえば聞こえはいいが、手抜きといえばいえなくもない。失火ということにしてさっさと処理したかったのかもしれない。きみのほうが専門だと思うが、もっとずさんな処理だってたくさん存在する。このケースがとくに不運だったとはいいきれない」

コーヒーが、なまぬるくなってしまった。圭輔はカップに口をつけた。柔らかい渋みが広がる。寿人の目を見た。

「つまり、達也がそういう行為をしたと？」

犯罪史をひもとけば、小学生による凶悪事件、たとえば通り魔や誘拐、強姦《ごうかん》、リンチ、強制猥褻《わいせつ》、殺人、枚挙にいとまがない。

それでも、と思わざるを得ない。

そんなことが本当に行われたのだろうか。いくら大人びていたとはいえ、達也はまだ十二歳だった。いたずらで睡眠薬を飲ませるぐらいのことはしたかもしれない。だが、それ以上のことは想像もしたくない。警察が疑わなかったのも無理はないという気がする。

寿人が残念そうにうなずいた。

「萱沼さんも、そしておれもそう信じている。あいつは、きみのお母さんを陵辱して、証拠隠滅のために火をつけたんだ。――おい、大丈夫か」

しばらく中断した。

圭輔が落ち着きをとりもどしたところで、寿人が「今日はここまでにしようか」ときいてきた。

「もう落ち着いた——どうせなら、最後まで話して欲しい」

「そうか、わかった。体調が悪そうなら言ってくれ」

寿人は、ならばつぎに睡眠薬の問題だ、と言った。

「たしか、お母さんが処方してもらってときどき飲んでいたんだよね。それで……」

あれは、と寿人のことばを遮った。

「——あれは達也が飲ませたんだ」

もう、隠しておく意味がない。さすがに、寿人がえっと声をあげた。

「知ってたのか」

「カレーライスにまぜたんだ。本人が認めたも同じだ」

「いつ」

「確信したのは最近だ。——じつはことしの二月に板橋区でおきた強盗致死事件の容疑者として、安藤達也が逮捕された」

寿人の反応を見ると、すでに知っていたようだ。それでも、ひととおり説明をする。

「達也は整理手続きの途中で国選弁護人を解任して、私選弁護人をつけた。それがつまりぼくだ。睡眠薬のことは、先日の接見のときに話題に出た。——すまない。隠すつもりはなかった」

「言いたくないのはあたりまえだ。それより、こっちにこそ白状することがある。いまこの時期に達也の件で連絡をとったのは偶然なんかじゃない。達也が逮捕され、きみが私選弁護人になったのを知って連絡したんだ。ただし、達也に対して関心を抱いたのはもっと前からだ。それは本当だ」

「どうして萱沼さんは安藤達也に興味を持ったんだろう」

それがずっと不思議だった。

「そもそものとっかかりは、萱沼さんに言われて、ここ数年に起きた、怨恨《えんこん》や恋愛のもつれが原因の殺傷事件を洗い直していた。すると、少なくとも三件の殺人や傷害事件で、犯人の近くに同じ人物がいることがわかった。これは偶然の一致なんかじゃない。その名前に驚いた。あの安藤達也だ。たとえば、別れたカップルの男のほうに、あれこれ吹き込んでストーカーに仕立て上げたりするんだ。その手口や傾向について調べ始めていたところへ、二月の事件が起きた。目をつけていたら、裁判は急展開だ。

不審な点がいくつも残る火災事故で生き残った少年ふたりが、十三年後に凶悪事件の被告と弁護人になる。これももちろん偶然なんかじゃない。奥山弁護士は少年時代、達也とその母親に冷遇などという表現ではまったく生ぬるい扱いを受けた。それでも達也のことを火事の夜に助け出してくれた恩人だと信じているのか。あるいは、ふたりにしかわからない、なにか引き受けざるを得ない事情があるのか。萱沼さんはそれを知りたがっている」

13

「奥山君、どうしたの？　体調でも悪い？」

翌朝、出勤して自分の席につくなり、真琴が近づいてきて顔をのぞきこむようにした。彼女が「奥山君」と呼びかけるときは、プライベートな色合いが濃い話題のときだ。

「ちょっと寝不足なだけです」

「もし具合が悪いなら、午後の覚醒剤《かくせいざい》所持の公判、わたしひとりで問題ないから。休んでていいわよ」

「大丈夫です。行きます」

しっかりと真琴の目を見て応えると、「それならいいけど」と背中を向けた。急ぎの書類に目を通していると、ことりと音をたてて机になにかが置かれた。見れば栄養ドリンクだ。驚いて視線を上げる。真琴が微笑みながら立っていた。

「これ飲んだら、寝癖ぐらいは直してね」

その後、真琴と臨んだ覚醒剤所持の裁判は、有罪だが初犯につき執行猶予、これという問題もなく終了した。

裁判所の前で、真琴と別れた。達也に面会に行く。

「よう、弁護士先生」

接見室で顔を合わせるなり、達也はにやにやしながら、片手をあげた。圭輔は、アクリル板にうっすら映った自分の顔と見比べて、どっちが勾留《こうりゅう》中の身かわからないなと思った。

達也はわざとらしく大きなあくびをしながら、髭《ひげ》の剃《そ》り残しのあたりをぼりぼりと掻《か》いている。

「暇だし、野郎ばっかで臭《くせ》えし、酒も飲めねえ。早く出してくれよ。溜《た》まっちゃって困ってんのよ。こんど、iPadにエロ動画入れてさ、証拠映像とかなんとか言って接見のとき見せてくれねえか」

「来週公判開始だ」

「ふん。さっさと始めてくれねえかな。つまんなくて死んじまうよ」

「佃紗弓さんのことは、とりあえず匿名希望で証人リストに入れておいた」

「あ、そ」

「できれば、実名で証言してもらえるとありがたい」

「自分で説得してくれよ。弁護士だろ。ほら、おれって〝塀の中〟だし」

自分の冗談が面白かったのか、肩をゆすって笑っている。無視していると、急に顔つきも口調も変わった。

「なあ、圭ちゃん。なんかあっただろ」目が細くなった。

「どういう意味だ」

「今日、ここへ来た本当の理由だよ。誰かに何か言われたのか」

図星だった。いまもまだ、真相を知りたい気持ちと知りたくない気持ちが、自分の中でせめぎあっている。

「もしかして、お母さんのこととか、もっと聞きたいんじゃないか」

自分の頭は、この男の前ではガラス張りになっているのではないか、と考えてしまうほど、見透かされている。

「なにかまだ隠していることがあるのか」平静を装う。

「どうしようかな、話しちゃおうかな。圭ちゃん、怒るだろうな」

「おまえが、相手を逆上させて心をコントロールする手口はわかっている。それに、なにが起きたのか、だいたい知っている」

「へえ、じゃあ話しても平気だな」

達也は前かがみになって、アクリル板に顔を近付けた。反対に圭輔は上半身を引いたが、それでも一メートルと離れていない。

「全部言ったら、圭ちゃんの気が変になるんじゃないかって心配でさ。おれって、友達思いだろ。――あの夜、ほんとは写真なんて撮ってねえよ。そんなかったるいことしてるわけないじゃん。だって、いつ目を覚ますかわからないだろ。元気もりもりの男の子の目的はひとつ。まっしぐら――なんだよ、そんな顔するなよ。もう十三年も昔のことだぜ。とにかく、おれって小学五年生のときから、道子の相手をさんざんさせられてたからさ、ちゃんとできた。あ、そうか言ってなかったか。おれの最初の相手は道子だ。死にたくなるだろ。あいつの——やめとこう、あいつの話は。胸糞《むなくそ》が悪くなる。圭ちゃんのお母さんの話に戻そう。

そんでさ、道子なんかとぜんぜん違うわけよ。いろいろさ。お世辞じゃない。いまでも忘れたことないよ。それに、すぐ隣でおじさんも寝てるだろ。あんまり興奮してさ、おれ、すぐに終わっちまった。終わってから急に、やべえどうしようって。女はほら、朝になってからでも気づくだろ。このあせる気持ち、わかってくれる？　正直な話、火をつけて燃やしちまおうかって思ったぜ。そしたら、本当に煙の臭いがしてきた。圭ちゃんのおかげだな。おれたち、やっぱり持ちつ持たれつなんだよ。圭ちゃん、グッジョブ！」

達也が親指を立てた。

どうして一九九九年に世界は滅びなかったのだろう。そうすれば、あの夜は存在しなかったのに。そんなことをぼんやり考えた。

心のどこかで、寿人の推理は考えすぎではないかとも思っていた。いくつかの偶然だとか、警察の捜査の不手際だとかが重なって、なんとなく〝そんなふうにも考えられる〟というだけなのだと信じたかった。

しかしいまの達也の話で、確定的になった。

これは罰なんだ。そう自分に言い聞かせる。いたずらで煙草なんか吸って、悲劇を招いたことの償いをさせられているのだ。

「いまさらだけど、死んじゃってもったいなかったよね。だって、二度目からは頼めば聞いてもらえたかもしれないじゃん。おれにはわかるんだよ。女なんて——おいおい、真っ赤になってどしたの？　なあ圭ちゃん、刺激強すぎた？」

14

以前、人に薦められたことのあるクリニックに寄って、軽い精神安定剤を処方してもらった。

薬をミネラルウォーターで流し込み、少し経つとなんとなく落ち着いたような気がしてきた。あの火事の夜に病院で打たれた注射ほどには効かなかったが。

このことが知れたら、担当をおろされるだろうかとふと思う。もはやどうでもよかった。ただ、自分は義務を果たすだけだ。

夜の七時に、紗弓と会った。昨夜のうちにアポイントをとってあった。

紗弓は、はじめは忙しいからといやがっていたが、もし証言をするつもりなら、いくらなんでも、裁判前にもう少し打ち合わせておく必要がある、このままでは証言台に立てないというと、しぶしぶ折れた。達也との面会で体力を消耗して、こちらのほうこそ気乗りがしなくなっていたが、今さら中止できない。

紗弓が住むマンションに近いという理由で、埼玉県戸田《とだ》市の駅近くにあるビルの喫茶店に入った。

安藤達也だけでなく、母親の道子を知っているだろうと切り出すと、紗弓はあっけらかんと応えた。

「知ってるよ」

おそらく、あのあと道子から聞いたのだろう。

「ひょっとして、道子さんのお店で働いてるんじゃありませんか」

「働いてるよ。今日も、このあと仕事があるし」

あまりに平然としているので、怒りを通り越してあきれるしかない。ことばを探していると、

「それって、証言に関係あるの？」と聞いた。

「被告人と愛人関係にあって、被告人の母親が経営するスナックで雇われていたとなると、ますます信憑性《しんぴょうせい》に疑問符が付きます。それに、わたしにははじめから話して欲しかった」

「あっそ。だけどさ、知り合いだから寝るわけだろ。ゼンゼン関係ない人と朝まで一緒にいたら、そっちのほうが変じゃない」

軽い口調で言い放って、アイスコーヒーのストローに口をつけた。つやつや光る唇が褐色の液体を吸い上げていくようすをぼんやり見ている自分に気づき、あわてて書類入れを取り出した。

「ひとつ確認しておきたいことがあります」

「なに」

「とても大切なことです」

「だからなにさ」

「偽証罪は、最長で十年の懲役もある重い罪です。それに、最近の傾向では厳しく適用される風潮があります。それを、覚悟の上ですね」

「偽証なんかしねえって言ってんだろ」

もてあそんでいたストローの空き袋を、ぶちっと引きちぎった。

「たとえばですが、被告人かその母親に借りがあるとか、脅されているとかの事情があるなら、力になりますから」

「あんたになにができんのさ」

出会って以来、もっとも厳しい目つきだった。はっきりと憎しみの色が見て取れる。

「弁護士としてできることは、全力をつくして努力します」

紗弓はソファに背をあずけ、ふんと鼻で笑った。

圭輔は、紗弓に対して、どこかで会ったかもしれないという以外にも、割り切れない印象を抱いている。口は非常に悪いが、飲み終わったあとのトレーは返却するし、嚙《か》み終えたガムもちゃんと紙に包んでいる。なにか事情があって、すれたふりをしているのではないか。そう思えてならない。

「ねえ、先生」紗弓が視線を圭輔に戻した。「女と寝たことある?」

口に運ぼうとしていたグラスから、水をこぼしてしまった。あわてて、おしぼりでテーブルをぬぐう。紗弓はそれを見て笑った。

「ママと賭《か》けしたんだ。奥山先生が童貞かどうかって。ママはきっと経験ないって言ってる。女も知らなくてどうやって弁護士なんかやれるんだろうって。あたしはあるような気がする。あ、風俗はダメ。ねえ、どっち？」

テーブルに視線を落としたまま呼吸を整えていた。あのうすよごれたスナックで、自分を肴《さかな》にげらげら笑いあっている姿が目に浮かぶ。

「ね、どっち？」

紗弓がうつむいた圭輔の顔をのぞきこむようにした。母親の身に起きたことを知って、怒りのエネルギーを使い果たしたと思っていたが、ふたたび湧き上がってくる。

「あなたがたは」握りしめたこぶしが小刻みに震えた。「――裁判をどう考えている」顔をあげ、視線をまっすぐ紗弓に向ける。紗弓も圭輔をみつめかえしている。

「さあ。よくわかんないけど、裁判所でめんどくさいことやるんでしょ」

「税金をかけ、判事と検事それに彼らの補助をする職員、それに弁護士も含めて、少なくない時間を費やし、予備もあわせれば十人前後の裁判員が何日も拘束され真摯《しんし》に検討することを求められる。安藤達也が、たかだか百万足らずの金を奪うために、愛する妻がいる罪もない男性の後頭部を殴って死にいたらしめたかどうか判断するために。たとえ、ゴミのような人間でも、法のもと平等にさばくために」

「なに熱くなってんだよ」というせりふが返ってくるだろうと思っていた。理解してもらおうとは思わない。つい、ほとばしり出た本音だった。保身のために必死で偽証するというならまだわかる。裁判制度を思想的に否定するなら聞く耳も持つ。しかし達也もこの紗弓も、ただ世の中を馬鹿にしているだけだ。おそらくは「圭ちゃんが、女も知らないくせに弁護士だってよ」などと陰で笑いながら。

「ねえ、先生。木崎美果って知ってる？」

そのひとことで、体じゅうを駆けめぐっていた怒りが霧消した。

そうだったのか――。

紗弓に会って以来、どこかで会ったことがあると、ずっと感じていた。それだけではない。口調や態度の悪さにもかかわらず、なぜか憎めずにいた。本音をいえば、好意を抱いてすらいた。証人としてではなく、ひとりの若い女性として見ている自分に気づき、なにをばかなと戒めたこともあった。

その理由がようやくわかった。

顔のつくりはそれほど似ていない。しかし、こまかいしぐさ、ことばの調子、こちらを見るときにいたずらを企んでいるような、少しきつい印象の目――。

どうしていままで気づかなかったのか。自分の鈍さにあらためてあきれるほかない。

紗弓は、中学一年の夏に突然引っ越していった、あの木崎美果の妹なのだ。

「木崎さんの、妹さん？」

しばらくことばを探したあげく、ようやく出てきたせりふがこれだった。

「そうだよ」

「苗字《みょうじ》が違うのは……」

「両親が離婚したから」表情も変えず、あっさりと口にした。

「それはもしかして……」

「そうだよ、お姉ちゃんが引き籠《こ》もって荒れて、家んなかは無茶苦茶になったよ。佃って
いうのは母親の旧姓」

喉《のど》が渇く。やけつくようだ。グラスの水を一気に飲む。少し、落ち着いた。

「責任は感じている。あのとき、もっと強く……」

「かっこつけたこと言ってるんじゃないよ。あんたが、先輩にボコられるのが怖くて、う
ちのお姉ちゃんのこと売ったんだろ」

「売ったって……ちょっと待ってくれないか」

「達っちゃんから全部聞いたよ。あんたが、お姉ちゃんをだまして先輩の家に呼び出した。

達っちゃんはそれを知って、止めにいってリンチされた。一ヵ月も入院した。いまでも、
左目のところにそのときできた傷あとが残ってる。失明しかけたって言ってる」

「あの傷は……」

「あんたさ、輪姦《まわ》される女の気持ちがわかるか。達っちゃんに仲間集めてもらって、あん

たのケツ掘ってやろうか」

どうして、紗弓がそんな間違った知識を持っているのか。もちろん、達也に聞かされたからだ。

「そのことは、安藤達也に吹き込まれたんだよね。美果さんは――お姉さんは、あのときのことをなにか言ってなかった？」

「へっ」

「もし、いまからでも連絡がとれるなら、ぜひ本当のことを。そうだ、一度会わせてほしい」

紗弓は、「はあ？」とこばかにしたように言った。

「あんた、それ本気で言ってんのか？　それとも、ほんとに知らないのか？」

「申し訳ないけど、中学以降のことは知らない」

紗弓はしばらく圭輔を睨《にら》んでいた。なにかに気づいたようにうなずいた。

「じゃあ、教えてやる。お姉ちゃんは中学んとき、母親の実家にあずけられて、転校した。でも、男が近くに寄っただけでパニック起こして大変だった。母親もあっちで毎日つきそって、クリニックとか連れてって、なんとか普通に生活できるようになって、一旦《いったん》東京に戻った。元の家からは引っ越したけどね。それで、家から一番近い女子高へ入った。これでなんとかよくなるかってちょっと期待したよ。だけどさ。やっぱり心の傷って消えないんだよ」

紗弓はバッグから煙草の箱を取り出し、さっと振りだした一本を口にくわえかけたが、店内禁煙であることを思い出したらしく、小さく舌打ちしてもとに戻した。

「家族だって元通りには戻らない。あんたには想像もつかないようなことがいろいろあって、結局両親は離婚したってわけ。そして——」

紗弓はそこでことばを止め、感情を抑えた視線を向けて圭輔の反応を待っている。

「たしかに、美果さんの悲劇にはずっと責任を感じてきた。だから……」

すかさず紗弓が遮る。

「偽善者。あんたは、あたしの名前を見ても何も気がつかなかった。すっかり忘れてたんだろ」

「知らなかったことは申し訳ないと思ってる。だけど忘れたことなんてない。それに、さっきの話には重大な誤解がある」

「いまさら聞きたくない。あんたの弁解なんか」

「美果さんが苦しんだのは、きっと根が真面目な性格だったからだと思う。それを支えられなかったことは残念だ。いまからでも力になれれば……」

「かったるいこと言ってんじゃないよ」

「責任逃れのためじゃない。どうか、連絡先を教えて欲しい」

紗弓がテーブルに肘《ひじ》をついて、ぐいと顔を近付けた。

「絶対に断る」

美果が持っていた思慮深さを引いて、代わりに野性味を加えたような印象だ。

「達っちゃんはね、向こうからあたしを探し出して、会いに来てくれた。そして、全部教えてくれた。あんたの罪の重さをね」

紗弓がさらに顔を近付けた。視界はほとんど紗弓の目で埋まっている。その双眸《そうぼう》から、ぽたぽたと涙が流れて落ちた。

「お姉ちゃんが中学のとき苦しんだのは、もちろん輪姦されたっていうのもある。だけど、自分の体が汚れて、あんたに恥ずかしいって、そう思ってたんだ。お姉ちゃんはあんたが好きだったのに」

「それは違う。美果さんが好きだったのは別な男で……」

「あんたに、女の気持ちなんてわかるかよ」

「紗弓さん、ぼくのことは信じてくれなくてもいい。だけど、達也のことも信じちゃだめだ。あいつは、人の心を乗っ取る天才なんだ。怒りや悲しみや猜疑心《さいぎしん》を与え続けて、判断力を奪う。そして、自分の思いどおりに相手を動かすんだ」

紗弓は逡巡《しゅんじゅん》しているように見えた。結論を出すまで、こちらも黙っていることにした。

紗弓は、わかった、とうなずいた。

「そんなに言うなら教えてやる。ソープだよ。ソープで働いてる」

しばらくことばがみつからなかった。紗弓も黙って反応をうかがっている。

「……住んでる場所か、せめて店の名前を教えてもらえないかな」

「そんなもん。教えられないね。達っちゃんに聞いてみな」

紗弓は、グラスから抜いたストローを主輔のワイシャツの左胸、心臓のあたりに突き立てた。ぐしゃっと折れて、茶色く小さなシミが残った。紗弓は、そのまま振り向きもせずに店を出ていった。

過呼吸の発作が出はじめた。

「──ですか？　お客様、どうかなさいましたか」

はっと顔をあげると、黒いエプロンの店員がふたり、心配そうにのぞきこんでいる。周囲の客も同情と好奇のいりまじった視線を向けている。

「もう、大丈夫です」

額にびっしょりと汗が浮いているのに気づいて、ハンカチで拭《ふ》いた。

バッグから、さっきもらったばかりの薬をだし、口に含んだ。「きちんと量と時間を守ってくださいね」という薬剤師の声を思い出したが、そのままグラスの水で飲み下した。

15

事務所に戻ったときには、ぐったりと疲れていた。

ぼうっとしている。頭の中にうっすら霧がかかったようだ。薬のせいかもしれない。

こんな状態でミスの許されない仕事は危険だと思い、少したまっていた交通費や経費精算の書類を打ち込むことにした。あまり薬に頼らないようにしないと、肝心なときに判断力が鈍るかもしれない。

だれかに名を呼ばれていると思って顔をあげると、目の前に真琴が立って、半分腹立ち、半分は心配げな視線を向けている。

「ほら、やっぱり聞いてない」

「ああ、すみません。ちょっと考えごとをしていて」

「大丈夫？　最近、ちょっと変じゃない。なにか心配ごとでもあるの？」

「大丈夫です」

無理に笑ってみたが、どんな笑顔になったか自信はない。

事務員の渋谷はとっくに退勤しているし、白石所長は民事の案件で札幌に泊まりがけの出張、海老沢弁護士は出先の町田から直帰することになっている。ふだんは雑然として窮屈な空間に感じている事務所の中が、夜にふたりきりになると、うら寂しく感じるのが不思議だった。節電のため、半分明かりを落としているせいもあるかもしれない。

「もしかして、安藤達也のこと？」

もともと持っている女性特有の勘の良さか、あるいは弁護士という職業柄か、いずれにせよ嘘をついてもばれるだろうと思った。

「正直にいうと、そんなとこです」

さっきよりも自然な笑顔を作れた気がする。

「手伝えることがあったら言って」

真琴は微笑んでいるが、目もとは真剣そうだった。二歳しか違わないのに、ずいぶん大人びて見える。慣れの問題だけではない。弁護士としての資質も、彼女のほうがあきらかに上だ。

「ありがとうございます。いつまでも未熟者ですみません」

圭輔のことばをどういうふうに理解したのか、真琴は急に笑い出し、すたすたと歩いていった。そのまま給湯スペースに置かれた冷蔵庫へ直行し、両手に缶ビールをかかえて応接セットのテーブルに運んだ。

「奥山さんもいらっしゃいよ。どうせ、もう仕事になってないんでしょ。依頼主からいただいたビールがあるから飲んじゃおう」

先にソファに腰を下ろし、圭輔を呼んだ。

迷った。薬を飲んだあとに酒は控えろと言われたような気がする。注意書きを出してみようか。いや、そんなことはどうでもいい。もう、どうにでもなれだ。どうせ、世の中はむちゃくちゃだ。

真琴の向かいに座ると、一本を圭輔に差し出してきた。プルタブを引く。

「乾杯」

「いただきます」

缶を軽くかかげて、一気に三分の一ほどを流し込んだ。

「くふう」と満足げな声をあげたのは真琴だった。「たまらないね」鼻の下をわずかに濡《ぬ》らして笑う。素直に称賛できる魅力をたたえている。

なんだ、飲んだって平気じゃないか。もう一口あおる。真琴も楽しそうだ。これでいい。

こんなに魅力的なのに、本当に彼氏はいないのかな――。

真琴をちらちらと見ながら、そんなことを考えた。もともと最低限の化粧しかしていないので、夜になってもそれほど疲れて見えない。たしかに、裁判ウォッチャーの中からファンが発生するのもよくわかる。

だからこそ、と考えてしまう。もしもこの聡明《そうめい》で気の強い真琴が、十三歳になるかならないかのころに、美果と同じような経験をしたら、大人になってこれほど輝いていられただろうか。いつでも、まるで「誰にも後ろ指は差させない」と宣言しているかのように、背筋を伸ばして歩いているだろうか。美果と真琴、ふたりに落差が生じたのは自分のせいではないのか。

やめよう――。

せっかく、真琴と二人きりでくつろいでいるのだ。もっと楽しいことを考えよう。

「奥山君、彼女とかいるの?」

〝さん〟から〝君〟に変わった。圭輔に対する真琴からの呼びかけの中で、もっともくだけた場面で登場する。かえって緊張感が増した。

「いえ、いません」

「そうよね、毎日遅いし、出会いといえばクライアント。民事の客はジジババが多いし、刑事に至っては基本的に犯罪者だし」

ビールのせいか、人には聞かせられないことをずけずけと言う。

「白石先生はどうなんですか」

「わたし？　わたしはまあ——仕事が恋人かな、いまのところ」

恋愛に慣れた男なら、ここで「じゃあ、立候補していいですか」と切り返すのだろう。しかし、自分はそんな冗談が似合うタイプではない。笑って冗談ですませることができなくなる。

——あたしはあるような気がする。

紗弓のことばが耳に蘇《よみがえ》る。女性経験のことだ。たしかに、経験はあったし、相手は風俗の女ではない。だが、あれが恋愛と呼べるだろうか。

学生時代、丸一年ほど、高級マンションの夜間管理人のアルバイトをやった。こまかい雑用もトラブルもあるが、基本的にあいている時間は自由に使える。これを勉強に充てた。

夏のある夜、タクシーで帰ってきた女の住人が、あきらかに酔っている足取りだと思って見ていたら、ゲストスペースにあるソファで寝込んでしまった。定時の見回りまで気づかなかったことにしようと思っていたところ、めざとい住人が通報してきた。

「ゲストスペースで寝込んでいる酔っ払いがいるから対処して欲しい」

しかたなく、女のところへ行った。せいぜい三十代前半の、肉感的で美しい顔立ちの女だった。

「あのう、すみません」

ドレスからむき出しになっている肩に、遠慮がちに触れた。ほかに、触ってよさそうな場所が見当たらなかったからだ。

なんどかそれを繰り返すうち、女は目をさまし、焦点が定まらない目を圭輔に向けた。

「なによ、あなた」

女をなんとか部屋まで連れていった。むき出しの腕に触れて、股間《こかん》が熱を持つのを感じた。汗と化粧品の匂いが混じった体臭を、意識的にかいだ。こんにゃくのようにぐねぐねするのを支えるため、腰に手をまわして〝肉〟の存在を実感した。こんな時刻になってもまだサラサラの長い髪が顔にまきつき、コンディショナーと煙草の混じった臭いが鼻を刺す。

表札に《三原《みはら》》とあった。

どうにか彼女をリビングのソファに横たえたとき、手で位置をずらさなければ痛いほど、そこは膨れあがっていた。

「お水ちょうだい」

苦しそうだったので、キッチンで適当なグラスをみつけ、〝浄水〟を満たして渡した。女は受け取らず「冷蔵庫に、あるでしょ」と首を振る。とってきて、ミネラルウォーターのボトルを渡した。勢いよく飲みくだす白い喉《のど》を見ていた。そのあとも、あれこれ指示するわがままをいくつも聞いてやった。

「あとね、背中のホックはずしてくれる？」

言われたとおりにした。

つぎの定時巡回までの一時間二十五分のうち、一時間十分を女の部屋で過ごした。ベッドにあがると、女は思ったほど酔っていないことがわかった。女にいわれるままに行動し、最初は侵入途中で果てた。女は笑うことも蔑《さげす》むこともなく、二度目に挑ませてくれた。そのあとで下の名を莉帆子《りほこ》というのだと教えてくれた。

三原莉帆子は三十二歳、大手健康食品会社の常務の愛人だった。起業仲間である社長も公認で、マンションの賃料や手当は会社の経費で支払われていると聞いた。

莉帆子とは、三ヵ月あまり続いた。週に二度ほどの割合で管理人室の内線に連絡がくる。巡回の時間にぶつからないように彼女の部屋を訪ねる、というルールができあがった。

はっきり説明を受けたわけではないが、常務にもっと若い愛人ができたらしく、近いうちに正愛人の座を奪われそうで、荒れ、不安になっていた。

個人的なことはほとんど聞かないし話さない特殊な関係だったが、ただ一度だけこんなことを言われた。

「ねえ、わたしと駆け落ちしてくれる」

少し考えて、たぶん無理です、と答えた。

「試験を受けようと思っているので、それが終わったら考えます」

莉帆子はけらけらと笑って、ばかね冗談よ学生さん、と圭輔のほおをつねった。

翌日の夜六時、いつものように出勤してみると、プレートから《三原》の名前が消えている。昼勤からの引き継ぎノートを見て理由がわかった。昼のあいだに引っ越していったのだ。妙にさっぱりした部屋だと思っていたが、性格のせいばかりではなかった。

三日後、圭輔も「今月いっぱいで契約を解除する」という通告を受けた。理由をたずねると「住人と不適切な関係を結んだ」と説明された。

おそらく、パトロンだった常務が、女と縁を切るため探偵でも雇って身辺を洗ったのだろう。後悔はなかった。むしろ、自分で投げた石が立てた水しぶきを自分でかぶる、そんなあたりまえの成り行きを、生まれてはじめて体験した気分だった。

「ほんとは、あなたのことが好きだった。引き留めて欲しかった。臆病《おくびょう》者」

いつのまにか莉帆子が目の前に立ち、軽蔑《けいべつ》した目で見ている。

「すみません。でもまだ学生でしたし」

「あなたはいつも、できない理由ばっかり考えてるのよ」

「ごめんなさい」莉帆子の腕をつかんで、詫《わ》びた。「ごめんなさい」

「やめてよ」

「——ちょっと、奥山君」

真琴が、つかまれた腕を振り払おうとしている。

「あ、白石先生」

あわてて身を起こし、周囲を見回した。事務所のソファに横になっている。悪酔いしたようだ。間をあけずに薬を飲んで、ビールまで摂ってしまったことを思い出した。とんでもない醜態をさらしてしまった。

「すみませんでした。失礼なことをして」

なんども頭を下げた。

「わたしはいいけど、大丈夫？」

すぐ近くにしゃがんで、心配そうに顔を見つめている。その瞳《ひとみ》には、計算も憐《あわ》れみもなかった。

「白石先生」

シャツの上から二の腕を握った。軽く引くと、真琴は抵抗せずに上体を傾けた。できない理由を思いつく前に、唇を寄せた。

週が明け、翌日に第一回公判を控えた日の午後、達也をたずねた。

明日の裁判でどういう態度に出るか探っておきたかった。達也のことだから、ただ漫然と「わたしは無実です」と訴えるだけとは思えない。それに、本来最終となる整理手続きが終わったあと、検察側に動きがあったことを伝えなければならない。

「検察側が、急遽《きゆうきよ》新しい証人を申請してきた」

「へえ、どんなやつ？」

「わからない『弁護側が匿名の証人を用意するというなら、当方も同様に匿名の証人を用意する』と検事が主張した。こちらは猛烈に反対したが、結局裁判長が認めた。被告、つまり安藤さんの当夜の行動について証言するとしか明かされていない」

「なんだろね」

定期テスト前の中学生より暢気《のんき》に構えている。この態度をいちいち気にしていては身が持たない。

「それから、被告自身も発言を求められるよ」

「わかってるよ。無実を訴える」

「紗弓さんの証言は、正直なところあまりあてにしないほうがいい。それより、美果さんがソープランドで働いているって本当か。まさかあんたが……」

達也はなにかに納得したようにうなずいたあと、なあ圭ちゃん、と身を乗り出した。

「おれの左のまぶたの上に、小さい傷があるだろ」

顔を寄せて、左目をさらにアクリル板に近づけた。見なくとも知っていた。達也の左まぶた、眉毛《まゆげ》との境のあたりに、長さ一センチほどの古い傷がある。紗弓が、達也が美果をかばってリンチされたときにできた、と信じている傷だ。とんでもないでまかせだ。圭輔が達也にはじめて会ったときから、そこにあった。

「これはな、オヤジに殴られたときに切れたんだ。五歳んときだ。近所のガキが、いくら頼んでもおもちゃを貸してくれないから、むりやり引っ張った。そしたらそいつがトロい野郎で、転んで膝《ひざ》をすりむいた。あとは、おきまりだ。そいつの親が乗り込んできて、オヤジが怒って、おれの顔は腐りかけのトマトみたいになった。

おれはそんとき思った。そして誓った。殴ったり蹴《け》ったりってのはゲス野郎のすることだ。おれは手はださない。手をださずに這《は》いつくばらせてやる。このオヤジも、いつかきっと自分では手を触れずに始末してやるってな。前にも言ったと思うけど、おれはやるときめたことはやる。たとえそれが圭ちゃんのママでもな。

とにかくそれ以来、人を殴ったことはない。たった一回の例外を除いてな。そいつの正義面を見てるだけで、毎日毎日、胸糞《むなくそ》が悪かった。一度でいいから殴りたいと、ずっと思ってた。そして、とうとう我慢ができなくなって、誓いを破っちまった」

優しい笑みを浮かべて、肩をすくめた。

「圭ちゃん、あのときは殴ったり蹴ったりして悪かったな」

「いまさらどうでもいい」

瞬時に達也の目から笑みが消えた。

「ま、とにかくそういうわけだから、本間のことなんて殴り殺してねえって。そんな下品なことするわけねえだろ」

ほとんど信じかけていた。

ほかの人間は知らない。だが、圭輔には理解できた。

達也の言い分は、嘘っぱちの証言や、どんな反証よりも真実味がある。達也は金属の特殊警棒で頭を殴りつけたりしない。やるなら誰か別な人間にやらせる。

本人が言うとおり、達也が犯人ではないのかも知れない。ならば、どうしてこいつはここにいるのか。

「あしたの裁判が楽しみだ」達也が声をたてて笑い出した。

16

いよいよ第一回公判当日になった。

否認事件で裁判員裁判、しかもあの白石法律事務所が弁護する、ということもあってか、何社か取材に来ているようだ。といっても、開廷前に撮影を済ませたカメラマンはさっさと退出し、記者だけが残った。それでも四十人余の傍聴席はほぼ埋まっている。整理券を発行するほどではないが、この日東京地裁で開かれている公判の中では屈指の注目度のようだ。

傍聴席の最後方に、ひっそりと被害者本間保光の妻、寿々香が座っている。やや青ざめて強《こわ》ばった表情に見えた。

検察側が呼んだ匿名の証人とは誰なのか、さっと法廷内を見渡したがそれらしき人物は見当たらなかった。

ほどなく、手錠をはめられ腰縄を巻かれた達也が、前後を刑務官に挟まれて入ってきた。

今日は、白いワイシャツに黒のスーツ姿だ。髪を短く刈っているのもあって、精悍《せいかん》な印象を与える。

弁護人席の前に置かれた長椅子に腰を下ろす直前、達也はさっとふり返って圭輔に意味ありげに笑いかけた。気づいた刑務官に注意されたが、達也はただうすら笑いを浮かべただけだった。反省の色も緊張感のかけらも感じられない。

裁判所係員の合図で達也の腰縄と手錠がはずされ、三人の判事と六人の裁判員、それに予備の裁判員が入廷してきた。やや強張った表情の裁判員たちは、みごとなまでに性別も年齢もばらばらだ。

「それでは、起立をお願いいたします」

係員の声で全員が一斉に立ち上がり、裁判長に合わせて礼をする。裁判が始まるこの瞬間、圭輔はいまだに小さく身震いするほど緊張する。

高山義友裁判長が落ち着いた声で開廷を宣言し、被告人は証言台へ、と促した。

裁判長の質問に応える形で、達也自身の口から、氏名、住所、本籍などを述べる。どういう態度にでるかと思っていたが、意外にきちんとした発言のしかただった。

「つぎに、検察は公訴事実を読み上げてください」

検察側の茂手木検事が立ち、起訴状を読み上げた。

「被告人は、平成二十五年二月二十八日、東京都板橋区の丸岡運輸株式会社内において、業務課チーフマネージャー本間保光、当時三十五歳の後頭部を、いわゆる特殊警棒で殴打し、翌三月一日午後一時、死に至らしめる怪我を負わせた。死因は脳挫傷《のうざしょう》及び急性硬膜下血腫《けっしゅ》、並びにくも膜下出血。さらに事務所内の金庫から、当日の集金分と、一時金として保管してある現金、あわせて九十三万四千円を奪って逃走したものである。罪名及び罰条。強盗致死罪、刑法第二百四十条——」

証言台の達也に、裁判長が黙秘権があることを前置きしてから「いまの起訴内容を認めるか」という意味の質問をした。

達也は、弁護人席にちらりと視線を走らせ、胸を張った。

「いいえ、なんども申し上げていますが、わたしはやっていません。契約を途中で一方的に打ち切られたあとは、一度もあの事務所の中へ入っていません」

「弁護人のご意見は?」裁判長が弁護人席を見た。

圭輔は、すみやかに立ち上がり、茂手木検事を軽く睨《にら》んでから裁判長を見た。

「無罪を主張いたします」

傍聴席から、小さなしわぶきがいくつか聞こえた。開廷宣言からわずか十分、いよいよ、否認事件の審理が始まった。

圭輔は、いまこの法廷内にいる誰よりも、この裁判が平穏無事に、しかも被告人の有罪で終わることを願っていた。

続いて、冒頭陳述だ。

茂手木検事が、さっきよりももう少し詳しく、「検察としては、達也がなにをやったとみなしているか」について説明する。

法廷特有の、四角張ったいいまわしで申し立てていく。

手を伸ばせば届きそうなところに、達也の背中がある。こいつはいま、なにを考え、どんな表情をしているのか。

ひととおり聞き終えて、圭輔は隣に座る白石真琴弁護士の顔を見た。ちょうど真琴もこちらに顔を向けたところだった。真琴は、視線を合わせたままゆっくりうなずいた。

――まあ、こんなところでしょ。

そう語りかけているのがわかった。たしかに、目新しい内容はない。経験のとぼしい圭輔でも、この裁判は「楽ではないが、勝てる可能性がある」と思った。いや、勝ってしまうかもしれない。いまだ不明のほかの誰かの犯行である可能性が否定できないからだ。

達也の態度は堂々としていた。検察が朗読するあいだ、背筋を伸ばし周囲を見回している。睥睨《へいげい》、ということばを思い出した。達也の人柄を知らなければ、なにもやましいところがないように見えるかもしれない。

数年前までなら、第一回公判はこのあたりまでだった。

「それでは次回は……」と裁判長が予定表を確認し、日程の調整に入る。検察官、弁護士双方の都合が合わず、第二回公判は三ヵ月後、というケースもめずらしくはなかった。

一方の裁判員裁判は特殊なケースをのぞき、短ければ三日ほど、長くても一週間程度で判決に至る。これが同じ国の裁判かと疑いたくなるほど、劇的に短縮されたといえるだろう。

休憩を挟んで、弁護側の冒頭陳述になった。発言するのは、圭輔の役だ。立ち上がる直前、深い理由もなく真琴を見た。彼女のほうでも圭輔を静かにみつめかえしている。しっかりね、そう励まされたような気がした。臍《へそ》のあたりに力をこめ、口を開いた。

「弁護側は、あらためて無罪を主張いたします」

つばを飲み込むかすかな気配がいくつも重なって、波のように傍聴席から伝わるのを感じる。

「――そればかりか、単に被告人が犯行に及んでいないというにとどまらず、本件証拠がなにものかによって捏造《ねつぞう》されたものであると主張いたします」

本意ではなかったが、達也の言い分を代弁した。

傍聴席から、軽い咳払《せきばら》いやノートを繰る音が聞こえた。

《白石法律事務所、またもスマッシュヒットか》そんな記事でも書いているのだろうか。

捏造されたと主張する証拠について触れる。仮に達也が犯人であったとするならば、犯行時にそんな目立つ帽子を被《かぶ》り、重要な証拠品をすぐに発見される場所に隠すはずがない。

裁判員がうなずいている。圭輔は、このぐらいで説得されてはだめだと言ってやりたい欲求にかられていた。こいつは世の中をなめきっている、そう解釈すべきだ。

「――さらに、被告人の当夜の行動を証明できる証人を呼ぶ予定でおります」

傍聴席がわずかにざわめいたが、裁判官に注意される前に自然と収まった。

その後、できるだけ淡々と、達也のあまり恵まれていない境遇と、そのため偏見を受けやすい立場にあることを説明した。


昼食を兼ねた休憩になった。判事や裁判員たちが退出してゆき、被告人席の達也にも腰ひもがつながれる。

前後を刑務官に挟まれて出て行く直前、達也はまず圭輔を見てにやりと笑い、すぐに真琴に視線を移し、わざとらしく舌の先で唇をなめた。一瞬のことなので、ほかに気づいたものはなさそうだ。

「お昼、食堂ですませる？」

資料をカバンにしまい終えた真琴が聞いた。

圭輔は、食堂はちょっと、と苦笑した。

公判の日は、依頼人の支援者と会合の約束でもないかぎり、裁判所の地下にある食堂は使わないようにしている。うっかり、近くのテーブルに事件関係者が座っていたりすると、食べ物の味がしなくなるからだ。いや、ただでさえ公判中は食欲がないのに、なにも喉《のど》を通らなくなる。白石所長などは、敵側の顔ぶれがいくつならんでいようと、まったく気にならないと言う。

「裁判は裁判、特製カレーは特製カレー」と笑う。圭輔はまだそこまで達観できない。

「外へ行きませんか。できれば軽めに」遠慮がちに提案する。

「じゃ、カフェでランチでもしようか」

肩胛骨《けんこうこつ》のあたりをこぶしで叩《たた》かれ、法廷をあとにした。

少し歩いて、真琴のお薦めだという、明るく日の差すカフェに入った。そろそろ梅雨明けなのか、気持ちのいい夏空に雲が浮いている。

午後に出てくるであろう〝検察側の匿名の証人〟のことが話題になったが、まったく予想がつかないので、あまり話すこともない。

真琴はあの夜のことはまったくなかったように接してくる。事実、ほとんどなにもなく終わった。軽く唇に触れただけで、真琴は圭輔の胸を押し、自分の机に戻っていった。拒絶されたわけでも、怒っているわけでもないと思った。攻めるなら、どさくさにまぎれてでなく、正面から来てください、裁判と同じように。そう求めているのだ。

――正直に言えば、わたしは奥山君のことが嫌いじゃない。でも、わたしを誰かの身代わりにするのはやめて。お互いに不幸だから。

事務所を出るときにかけられた、真琴のことばが耳に張り付いている。聡明《そうめい》な女性だ。圭輔自身が気づかなかったことを指摘した。

自分は、この人に誰の身代わりを求めたかったのだろう。美果か、莉帆子か、それとも母親か。

主輔は《ビーンズサラダとコンビーフのサンドイッチ》を頼んだが、ほとんど味がわからなかった。


午後になって、いよいよ検察側が証人尋問を請求した。

高山裁判長が手元の資料に視線を落としてから、検事にたずねる。

「匿名希望ですね。遮蔽《しゃへい》措置を希望されますか」

ついたてを立てて、被告や傍聴人から見えないようにするか、という意味だ。すっと立った茂手木検事が、よく通る声で応えた。

「ご配慮に感謝いたしますが、それには及びません。それればかりか、証人は本名を公にすることを了承しております」

「ほう」裁判長だけでなく、裁判員たちの顔にも興味の色が浮かぶのがわかった。

「証言の際に匿名にするのが本来の目的ではなく、今日まで匿名でいなければならなかったのです」

「意味がよくわかりませんが」

裁判長が首をかしげた。茂手木検事は緊張するどころか、微笑んでいるようにさえ見えた。

「いまここでわたしが説明するより、証人本人に語っていただくのがわかりやすいかと思います」

あいかわらず、圭輔には芝居がかって聞こえた。では、と高山裁判長が顔をあげた。

「証人を呼んでください」

茂手木が傍聴席の一点に視線を向けた。

「それでは、検察側の証人として佃紗弓さんに入廷いただきます」

17

圭輔は、自分の意識がバラバラになって、足元に散らばったような感覚に襲われた。傍聴席の最前列でひとりの女性が立った。間違いなく紗弓だ。午前中は見ていない。午後になって来たのだろう。隣の男性の陰になって圭輔はまったく気づかなかった。

なにごとが起きたのか、いや起きようとしているのか。

紗弓は職員に促され、柵《さく》に設けられた入り口から証言席に向かった。その間、圭輔と視線を合わせようとしない。

「それでは、証言していただく前にいくつか——」

裁判長が証人の心構えなどを説明している。真琴が声をひそめて「これ、どういうこと」と圭輔の肩のあたりをつついた。

「わかりません」ささやきかえした声が、かなりかすれていた。

宣誓を終えた紗弓に、茂手木検事が尋問を開始する。

「さて、佃さん、あなたにはこの裁判の行方を左右するような証言を、いくつかお願いしたいと考えております。たったいま宣誓していただき、裁判長から説明もあったとおり、嘘をつくと罪に問われることがありますので、なにごとも真実を述べてください」

紗弓は圭輔のほうを見ようともせず、静かに「わかりました」と答えた。

「最初の質問ですが、あなたは、被告人の安藤達也を知っていますか」

「はい。知っています」

「どんな関係か、お聞かせいただけますか」

「達也さんは、わたしが働かせてもらっている『たっちゃん』というスナックのママさんの息子です」

「あなたは、その〝ママさんの息子〟である被告人と特別に親しい間柄ですか」

「いいえ。……ほとんどは、お店でお話しするぐらい。……あと、みんなとカラオケに行ったことが二、三回あると思います」

「間違いありませんね」

「ありません」

「なるほど。では、大切なことをうかがいます」茂手木検事はもったいをつけた調子で、あはん、と咳払いをした。「この事件があった二月二十八日の夜、あなたは被告人とどこかで会っていましたか？」

「いいえ」

紗弓が、ためらうことなく、よく通る声で答えた。

圭輔は、座っていてもなお、体がゆれる感じがした。

「どうしてそんなにはっきりと言いきれます？　記憶違いの可能性もあるのでは？」

「はい。もちろん特別にその日のことを記憶していたわけではありません。二月二十八日になにをしていたかと聞かれて、スマホの記録を調べたら、友達とカラオケに行った日でした」

「ほう。それは何時ごろから何時ごろまでですか。そして、一緒にいたのはどなたですか」

「友達四人と店で待ち合わせたのが午後六時です。ちょっとだけ遅れてきたのがいたけど、六時十分ごろには部屋に入りました。結局そこに三時間いて、そのあとみんなで歩いて居酒屋に行きました。途中でひとり帰ったから、最後までいたのは、わたしも入れて四人です」

「居酒屋には何時まで」

「閉店までなので、夜中の一時ぐらいだと思います」

そのあと、茂手木検事が裁判員のほうに向き直った。

「残念ながらカラオケ店の防犯カメラの記録は消去されたあとでしたが、当該日時の売り上げ記録は残っております。また証人は、このカラオケ店で携帯電話の登録会員になっており、当日『メンバー割』を使った記録も残っております。さらに、証人自身のものを含め、五人全員が携帯電話でお互いに写真をとっており、その場からインターネット上のサイトにアップロードした人間も……」

「裁判長」真琴が挙手して立ち上がった。「この証言に意味があると思えません。事件当夜に被告人と一緒にいなかったという証人なら、日本国内だけでも一億三千万人ほどいると思います。まさかと思いますが、これは検察側の時間稼ぎでしょうか」

傍聴席から失笑が起きた。

そうではない。圭輔は額に浮いた汗を拭《ふ》いた。そんなことではないのだ。

高山裁判長がわずかに顔をしかめ、すぐに検事席を見た。

「検察側は質問の主旨を明確にしてください」

「はい」茂手木検事が、どこか楽しそうな口調で答える。「本証言の意義は、このあとの質問でおのずとあきらかになると信じます。では、次の質問に移らせてください」

裁判長が了解し、茂手木検事は紗弓のほうを向いた。

「証人は、わたしから証言を求められる前に、べつな誰かから証言を求められませんでしたか」

「求められました」

「ほう」上半身をのけぞらせて驚いてみせる。「それで、その人物は、いまこの法廷にいますか」

「います」

「名前をご存じなら名前を言ってください。ご存じなければ指を差すだけでけっこうです」

「はい」

はじめて弁護人席のほうへ体を向けた紗弓は、まっすぐ圭輔を指差し、けっして大きくはないがしっかりとした声で発言した。

「弁護士の奥山圭輔さんです」

法廷内からどよめきがあがる。

「静粛に、お静かに願います。声をたてるかたは退廷していただきます」

裁判長が、もうこれで何度目かになる忠告を与えた。

「弁護人にですか」茂手木が、芝居がかった尋問を続けている。「へえ、そうですか。よろしければ、証言して欲しいと言われた内容を教えていただけませんか」

「もちろん、言います。達也さん――つまり被告人を無罪にするために、事件の夜、達也さんとずっと一緒にいたと証言してくれと頼まれました」

法廷内が凍りついたようになったが、それは一瞬のことで、すぐに今日一番のざわめきが広がった。傍聴席だけでなく、裁判員のあいだからも私語が聞こえる。「そんなことってあるの」という女性のささやき声が耳に入った。

そんなことあるはずがない。なぜなら、自分は誰より達也の有罪を願っていたのだから――。

「静粛に。お静かにお願いいたします」

こんどは右陪審の三木《みき》判事が大声をあげた。法廷内にわんわんとこだまするほど、よく響く声だった。制服を着た警備員が立ち上がり、法廷内を睨《にら》み回している。

まだ完全に静寂は戻ってはいないが、検事が先を続けた。

「あなたは、弁護人である奥山圭輔弁護士と個人的に面識がありますか」

「はい、あります」

「どんな関係でしょう」

「同じ中学の出身です。達也さんと奥山さんは、学年も同じです。同じ家に住んでいました。わたしは、二つ下でしたが、姉は奥山さんと同級生でした」

裁判長が、ちょっと待ってください、と割り込んだ。

「被告と弁護人が同じ家に住んでいたんですか」

「はい。そう聞いています」

「兄弟ではないですよね」

「遠い親戚《しんせき》だって聞きました。よくわからないので、本人に聞いてください」

茂手木検事が、会話を取り返した。

「その事情はあとでご本人にうかがうとして、つまり被告に対する古き良き友情から、弁護人はあなたに偽証を依頼したわけですね」

「少し違うと思います」

得意げだった茂手木の表情が曇った。紗弓が続ける。

「さきほどお話ししましたわたしの姉は、中学一年生のときに複数の男子中学生に性的暴行を受けました。奥山弁護士はその仲間のひとりだったと聞いたことがあります」

収まったざわめきがぶり返してしまった。

「お静かに願います。――それは誰に聞いたのですか」

「安藤達也さんにです。『お姉さんのことは悔しいだろうが、彼もきっと苦しんだはずだ。こんなことが世間に知れたら、彼は弁護士としてやっていけなくなるから、誰にも言わないでやってくれ』と言われました」

「被告はどうしてそんな事実を知ってるんでしょうか」

「その場にいたそうです。止めに入ってリンチを受けて、いまでも傷が残っています」

「ところで、弁護人に偽証を依頼されたことを証明できますか」

「証明はできないかもしれませんが、不安でしたので、友達に頼んで、奥山弁護士と会っているところを写真に撮ってもらいました」

茂手木はここで裁判席に顔を向けた。

「裁判長、整理前手続きには間に合わなかったのですが、証人が弁護人と会っている証拠の画像をあずかっています。ご許可いただければ、のちほど正式に提出いたします」

ざわめきが収拾のつかないところまできた。

裁判長が左右の陪審になにか耳打ちし、手元のマイクに向かって声を張り上げた。

「一時、休廷とします。再開は一時間後とします。裁判員のみなさんもよろしいでしょうか。お願いいたします」

起立、礼ももどかしく、裁判長が検事と弁護人を呼んだ。

「双方、控室までいますぐ来てください」

傍聴席では、もはや遠慮なく私語が飛び交っていた。

被害者の妻、本間寿々香の顔が真っ赤に上気しているのが見えた。


「これはいったいどういうことですか」

テーブルの中央に座った高山裁判長の顔は、あきらかに紅潮している。

空いていた控室のテーブルに、六人が座った。一方の側に判事が三人、反対側に茂手木検事、それに圭輔と真琴だ。複雑な展開になったため、裁判員たちは呼ばれていない。

「弁護人には、かなり問題がありそうですね」茂手木検事が蔑《さげす》むような笑みを浮かべた。

「証人の一方的な言い分にすぎません」

圭輔より先に真琴が抗議した。かなり興奮しているらしく、全力疾走したあとのように息が荒い。

「これが証拠の写真です」

茂手木がテーブルに置いたプリントには、新宿の喫茶店で向かい会う二人が、窓ガラス越しに写っていた。圭輔が身をのりだし、紗弓が身を引いたように見える瞬間がうまく撮られている。

　裁判長は写真に目を落としたあとで圭輔に質問した。

「弁護人がこれまで『匿名の証人』と言っていたのは、まさか、さっきの——佃紗弓のことですか」

「はい」うなだれて答える。

「うーん」裁判長は腕組みをして考え込んでしまった。

「佃さんの言い分に対し、反論はありますか」左陪審の石川《いしかわ》判事が質問する。汚らわしいものを見るような目つきだった。

　圭輔はすべてを投げ出してしまいたかった。弁解する気力も湧かない。すべてわたしの愚かさが招いた混乱です。わたしをどうとでも処分してください——。

　両親を亡くしたときから、いつしか身についてしまった癖だ。世の中は理不尽に満ちている。あらがうよりも、受け入れてしまったほうが、ずっと気が楽だ。

　いや、だめだ——。

　思い直した。いまはだめだ。これは単に自分個人の問題ではない。

「佃さんの発言は、ほとんどが真実ではありません」

「では、彼女が嘘をついていると？」

「嘘の部分もありますし、信じ込まされていることもあります」

「信じ込まされる？　誰に、なにを？」

右陪審の三木が身をのりだした。赤ら顔の短気そうな外見そのままに、せっつくような口調だ。

「わたしの依頼人です。おそらく、すべて被告人の安藤達也が企《たくら》んだことです」

部屋中の人間が——真琴を含めて——あっけにとられたような表情を浮かべた。

「どういう方法で、あるいはなんの目的で、あんな証言をするよう指示を出したのか、いまはわかりません。しかし、姉のことは完全にだまされています。佃紗弓は以前から安藤達也にマインドコントロールされているとしか思えません」

「ちょっと待ってよ。そういう話に持っていかないでよ。いやいや、そうじゃない。こっちまで混乱してきた。そもそも理屈があわないでしょ。なんで自分に不利な証言をするようマインドコントロールするのさ」

声を荒らげる茂手木検事を、高山裁判長が手をあげて制した。

「まあ、ひととおり言い分を聞いてみましょう。とにかく、このままでは裁判を進行できない」

検事は不服そうに口を尖《とが》らせ、椅子の背もたれに体をあずけた。圭輔は、つばで喉《のど》をしめして口を開いた。

「さっき、証人が発言した内容の一部には事実もあります。どうしても言い出せなくて、結果的にみなさんに隠すことになってしまいました。——わたしは小学六年生のときに、火事で両親を亡くしました。それから中学三年の九月まで、遠戚《えんせき》の家に引き取られ育てられました。それが、安藤達也の家だったのです」

部屋の中の誰も口を開かなかった。

18

関係者を前に、達也の家に引き取られてからのことを、簡潔に説明した。

達也が圭輔の母親にしたことと、火事の原因が圭輔自身にあるかもしれない可能性については、触れなかった。もちろん、圭輔が美果を暴行したメンバーの一員だったことは強く否定したが、安藤達也こそが首謀者であるとも言わなかった。それを口にしてしまうと、ただのなすり合いと受け止められそうな気がしたからだ。真相をたしかめるには、当時の実行犯たちに証言を求める以外にない。

達也との関係は真琴も初耳だったはずだ。裏切られたと思っているだろうか。顔を見ることができなかった。

ひととおり聞き終えてから、高山裁判長が口を開いた。

「それでは、こういうことになりますか。安藤達也は、当時の恩義——貸しといったほうが近いのかな——それを持ち出して奥山弁護士に弁護を強要している。奥山弁護士は、やむなく引き受けたが、佃紗弓に含むところがあることに気づかなかった。いよいよ裁判になって奥山弁護士に個人的な恨みを持つ佃紗弓が突然態度を変えたと」

「はい。そういうことになります」

「つまり、佃は安藤のことも裏切ったということですか。不利な証言をしたわけだから」

そこが圭輔も完全には理解できないし、わかってもらうことはもっとむずかしいだろう。

「先ほども言いましたが、あれも安藤の指示だと思います」

茂手木検事がここぞとばかりに割り込む。

「だから、筋が通らないでしょうっていうの。仮に指示を与える方法があったとして、どうしてわざわざ自分のアリバイを否定するような証言をさせるわけ？」

「彼には我々の知らない隠し球があるのかもしれません。佃紗弓の件は、単にわたしを苦しい立場に置くためにやったのだと思います」

「どうです。これ」茂手木検事が、肩をすくめた。「話にならない。弁護人の罷免を求めたいですね。さっそく弁護士会に訴える」

三木判事が、まあまあちょっといいですか、と割り込んだ。

「彼女が安藤を信用する理由は？」

「信用というより、一種、畏敬《いけい》の念を抱いているように感じました。安藤達也は、心に弱いところのある人間を虜にする才能があるんです。姉の悲劇を利用したのだと思います」

説明していながら、おそらく信じてもらえていないだろうと思っていた。いくぶん興奮が冷めてきたらしい裁判長が穏やかな口調で問う。

「きわめて単純な疑問なのですが、彼らがあなたの主張するような人間たちだったとして、安藤はどうしてそんなことを命じるのです。あなたを貶《おとし》めて自分になんの得があるのです」

「それが生き甲斐《がい》なんです……」

「またそういうわけのわからないことを」

主輔の説明を遮った茂手木検事を、真琴が睨《にら》みつけた。

「最後まで聞きましょうよ」

「時間がもったいない気もしますがね」

主輔は真琴に軽く頭を下げ、先を続ける。

「安藤達也という人間を知らないと、なかなか理解していただけないと思うのですが、彼は他人の人格を汚すこと、破壊することに喜びを見出《みいだ》すのです。自分がいい思いをするのと同じぐらい、他人が不幸になることがうれしくてしかたないのです。同時に、うまくいっている人間を見ると破滅させたくなるらしいのです。彼は、自分より多少恵まれた家庭環境にあったわたしが、おそらく憎かったのです。貶める機会を狙っていた。思いがけず身寄りをなくしたわたしは、恰好《かっこう》の餌食でした。わたしがつらい毎日を送ることが、彼の中学時代の活力源だったと、いまでも信じています。

そして、何年かぶりでわたしが弁護士になっていることを知りました。彼にはそれが我慢ならないのです。一方の自分は、犯罪に手を染めながらも毎日があまり面白くない。なんとしても、わたしを引きずり落としたい。それが彼にとって最大の目標になったのではないでしょうか」

短い沈黙のあと、茂手木検事が軽く咳払《せきばら》いしてから、落ち着いた声で発言した。

「これからしゃべることは公式の発言ではありません。打ち合わせ中の雑談ということにしましょう。――いいですね、奥山先生」

「はい」

「安藤達也に他人を貶めて喜ぶ性向がある、という説明に反論はしません。むしろ、奥山先生に検察側の証人として証言していただきたいほどです。『こいつは根っからの悪党だ』と。

しかし常識的に考えて、いま自分が裁判にかけられ、死刑か無期懲役かという瀬戸際にいるとき、わざわざ嘘のアリバイ証人を準備し、土壇場で偽証であると暴露させる。これは理解できない。

わずかでも論理的な思考のできる人間が、そんなことをするでしょうか。弁護人にどれほど悪感情を抱いていようと、まずは自分が無罪を勝ち取ることが最優先ではないですか」

圭輔が聞いても説得力があった。

「おっしゃるとおりです。いま、検事から指摘された矛盾点に合理的な反論はできません。彼が自分の無罪を天秤《てんびん》の片方に載せる危険を冒した理由はわかりません」

これが法廷闘争なら、白旗を揚げたのも同然だと思った。部屋にいる人間全員――真琴さえも――が、そう思っていることを肌で感じた。

「こうしませんか――」

主輔が降伏したことにいくらか気をよくしたらしく見える茂手木検事が、まるで法廷にいるように挙手した。

「――被告人に、安藤達也本人に尋問させてください。この時点での尋問は予定にないですが、これは稀《まれ》なケースです。もし、弁護人が言うように、被告人がなにかを企んだのであれば、法廷に対するとんでもない侮辱です。裁判制度に対する挑戦です。こんなことは許されない。わたしが真意を暴き立てます」

判事三人がひそひそ声で短いことばを交わした。裁判長が検事と主輔の顔を交互に見た。

「わかりました。被告人への尋問を許可します」一度、ゆっくりと息を吐いた。「わたしの法廷を愚弄《ぐろう》することは許しません」


早くも、この法廷が荒れ模様だという噂が広まったようだった。

おそらく、携帯やパソコンから拡散したのだろう。再開された法廷は、すぐに傍聴席が満席になったようだ。立ち見は許されていない。席を確保できなかった人間が、あきらめきれずに外の通路でうろうろしていた。

検察側の席に座る茂手木検事はますます楽しそうな表情を浮かべている。それを見ただけで主輔は気分が沈んだ。

証言席の椅子に座った達也は、にやにやしながら女性判事や、若い女性の裁判員、さらには女性書記官に至るまで、視界に入る女という女に好色な視線を向けていた。

「さきほどの証人の発言をどう思いますか」裁判長が質問する。

「彼女が言うとおりだと思います」達也はすまし顔で応えた。

「事件当夜、あの女性と一夜をともにしたという事実はありませんか」

「ありませんね。弁護士さんにそう言えとアドバイスされましたけど、会ってないのに嘘はつけません」

圭輔を見て、片目をつぶった。

「ちょっとまって」検事が指を立てた。「それは聞き逃せない。弁護人が、あなたにも嘘をつくよう指示したんですか」

「そうです。ただの知り合いだと信憑性《しんぴょうせい》が薄いから、不倫相手がしぶしぶ匿名で証言するってことにすれば、本当っぽく感じるからと説得されました。素人の裁判員はだまされるかもしれない。うまく話を進めるから適当に話をあわせろと」

「もう一度、確認します。被告人が誰かに頼んで偽証を画策したのではなく、弁護人がお膳立《ぜんだ》てしたのですね」

「だから、そうですよ」

傍聴席のざわめきが、看過できない領域に入った。裁判長が、「静かに、私語は慎んでください」と繰り返した。

「では、被告人が事件当夜、別な場所にいたと証明できる人物はいないということですね」

「います」

ここまで、流れるようにしゃべっていた茂手木検事がことばに詰まった。

「いま、なんと？」目をむいている。

「あの夜、わたしと一緒にいた人間がいると言ってるんです。あのう、それより、さっきから同じことを何度も聞かれるので、もう少し理解の早い検事さんに取り換えていただけないでしょうか」

いくつかの失笑が漏れる。

「被告人は発言に注意してください。あまり法廷を汚すような発言をすると、退廷してもらいます」

「別にいいですよ。来たくて来たわけじゃありませんから」

抑えきれない笑い声がそこここから湧いた。裁判長の顔がはっきりわかるほど鬱血《うっけつ》している。検事の態度に落ち着きがなくなった。馬鹿にされたからではなく、圧勝間違いない試合をノーゲームにされてはかなわないと思ったのかもしれない。

「よろしいですか」

裁判員のひとりが挙手した。三十代半ばに見える色白で痩《や》せた男性だった。

「なんでしょう」裁判長が発言を受けた。

「話が脇に逸れてしまったのですが、事件があった夜、被告人が誰といたのか質問していいでしょうか」

「もちろんです。最初に申し上げたように、裁判員のみなさんは、疑問があれば自由に質問していただいてけっこうです」

色白の裁判員は達也に視線を向けて、同じ質問を繰り返した。

「事件があった夜、被告人は誰と一緒にいたのですか」

「母親です」

「母親と？」裁判長が聞き返す。

茂手木検事があきらかにほっとした表情を浮かべた。母親では、愛人の証言以上に信頼度は低くなる。

「どうして、いままでそのことを言わなかったのですか」

こんどは、四十代ほどの、化粧気の少ない女性裁判員が発言した。

「母親と一緒にいたと言っても、どうせ信用してもらえませんからね」

「必ずしもそうとは――」

「それに、一緒にいたと言えば、『だったら、なにしてた？』と聞くでしょ」

「まあ、そうですね」

「あまり、人に言えるようなことじゃありませんから。できれば内緒にしておきたかった」

「しかし、なにも言わないと無罪は証明できませんよ」

「そこなんです。圭ちゃん――あ失礼、奥山弁護士が、もう少し弁護士らしい仕事をしてくれると思ったのですが、嘘の証人をでっちあげるとかいう作戦なので驚きました。あんまりですよね。昔はもう少し真面目だったのに」

傍聴席から笑いが起きる。

「被告人は、聞かれたことだけに応えるように」

「それじゃあ言います。やってたんですよ」

「やってた？」裁判長がおうむ返しに聞く。

裁判員の数名と左右の陪審は、うすうすその意味を察したらしく、顔をしかめたり赤らめたりしている。

「なにをやってたんですか」裁判長がやや前かがみになった。

「はっきり言わせるんですか？　セックスですよ。証拠もあります、録画しながらやってましたから。正確には、生中継しながらですけどね」

「母親と、生中継しながら……」

裁判長は、その先のことばを失ったようだった。

「そういう有料サイトがあるんですよ。外国のサーバー使って、有料会員にだけモロ見え映像を配信するんです。それで、こちらにはギャラとしてバックが来ます。たいした金にはなりませんが、小遣い稼ぎ程度にはね。とにかく、臨場感というか、リアルな雰囲気を出すために、自宅のリビングでテレビを点けっぱなしにしてました。九時ちょうどから十時ごろまで、同時に何百人か見てたはずですから、こんなたしかなアリバイないですよね。運営サイトに確認すれば、見てた人もすぐ割り出せるんじゃないですか。まあ、あの女とやったなんて、あまりこういう場で言いたくなかったんですけどね」

マスコミ関係者らしき数名が、隣の傍聴人を押しのけるようにして飛び出していった。

19

達也の裁判は結審していない。

第二回以降の公判は、延期になった。加えて、検察側から弁護士会に対して、圭輔の懲戒請求が出された。

懲戒請求がなされたからといって、即時に弁護士の活動が制限されるわけではない。しかし、達也が圭輔を私選弁護人から解任した。解任されなくとも、検察側から動議が出されて圭輔個人は担当からはずされた可能性もある。

ふたたび国選弁護人がつくことになるはずだが、これまでの経緯もあり、すぐには見つからないんじゃないかと白石所長は言った。打診を受けた弁護士が、理由をつけて断るのが目に見えている。少ない報酬でいつまた爆《は》ぜるかわからない火中の栗を拾う物好きはいないだろう、と。

ところが驚いたことに、私選弁護を希望する弁護士が複数現れた。あきらかに、社会的に注目を浴びている事件を扱うことによる、宣伝効果を狙ったものだ。達也はその中から、スタンドプレー気味の弁護で有名な四十代の弁護士を指名した。白石所長の読みは外れたが、弁護士過剰と言われる時代になって、こういった現象はめずらしくなくなっていくのかもしれない。

いずれにしても、問題の映像はすぐに新証拠として申請されるだろうし、裁判所も採用しないわけにいかないだろう。

このところ、異常気象ぐらいしかネタのなかったマスコミがさっそく飛びついた。

《強盗殺人犯と弁護士は幼なじみ……数奇な人生！　育てられた恩義を返すため？　偽証工作に手を染めたのは、両親を火事で亡くした弁護士だった……被告人がアリバイに持ち出した驚愕《きょうがく》の新証拠とは。これが禁断の×親×姦動画》

見えすいた伏せ字が、かえって情欲を煽る。

公判直後からワイドショーやネットの掲示板で、翌日からはスポーツ紙でも大きな扱いになった。数日経てば、週刊誌の中吊《なかづ》り広告にも似たような文字が躍ることだろう。

積極的に見る気はなくとも、無人島にでもひきこもらない限り、完全にシャットアウトするのは無理といえた。

達也が証拠として主張した動画の中身が、継母との性行為をモザイクもなしで中継したものだったという扇情的な話題がひとり歩きし、主輔が偽証の片棒を担ごうとしたという一件は、多少影が薄くなった。

問題の動画は、圭輔も見た。真琴がネット上に出回ったコピーを探し出してきたのだ。大手運営サイトの関係者が警察に〝指導〟されて、必死に削除しているらしいが、いたちごっこで完全に根絶やしにすることはできないらしい。

あのスナックの二階だろう。生活感に溢《あふ》れた、ものが散らかった狭いリビングのソファで、全裸の男女が行為に及んでいる。二人の顔が映らないような角度から撮られている。背景にテレビがあって、ＮＨＫの九時のニュースのオープニングとともに始まる。この後、十時近くまでさまざまな痴態を見せつけられる。この有料動画サイトが生中継を売りにしているため、あえて全国共通のチャンネルを映し込んだのだろう。

達也が左の肩胛骨《けんこうこつ》のところに彫っている狼の入れ墨は鮮明だ。顔の隠し方は完璧《かんぺき》ではなく、二度ほどちらりと横顔が映る。それ以外にも、肌の色、声、体格、などから、本人に間違いなさそうだ。鑑定の結果はまだ出ていないが、安っぽい、おそらく人工皮革のソファで激しく腰をくねらせている、ぶよぶよした体の女と、引き締まった筋肉質の男は、道子と達也だ。

両親を亡くして間もない小学六年生の冬、あの夜中に聞こえたおぞましい睦言《むつごと》が蘇《よみがえ》る。彼らは恥じるどころか、全国に中継してギャラをもらっていた。

自分とはまったく違う人種なのだと、いまさらのように思った。これほど価値観が違っては、なにを考え、狙ったのかなど、想像すらできないのではないか。

そしてなによりも、公判前日の接見で抱いた直感は、残念ながら当たっていたようだ。やはり達也はやっていない。今までに聞いたこともない下劣なアリバイだが、証拠映像に問題がないとなれば、実行犯ではないことは確定的だ。結審の前に保釈になる可能性がある。社会に戻ってくる。


「それできみは弁護士会から除名されるかどうかの瀬戸際にいるってわけだ」

夜の九時近くなって牛島家にやってきた寿人は、二杯目のコーヒーをうまそうにすすった。わざと軽い口調で言うのは、圭輔を気遣っているのだろう。

大荒れになった第一回公判から、すでに三日が過ぎていた。「元気づけに」と、寿人が缶ビールの陣中見舞いを持ってきた。もっとも、ほとんど自分で飲んでしまうのだろうが。

肇《はじめ》はすでに帰宅していたが、このところ美佐緒《みさお》が夢中になっている戦略ボードゲームの相手をさせられている。夫妻ももちろん裁判のことは知っているが、むこうからコメントはしてこない。圭輔からアドバイスを求めるまで、よけいな口出しをしないつもりなのだ。

「最近、マスコミの話題を独占だな。うらやましい。こんどマイクを向けられたら《取材記事のご用命は諸田寿人まで》って宣伝してくれよ」

苦笑で答えるしかない。

「それより、可哀想なのは白石先輩だよ」

この扇情的なネタに、真琴のように見栄えのいい女性が加わればマスコミはますます大喜びだ。《担当の女性弁護士》というテロップつきで、裁判所から不機嫌そのものといった表情で出てくる真琴の映像ばかりが流された。圭輔は映ったとしても、はしのほうにちらりと見えるだけだ。

「きみのほうは、佃紗弓を偽証の罪で告発はしないのか」

美果の妹と圭輔が争うとあっては、寿人も複雑な心境だろう。

白石所長も、真琴も、圭輔の言い分を全面的に信用してくれた。罠《わな》にかかった甘さは責められるとしても、いまは闘わなければならない。

「白石さん親子はそうすべきだと主張している」

「穏便に済ませるわけにはいかないだろうね」

弁護士会が所属弁護士に下す懲戒は、軽いほうから順に、戒告、業務停止、退会命令、除名、となる。「業務停止」は、二年以内という期限つきで、文字通り弁護士業務の停止を命じられる。白石所長の見解では、軽ければ戒告、重くても業務停止三ヵ月程度だろうということだが、懲戒の請求を行った茂手木検事は「最低でも退会」といきまいているらしい。そんなことにでもなれば、事実上今後の弁護士活動はできなくなる。

だが、自分のことよりも、事務所の評価を下げたことを申し訳なく思っている。汚名を雪《すす》ぐため、紗弓をいわゆる偽証罪で告発することになるだろうと覚悟もしている。写真に撮られたときの会話は、きれいに録音できているから、紗弓の勝ち目はないだろう。有罪になれば三ヵ月以上十年以下の懲役という、かなり重い刑が待っている。あの法廷にいたものなら感じたはずだが、彼女の口調には悪意があった。執行猶予なしの一年程度は下されるかもしれない。

それでも、と圭輔は思った。

そのリスクを冒してでも圭輔の名を汚したいほど憎んでいたのだろうか。たしかに、紗弓が有罪になって圭輔が策略にはまったと証明されても、圭輔や事務所の完全な名誉挽回《ばんかい》とはならない。犯罪者とその情婦にいいように手玉にとられた若造弁護士、そういう目で見られるだけだ。

勝者のない泥仕合、と口にしかけて、思い直した。

ひとりだけ笑うやつがいる。達也だ。

あいつが指示したのだとすれば、どんな手を使ったのか――。

寿人がコーヒーをやめて、缶ビールのプルトップを開けた。しゅわっと泡がこぼれ出る。

「こんな言いかたをしたら悪いが、近年めったにない劇的な裁判だった。ドラマ顔負けの奇怪な事件は毎週のように起きてるが、事件そのものはめずらしくもない強盗致死なのに、裁判になってからワイドショーネタになるなんてのは、ちょっと見ないよね」

返すことばもなく、ただため息をついた。

「だから言ったろ、きみには……」

「弁護士は無理だって」

最近の寿人の口癖を途中から奪った。処方された薬を飲みたかったが、どうにか我慢した。

「それにしても、あの紗弓ちゃんが証人になるとはね」

寿人がどこか懐かしそうな口調で言う。

美果とは寿人のほうが親しかったはずだから、妹の紗弓と面識があっても不思議はない。考えてみれば、寿人が達也について取材させてくれと言ってきたのに、圭輔は自分の過失を隠すことにばかり気をとられ、ほとんど心を開いてこなかった。その結果が招いたことだともいえた。

もっと早く寿人に相談していれば、冷静な意見が聞けたかもしれない。そうすれば、事態をここまでこじれさせずに済んだかもしれないからだ。

寿人が喉《のど》を鳴らしてビールを流し込む。

「裁判の行方はどうなると思う？　仮に、あそこに映っているのが達也だと確認されたらどうなる。アメリカ映画みたいに即釈放というわけにはいかないだろう」

寿人の疑問にわかる範囲で答えた。

裁判手続き的には、検察が起訴を取り下げるか、無罪の判決を待つことになる。しかし、検察が起訴を取り下げることはまず考えられない。ぎりぎりまで有罪を狙うだろう。もう少し裁判は続く。

「だけど、保釈という手がある」

通常、このような事件での保釈は、まずありえない。しかし、これだけ世間を騒がせ、無罪だ冤罪だとマスコミが煽り立てているから、裁判所としても保釈を認めざるを得ないだろう。意外に、世論を気にする裁判官は多い。

「それにしてもわからない」寿人が首をかしげる。「達也はどうしていままであの証拠映像の存在を隠していたんだ？　仮にだぜ、あの動画を用意してからなにかの理由でわざと捕まったとしよう。だったら、どうして顔をはっきり映さない。恥ずかしがるタマじゃないだろう」

たしかに、それについては圭輔もいやというほど考えた。

「違法な動画だが、海外のサーバーを使っているものは、事実上野放し状態だ。規制の動きもあるが、とりあえず摘発の心配はない。なにか見せたくない理由があったんだと思うがその理由がわからない」

「そこにひとつの鍵《かぎ》がありそうだな。それともうひとつ重大な疑問だ。あいつが無罪なら真犯人は誰なんだ」

目の前に砂漠が広がっているようだ。歩いても歩いても泉にたどりつけない、無味無臭の死しかない世界。

「これ以上かかわりたくない気分だ」

気弱なことばに寿人が噛《か》みついた。

「もう、どっぷりつかってる。抜け出すには、解決するしかない。達也は、数ヵ月も留置施設で不自由な生活に耐えた。トイレも臭いし飯もうまくはない。酒も飲めない女も抱け

くる理由が」

ない。なにかよほど強い目的があったはずだ。数ヵ月間勾留《こうりゅう》された後に、切り札を使って

寿人はまたひと口ビールを飲み、考えながらゆっくりと続けた。

「拘束されるメリットを推測してみよう。時効対策は除外できる。それに、公的機関からの逃亡でもない。自由を奪われる代わりに、身の安全は保障されている。ならば、逃げている相手は犯罪組織か、悪党仲間か。しかし、なにかの理由でその必要がなくなった。それに、居酒屋でのことを電話してきた女とはだれだ」

寿人はしばらく考え込んでから顔をあげた。

「きみには酷な言いかたかもしれないが、きみを辱めるだけなら、もっと早い段階で指名し、いたぶったはずだ。――もとの理由はわからないが。とにかく、せっかく不自由な思いをするのに手ぶらじゃつまらない。そこで、ついでにきみの弁護士人生を台無しにすることにした」

「ぼくの人生は、刺し身のつまか」笑う元気はない。「可能性は否定しないよ」

「なあ、圭ちゃん。あいつの本当の目的を探さないか。身辺を徹底的に洗うんだ。あいつの真の目的、それが同時に弱みでもあるかもしれない」

「できるだろうか」

「なに弱音を吐いてる。中学三年のとき、肇さんが動いてくれて、きみはあの家から脱出できたよね。奪われたのが財産だけで済んだのは、もしかすると幸運だったかもしれない。

なぜなら、高校生時代だけで、達也の周囲で三人自殺している。

二人は男子でひとりが女子、ひとりめの男子は達也と同じ高校の生徒だったが自宅で首《くび》吊《つ》りをした。ふたりめは知人の知人、中央線のホームから飛び込んだ。ふたりとも勉強はそこそこできるが、運動は苦手なタイプ。どっちも金銭的には恵まれた家の子で、家からかなりの額の金を持ち出していた。とくに飛び込みをしたほうの家は飲食店を何軒も経営する資産家で、はっきりしないが百万近い金を貢がされたらしい」

「警察は？」

「あいつが証拠なんか残すと思うか。——三人目の女子は自宅マンションのベランダから飛び降りた。親が警察に訴えて解剖してもらった。親も知らない堕胎の痕跡《こんせき》があって、性器と肛門《こうもん》には慢性化したただれがあったそうだ。ほかでもない、父親が激昂《げきこう》して学校に怒鳴り込んだのでそんなことまで知れてしまった。それでも、事件性はないと判断され、警察は動いていない。三人とも誰にも相談してないし、遺書も物証もなんにもないからだ」

聞いているだけで、胃の中に大量のバリウムを流し込まれたような不快感を抱いた。圭輔のそんな気持ちを察したらしく、寿人が「あとはいちいち詳細を説明しないが」と続けた。

「達也がすぐ近くにいた人間の死は、おれたちが調べただけで七人だ。それに木崎美果のような犠牲者だって——」

そこでことばにつまった。寿人の苦しげな表情を見て、圭輔は、真実を語るしかないだろうと心を決めた。

「気乗りがしないというのは、面倒くさいとか、やつが怖いとかいうのとまったく別の理由なんだ。あの日――つまり、火事のあった夜、火元と思われるクッションのそばで、最後に煙草を吸ったのは、父親じゃない。達也でもない。――ぼくなんだ」

驚く寿人に、先から火種が落ちたかもしれない可能性について説明した。

「思い込みじゃないのか。きみはすぐ自分を責めるからな」

「そうならいいと、どれだけ思ったかわからない。でも、間違いない」

寿人が、なるほどそれか、とうなずいた。

「いつかきみに言ったよな。まるで、世捨て人みたいだって。やっとその理由がわかったよ。達也にあれだけいたぶられたのに、弁護を引き受けたのも、その弱みを達也に握られていたんだな」

寿人は、あいかわらず純情一直線だな、と笑った。

「仮に、それが失火の原因になったとしても、達也が睡眠薬さえ飲ませなければ、あるいはきみが起こしに行こうとしたとき、達也が嘘をついて止めなければ、ご両親は死なずに済んだ可能性が高い」

圭輔があいまいにうなずくと、寿人が長めのため息をついた。

「ならばこっちも告白するよ。中学一年生の夏、姿をくらましたのを覚えているか」

「覚えてる」

「あの一件の真相だ。木崎美果が襲われ、病院に一日入院した後で、おれのところに電話をよこした。おれはすぐに達也のところへ、つまりきみが暮らしていたマンションへ駆けつけた。きみは、使いにだされていないようすだった。部屋では達也と数人の男子が酒を飲んだり煙草を吸ったりして、ゲームに夢中だった。おれは達也に詰め寄った。その場にいた連中――あとでわかったが、全部年上のやつらだった――そいつらが、おれを袋叩《ふくろだた》きにした。達也は指一本触れなかった。『みんな、やめようよー』なんて暢気《のんき》な声を出してた。

顔以外の部分をさんざん痛めつけられたあと、達也が静かに言った。

『おまえには一目置いてる。もう、おれにかまうな。そうすれば、こっちからも手を出さない』

おれは、『約束できない』と応えた。やつは、表情も変えずにこう言った。

『おまえが下宿してる家の奥さん、美佐緒とかいう女、いい体してるよな。おれの友達がやりたくてしょうがないっていうのを、おれが止めてるんだ。おまえしだいで、おれも止める気力がなくなるかもなあ』

そんなことを言われても、殴りかかる勇気はなかった。おれは、『美佐緒さんには絶対に手を出すな』と約束させるのがせいいっぱいだった。北海道に帰ったというのは嘘だ。きみを巻き込みたくないから美佐緒さんに頼んでそう言ってもらった。いないとわかれば、きみは来ないだろう。おれは夏休み中、ずっとあの家にいたんだよ。ほとんど外出もせず、美佐緒さんを警護していたんだ。中学一年生が思いつきそうなことだ。けなげだろ」

「そんなことがあったなんて、ちっとも知らなかった」

「だまして悪かった。達也のことばにはそう思わせる迫力がある。達也がその気になれば、防ぎきれないと思ってた。肇さんに告白してみたところで、おれは、きみの家が焼けてご両親が亡くなった事件を思った。あれが本当に失火だったのか。達也がその気になれば、どんなことでもするだろうと恐れた。おれの感情で牛島夫妻に迷惑はかけられない。だから闘わない道を選んだ。結局、二学期になってすぐアメリカへ引っ越すことになって、肇さんたちには打ち明けざるを得なかった。美佐緒さんは『気をつけるから』と言ってくれた。向こうにいても、いつも気になっていたが、今にして思えば、達也の関心はほかに移ったみたいで、幸いなにごとも起きなかった」

それを聞いて腑《ふ》に落ちることがあった。中学三年のときの肇の迅速な対応は、もちろん第一には圭輔の身を案じてくれたからだろうが、今にして思えば、達也を牽制《けんせい》する目的もあったのだ。弁護士まで登場して話が大きくなれば、関係者の身になにかあったときに、さすがに達也の関与は疑われるはずだ。あまり露骨なことはできない。

それにしても、大切な人を危険にさらせないという事情があったにせよ、この寿人も一度は膝《ひざ》を折ったのだ。やはり、達也をどうにかするには、なにもかも捨てるぐらいの覚悟は必要なのかもしれない。

「袋叩きにあっているおれを、黙って見おろしているあいつの目を見て思った。いや、確信した。世の中には矯正できない人間がいる。こいつがそうだ。こいつは世の中に存在してはいけない邪悪な化け物だって」

深くうなずいた。

「その達也にしては、こんどの事件はお粗末すぎるというわけか」

「そうだ。おそらく裏がある。別な狙いがきっとね。いま、ちょっと調べていることもある」

20

対外的に名前や顔が出る仕事からはずしてもらった。

もちろん、圭輔のほうから願い出た。

弁護士会の処分が決定するまでは逃げ隠れする必要はないと、白石所長も真琴も励ましてくれたが、やはり事務所全体の体面を考えた。一方で、紗弓を告発する件に関してはしばらく待ってくれと頼んだ。真琴が強く抗議したが、なんとか納得してもらった。

デスクワークといっても、公判提出用文書の作成や判例の検証など、やるべき仕事はいくらでもある。いや、そちらの仕事のほうが拘束時間としては長いだろう。

ワープロソフトで内容証明文書を入力しているとき、ふいに肩に手を置かれた。ふりあおぐと海老沢弁護士だった。

「悪いね、めんどくさい仕事をさせて」

これは意外だった。入所以来、海老沢とは事務連絡程度にしか会話を交わした覚えがない。嫌われているとか、ことさら無視されていると感じたことはないが、とにかく海老沢はいつも忙しそうにしていた。仕事は効率よくこなすが、他人にはあまり関心のないタイプ、そう思ってきたからだ。今回のことでは、直接間接に迷惑をかけた。

海老沢はほとんど表情も変えず「まあ、長い弁護士生活には、こんなこともあるよ。腐りなさんな」と、こぶしで軽く圭輔の肩を叩《たた》き、圭輔が口を開く前にさっさと行ってしまった。

調べたいことがあって、仕事の波を見計らい早めに帰らせてもらうことにした。挨拶《あいさつ》をして事務所のドアからふり返ったとき、真琴と目が合った。なにかいいたそうな目をして口を開きかけたが、結局書類に目を落としてしまった。

事務所のビルを出たところで、調べておいた携帯の番号にかけた。本間保光の妻、寿々香のものだ。いまは江戸川区にある実家に戻っていると聞いている。

「本間寿々香さんのお電話でしょうか」

〈はい〉あきらかに警戒した声だった。

「こちら、白石法律事務所の奥山と申します。保光さんの事件の公判では失礼いたしました。じつは、お許しいただければお目にかかって……」

ツーツーという信号音が返ってきた。いきなり切られたらしい。

無理もない。彼女からみれば圭輔も、夫を死なせた犯人を裁く法廷を前代未聞の茶番劇にした一味のひとりなのだ。

少し時間をおいてもう一度連絡しようと気をとりなおし、佃紗弓の住むマンションへ向かった。

寿人が、こっちであたってみようかと言ってくれたが、圭輔はどうしても自分で話がしたかった。

紗弓が暮らすのは、埼京線《さいきょう》に乗って荒川を越えてすぐ、駅から歩いて十五分ほどの場所にある賃貸マンションだった。

三階建てで十二戸という、小ぶりな建物。間取りは２ＬＤＫ、築二十五年、家賃九万円。ここで内縁関係にある田口優人という二十三歳の男と暮らしている。簡単にいえば同棲《どうせい》だ。これらのいくつかは、寿人から得た情報だ。

この優人こそが、達也と一緒にいたことがばれたら暴力をふるわれる、と紗弓が訴えたいわゆるＤＶ男だ。しかし、寿人が隠し撮りした優人の写真を見せてもらったが、暴力をふるいそうには見えない。髪さえ染めていない、名前のとおり優しそうな、というよりは気の弱そうな顔つきをしている。どちらが主導権を握っているかと聞かれたらむしろ紗弓のほうだという気さえする。新宿で盗み撮りをしたのもこの男かもしれない。

紗弓は週に五日、自転車で通える医院で歯科助手のパートをしている。それが終わったあと、週によってばらつきはあるが、三日に二日程度の割で『たっちゃん』へ顔を出す。もちろん働く側としてだ。地図でたしかめたところ、荒川にかかる橋を渡れば二キロもない。自転車でも充分に通える距離だ。

「働き者だね」

この説明を受けたときに圭輔が真っ先に口にした感想だ。寿人は、そうなんだ、とうなずいた。

「子どもはいない。優人が遊び人でギャンブルにいれあげてるとかいうこともなさそうだ。大手スーパーの下請け運送会社で、二トン保冷車の運転手をしている。やくざの下っ端どころか勤務態度は真面目で、同僚の評判は悪くない」

この短期間によく調べあげたものだ。

「どこにでもいそうなカップルだ」

「ひとつ、ひっかかることがある。優人の出身中学は、あそこなんだ。ぼくらのひとつ後輩だ」

「あそこ」とはもちろん、圭輔や寿人が、そして達也が通った中学のことだ。寿人が続ける。

「それに、同棲がはじまったのは去年の秋だ。そもそもこのふたり、本当に内縁の夫婦なんだろうか」

飾り気のない、古い社宅のような造りのマンションだった。

周囲は大手の運送会社や工場が建ち並び、通る車は、ボディに社名の入ったバンやトラックが多い。道行く人も親子連れや年寄りの姿はほとんどない土地柄だ。荒川を挟んだ、道子の店の周囲に雰囲気が似ている。

駐輪場に自転車をしまった紗弓は、ややうつむきかげんに歩いていたので、すぐそばに来るまで圭輔に気づかなかった。

入り口の階段の手前でふいに顔をあげ、圭輔の顔をみるなり目つきが険しくなった。

「なにしにきたんだよ」

「ちょっとお話がありまして」

「帰れよ。警察呼ぶぞ」

「敷地内には入っていませんし、危険な物も所持していません」

「迷惑なんだよ」

「お時間はとらせません」頭を下げた。「少しだけお話ししていただけませんか」

「やだね」

「お願いします」

数秒間の沈黙のあと、鼻先で笑うような音が聞こえた。

「金とるよ。十分千円」

「十分で千円ですか」

「有料チャットの相場だよ。それと、部屋には入《い》れない」

「どちらも了解しました。かといって、近くに喫茶店もなさそうですから、少し歩きながら話しませんか」

「だったら、こっちきな。いまからカウントだからね」

紗弓はスマートフォンで時刻を確認すると、圭輔の顔も見ずにさっさと歩きだした。圭輔は黙って紗弓の後をついてゆく。建物の角を回り込んだところに、申し訳程度の小さな公園があった。植え込みと、砂場のまわりにスプリング式の動物の遊具が三台あるだけだ。

紗弓は、砂場の脇に立ち尻《しり》のポケットに両手を突っ込んだ。街灯が、ほんのりと紗弓の顔を照らしている。

「ここなら、大声をださなきゃ、ひとには聞かれない」

たしかに道路以外の三方は工場の壁や雑草の生えた空き地だった。

「怒らないで聞いてください。達也さんとのことです」

「だから？」

「時間制だそうですから、本題に入ります。あなたは達也さんとはどういう関係ですか。たとえば、単にお店のママの息子としてのつきあいなのか、それとも失礼ですがもう少し親密な関係にあるのか、あるいは借金などの借りがあるのか。それと、一緒に暮らしている優人さんは、達也さんやわたしたちと同じ中学の出身ですよね。これは偶然とは思えないのです。最後にもうひとつ、彼があなたの前に現れたのはいつごろのことですか」

「多すぎて質問が覚えられない」

「でしたら、もう一度個別に質問します」

「いいよ。どの質問にも答えたくない」

「でも、有料なんですよね」

「ただ、話すだけだ。中身はこっちが決める」

「厳しいですね」

「いやならいいよ」

紗弓はポケットから手を抜き、さっさと歩き出した。あわててその背に声をかける。

「あの、お金は」

「いらない」

「美果さんがソープランドで働いているというのは嘘ですね」

ひときわ抑えた声で言った。

紗弓の足が止まった。半身のまま睨《にら》みつけている。

「ぼくを精神的に追い詰めるためには、『美果さんが風俗店で辛酸をなめている』と言えばいいと、達也に教えられたのではないですか」

紗弓が口を開かないので、圭輔が続ける。

「それに、繰り返しますが、美果さんが好きだったのはぼくじゃありません。それもまた、達也に『圭輔にそう言えば苦しむぞ』と言われたのではないですか。残念ながら、美果さんは、同じクラスにいた諸田寿人という男に好意を抱いていました。あなたも当時、彼に会ったことがあるんじゃないですか」

紗弓は言い返すこともなく、くるりと背を向けた。そのまま去ろうとしている。ここで行かれたなら、二度と会話の機会がないかもしれない。

「美果さんを——お姉さんをひどい目にあわせたのは達也です」

紗弓の足が止まる。

「本当です。ぼくを憎むなら憎んでもかまいません。だけど、達也を信じてはだめです。あいつとかかわると、かならずいつか人生をめちゃくちゃにされます。もしもお姉さんがあなたに詳しいことをなにも話していないとしたら、それはもう二度と思い出したくないからです。あなたと達也があっているのを、美果さんは知っていますか」

「ああもういいかげんにしてよ」

半身になって圭輔を睨みつけている。

「ほんとに達っちゃんが言ったとおりだ。あんまりお気楽野郎すぎて、どつぼに蹴落《けお》としたくなる。二度と来るな」

21

紗弓から追い返されて帰宅途中、寿人からメールが届いた。

具体的な用件が書いていないところをみると、急ぎの用事らしい。

美佐緒が作ったタラがメイン具材のパスタは、おかわりをしたくなるほどうまかった。しかし、寿人の気がせいているように見えたので、やめておいた。寿人が料理に対する最大限の賛辞をささげ、圭輔の部屋へ移動した。

「すごいものを見つけた。いっとくが、これは萱沼さんじゃなく、おれが自分でみつけた」

寿人がこれほど興奮して、しかも自慢げに話すのはめずらしいことだった。大きめのショルダーバッグから出した新聞の縮刷版のコピーらしいものをテーブルに広げ、ある記事を指差した。

「二年前、群馬県で土砂崩れが起きた。これはそのときの記事だ。斜面の杉林が崩れて、土砂の中から白骨死体が出てきた。ちょっとした騒ぎになったから、きみも覚えてるだろ」

圭輔は記事をさっと眺めて、うなずいた。

「たしかに、覚えてる」

「あらためて読み返したから、簡単に整理する。遺体は白骨化している。頭髪をはじめ体毛や爪の一部はみつかった。手首だとか頭だとかの欠損部分はない。状態からして死後数年から十年ほどは経過していると思われた。全裸で埋められたらしく、衣服や時計などはない。歯に治療痕《あと》があったので、レントゲン写真を歯科医師会に照会したが、回答はなかった。無理もない。死後十年なら、当然ながら治療時期はさらにそれ以前ということになる。カルテが紛失していることもありうるし、そもそもすべての歯科医がそこまでさかのぼって調べてくれるとは考えにくい。

体毛が残っているのでＤＮＡ鑑定は可能だが、どこの誰、というあてもないので調べていない。右足に骨折のあとがあった。骨折直後の治療が適切でなかったらしく、少しずれてくっついている。歩行障害が残ったはずだというのが、当時の警察の見解だ」

歩行障害、と口に出してみた。

浅沼秀秋を見かけた機会はそう多くない。しかし、まるで刃物でほおを削《そ》いだように鋭利な顔つきと、わずかに右足をひきずりながら歩いていた後ろ姿は、きのうのことのようにはっきり覚えている。

「その死体が、浅沼秀秋だっていうのか？」

「その裏づけをこれからとろうと思っている」

「それにしても、よくこんなものを見つけたね」

「みつけたのは偶然じゃないぜ。前にきみが言っただろう。『ダムに捨てるのはどうかな』って言ってたと」

「そんな話をしたのは、たしか中学一年のときだ。よく覚えてるな」

寿人はまた少し得意そうな顔になった。ふだんはどちらかといえば冷たい印象を与える顔立ちなのに、子どもっぽい部分を見た気がして、つい笑ってしまった。寿人が熱心に語る。

「秀秋が突然いなくなったのは変だと思っていた。そこで、殺害したのだと仮定してみた。死体を始末するなら、バラバラにするか、山中に埋めるか、海や川に捨てるかってところだ。それで、道子がこれまで生活した場所の近くで、十二年前ごろ身元不明死体はなかったかと、継続して探っていた」

前回会ったときに「ちょっと調べていることもある」と言ったのはこのことだったのか。

「しかし、口で言うほど簡単じゃない。かなり難航した。遺体がみつからないからじゃない。多すぎてだ。あきらかに殺人とは思われない身元不明の死体なんて、検案書どころか正確な数さえも当局は把握してないんじゃないか。これじゃまるで東京湾に浮かんだペットボトルを探すみたいだとあきらめかけたとき、さっきのダム云々《うんぬん》を思い出したんだ。道子が二十歳になるまで住んでいた群馬県にはダムが多い。群馬の山間部に絞って調べているうちに、このガイコツに行き当たったってわけだ」

「すごいな。すっかりジャーナリストだ」

「なんとかこの白骨の正体がわからないか。秀秋とつながらないか」

悔しそうな顔で天井を睨んでいる寿人に質問を投げかけた。

「仮にその死体が秀秋だったとして、動機はなんだと思う。保険金か？」

「いや、保険金目当てなら、死体が発見される必要があるだろう。埋めたってことは、少くともそのときは隠したかったはずだ。予定外の殺しだったんだと思う」

この死体が秀秋なら、彼が持ち逃げしたはずの三千万は、道子がどこかに隠し持っていたことになる。あのスナックの開業資金にでも化けたのだろうか。

寿人が自分の考えを語る。

「たとえば、喧嘩《けんか》にでもなってはずみで死なせてしまったのかもしれない。もし、計画的に殺すつもりなら、あの母子のことだ、秀秋に保険をかけて、事故に見せかけて殺すぐらいのことはしたはずだ。きみの金も、秀秋が使ってしまったように細工をしたあとでね。たぶん、他殺とわかる死因だったんだ。首を絞めたとか、包丁で刺したとか……」

「パラコートだ！」

思わず大声を出した。

意味のわからない寿人がきょとんとした顔をしている。

「パラコートって、あの農薬に使われていた毒か？」

さすがによく知っている。達也にパラコートの話題を出されたときに、圭輔も少し調べてみた。ほんのつい最近まで市販の農薬に使われていた成分で、人体には猛毒だ。三十年近く前に、この農薬入りのドリンク瓶を置いた無差別殺傷事件が起き、問題になった。いまだに、農家の古い納屋などに放置されている可能性もある、と言われている。

圭輔は、二度目の接見のときの達也の発言を、ほぼ正確に説明した。

「なんだか、唐突感があるな」

「前後の脈絡なんか関係なく、いきなりだった。あれがあいつのやり方なんだ。ふいをついて、相手の心にくさびをうちつける」

「たしかに」と寿人がうなずいた。圭輔は、自分の推理を口にしてみた。

「秀秋にパラコートを飲ませたとは考えられないか。自己顕示欲の強い達也は、過去の犯罪を黙っていることができず、洩《も》らしたくなったんじゃないだろうか」

寿人は少し考えて、首を振った。

「違うと思う。犯行を洩らすつもりなら、もっとはっきり言うだろう。別な狙いがあるんじゃないか。あいつは、とんでもないことを考えるからな」

達也が考えるとんでもないこととは、たとえば「いつかロケットを飛ばしたい」というようなたぐいではない。葬儀場で火葬している最中に、駐車場でバーベキューパーティーをやれるような感覚の持ち主なのだ。

まだなにか企んでいることがあるのかと、うんざりした。寿人が遺体のことに話題を戻した。

「はずみで殺したと仮定するなら、撲殺、刺殺、絞殺あたりじゃないかな。検案書を見れば予想がつくかもしれない。この件は、まだ萱沼さんに話してないんだ。近いうち群馬県警の知人に頼んでもらって、もっと詳しい資料を入手しようと思っている。あの人はネタをすっぱ抜くばかりじゃない。〝つかんだ情報を公開しない〟という選択をすることも多い。つまり、貸しをつくるんだ。その人たちが、自分が泥をかぶらない範囲で情報を——

どうした？」

突然圭輔が考え込んだので、寿人が不審そうに言った。

なにかを思い出しかけていた。秀秋のことで、ひっかかっていることがある。死神はあのころ、どこかが痛むと言って不機嫌だった。コップに流れた赤いものを見た。そうだ、たしかに血を流していた。あれは——。

「歯だ」

「歯がどうした」

「親知らずだ。秀秋は、いまごろ生えてきた親知らずが痛むと言って、大阪から帰ってきたとき、機嫌が悪かった。そして、抜いてきたその日に大酒を飲んで、ひと晩中苦しんでいた」

「左右どっちだ。上か下か」

ほおぼねの下あたりを押さえ、しーしーと息を吸い込んでいたしぐさを思い出す。同じ場所に自分の指をあててみる。

「たしか左の上だ。この親知らずを抜いてから一ヵ月するかしないかのうちにいなくなった」

「いいぞ」

いつになく興奮した寿人に肩を乱暴に叩《たた》かれた。

「検案書の写しさえ入手できれば、証明できるかもしれない」

寿人は、すぐに動いてみる、と言って広げた資料をバッグにしまいはじめた。

途中で手の動きが鈍くなり、新事実の発見で明るかった寿人の顔が、しだいに曇り始めた。

「どうかしたか」

圭輔の問いに、寿人は、ああ、と気の乗らない返事をした。

「気になるな、言ってくれよ」

「うん。──じつは、紗弓ちゃんに会ってきた」

「そうなのか」

多少意外な気はしたが、紗弓も寿人にならあれほどの悪態はつかないだろう。

「なにしろ、達也と道子に信用されているからね、彼女の協力があれば助かる。しかし、
うんとは言ってもらえなかった」

「それどころか、きみが接触してきたと報告するんじゃないか」

「かまわないよ。むしろ、宣戦布告したほうが、むこうも別な動きを見せるかもしれない。

──それから、せめてきみが無実であることは信じてくれと説得したよ」

「どうせ聞く耳を持たなかっただろう」

寿人の弁舌でも、彼女の心を溶かすのはむずかしいはずだ。

「そうじゃないんだ。──彼女が、きみという人間を信じていない理由がわかったよ」

「達也に吹き込まれたからだ」

「もちろんそれもあるが、もうひとつ決定的な理由があった。まあ、きみに罪はないのかもしれないが」

「どういうことだ」

「いままでおれも、きみと会話をしていて、どうもかみ合わないと感じることがあった。当然知っているものだとばかり思って、あえて話題にしなかった。口にしたくない悲劇だしね」

寿人らしくない奥歯にものが挟まったような言い方に、しだいに腹が立ってきた。

「はっきり言ってくれよ」

寿人は返事をするかわりに、バッグからバインダーを取り出した。すばやくぱらぱらとめくっていき、あるところで指をとめた。

「これを見てくれ」バインダーを開いたまま、圭輔の前に突きだした。

一枚の写真だった。はじめはなにかと思ったが、すぐに墓誌の一部を写したものだとわかった。墓に埋葬されている遺骨について記された、黒い御影石の碑だ。

刻まれた文字を見て、息をのんだ。違和感の理由はこれが原因だったのだ。紗弓は、姉のことをすべて過去形で語っていた。圭輔を、お気楽野郎とののしった。その理由が記されている。

《――俗名、佃美果。享年、十九歳》

美果は十九歳でこの世を去っていた。

「直截《ちょくせつ》的な自殺じゃないと聞いてる。荒れた生活と薬の大量服用が原因で多臓器不全を起こしたそうだ」

あんなに楽しそうに『大人になったら』と夢を語っていた美果は、大人になれなかった。

「なんてことだ。——ぜんぜん、知らなかった」

22

真琴が食事でもどうかと誘ってくれた。

美果のことを知った圭輔の、落ち込みかたを見かねたのかもしれない。それに、真琴自身も今回のことで、むしゃくしゃしていたのだろう。

仕事を早めに切り上げて連れていかれたのは、代々木《よよぎ》にある串焼《くしや》きの店だった。

串焼きといっても、サラリーマンがワイシャツの袖《そで》をまくりあげて、ジョッキを片手に会社の悪口をがなりたてている店ではない。料理が串焼きの形で供されるカジュアルレストラン、という表現が似合っている。若いカップルや女性どうしの客がほとんどだ。

「いい感じの店ですね」

「でしょ。友達に教わったの」

真琴が肩をすくめた。

魚介や一口サイズに切った肉の串焼きを、皿の上でほぐして食べる。素材ごとにたれや塩味がきいていて、このところ食欲のなかった圭輔でも、いつになく量がいった。

達也が証拠として持ち出した生中継の映像は、警視庁の科学捜査研究所にまで持ち込まれたが、分析の結果、加工のあとがないと裏づけられた。

さらには、達也たちが中継したのは、これがはじめてではないこともわかった。事件の半年ほど前からはじまって、平均して週に一度、ひどいときは連日ということもあったらしい。アリバイづくりのために、にわかにやったのでないこともほぼ間違いない。

事実上、この容疑に対する達也の無実が証明されたことになる。

教唆であるとか事後従犯という可能性もあるが、それはまた別の案件ということになる。良くも悪くも、それが日本の司法制度だ。

そう長くない時間で、達也は無罪になるだろう。そのまえに保釈で出てくる可能性もある。

真琴は仕事の話を避けてくれているようだった。映画や趣味の話題をふるのだが、圭輔がどこか上の空なので、いまひとつ会話がちぐはぐだった。

話に身が入らない原因のひとつは、もちろん裁判のことだが、目の前でもうひとつの理由そのものがワインを飲んでいる。

ほかのテーブルから、ちらちらと向けられる視線に、本人は気づいているだろうか。テレビに映って顔が売れたせいか、一緒に歩いていてじろじろ見られる回数がますます増えたように感じる。いつか、公判開始前に傍聴席から聞こえた「あの弁護士だったら、証人も裁判員もころりだね」というささやき声を思い出す。

そこそこに酔いが回ったこともあって、少し大胆さが出た。

「付き合っている方はいらっしゃらないんですか」

芸がない。前も同じようなことを聞いた覚えがある。真琴はいやな顔もせず、少し考えてから、「検討中」と答えた。

「白石先生には、相当に牽引《けんいん》力のある男性じゃないと無理でしょうね」

「そんなことないわよ。むしろ、がんがん行くタイプの男性ってちょっと駄目ね」

「白石先生よりがんがん行く男なんているんですか」

「失礼ね。プライベートでは、か弱いひとりのレディです」

真琴が楽しそうに笑って、グラスに半分ほど残っていた白ワインをくいくいと空けた。係を呼んでお代わりを注文する。

「よく聞くせりふだけど、いい男はたいてい売れてるし、かといって人のものを奪って血みどろの闘いはしたくないし。結局面倒になっちゃうんだな。向こうから言い寄ってきてくれると、楽なんだけど」

「追い払うのに苦労しませんか」

グラスを口もとにあてたまま、とんでもない、と目をむいた。

「わたし、ナンパどころか、道をたずねられたこともないわよ」

「美人は冷たく見えるといいますから」

「奥山君のお世辞をはじめてきいた」

真琴が大げさに驚いている。

「お世辞じゃないですよ。ふだんは、あえて言う必要を感じないからです」

「こんど、休みがとれたときに……」

ブーブーと携帯が不快な音をたてた。

「すみません」

詫《わ》びて、画面に目を落とす。寿人からのメールだった。

《ビンゴ！　左上に親知らずの治療痕《あと》あり。詳細は直接説明する》

《少し遅くなる》と返信した。

「いいわよ」

携帯をしまって、中身が半分ほど残っているワイングラスに手を伸ばしたとき、真琴がそう声をかけた。どういうことかと思って見返すと、さばさばした感じの笑みを浮かべている。

「急用ができたなら、わたしに遠慮しないでそっちを優先して」

「べつに急用というほどのことでも……」

「あの安藤達也に関係した話じゃない？」

「そうです」

真琴の顔つきが真剣になった。

「だったら、なおさらそっちを優先して。奥山君の弁護士人生がかかってるんだもの。徹底的に闘うべし」

真琴のほうが先にグラスを飲み干し、会計をするために係を呼んだ。

23

新宿駅近くの喫茶店に入った。

「なんだ、誰かと飲んでたのか」

圭輔のようすを見るなり、勘のいい寿人が聞いてきた。

「いや、いいんだよ。それより、そっちの成果を聞きたい」

コーヒーをふたつ注文し、寿人は見慣れたノートを取り出した。

「萱沼さんから紹介してもらった関係者から、出処は秘匿という約束で情報をもらった。例の白骨死体の検案書の概要だ」

実物のコピーではなく、急いで書いたような手書きのメモだった。しかし、要点はほとんど記載されている。問題の頭部に関する所見に目を通す。

「あるね。《上顎《じょうがく》第三大臼歯《きゅうし》に抜歯の痕跡《こんせき》あり》か。これ、親知らずのことだよね。《死亡は加療後数週間から数ヵ月程度とみられる》」

「ほかに、思い当たるところはないか」

そのほかの特徴もあらためて目を通す。四肢や指の欠損はない。問題の骨折について記述がある。

《右大腿骨《だいたいこつ》に横骨折痕あり。癒合部に若干の変形治癒を認める》

死神の歩く姿を思い浮かべた。いつも、右足をわずかに引きずっていた。あれは、寿人の話にあったとおり、骨折部がうまく接合しなかった後遺症だったのではないか。推定の身長も秀秋に抱いていた印象に近い。そのことを寿人に説明した。気がつけば、手が汗ばんでいた。

「間違いなさそうだな」寿人が腕組みして考える。「それでもまだ、他人の空似という可能性は排除できない。当時のかかりつけの歯科医を探し出してレントゲンを照合すれば確実だ。しかしそんなことは、あとで警察にやってもらおう。――ちょっとこれも見てくれ」

別な紙に、周囲の略図や一緒に発見されたものが記載されている。

「遺留品と呼べそうなものは、たった二点だ。ひとつはボタン。これは関連付けがむずかしそうだ。もうひとつの、これをどう思う」

寿人が指差す先に書かれた遺留品に目がとまる。これは――。

「みつかった場所は死体の近くだったが、一緒に埋まっていたかどうかまではわからない。たまたまこんなところまで入ってきたキノコ狩りの人が落とした可能性もゼロじゃない」

動悸《どうき》が激しくなり、あとのほうの説明は耳に入ってこなかった。

「写真は、写真はあるのか？」

「あるよ」

わざとじらしているのではないかと思えるほどゆっくりと、寿人が白い大きめの封筒に手を差し入れた。中からは一枚の写真が出てきた、保護のためかビニールの袋に入っている。

「見覚えあるかい？」

その問いに答えず、まるでそこに実物があるかのように、ビニール越しに写真の表面をなでた。父の自慢げな笑い声まで聞こえてきそうだった。

――ほらみてみろよ。こんなに道具がついてるんだ。

顔を上げ、はっきりと言った。

「これは、父のナイフだ」

わずかにさびは浮いているが、塗装はほとんど剝《は》げていない。達也を連れてキャンプに行ったときに紛失した、夜の海のように深みのあるブルーメタリックのツールナイフにそっくりだった。

寿人に、キャンプでのできごとを説明した。

「もちろん、〝似ている〟というぼくの記憶と状況証拠しかない。だけど、遺体がもしも秀秋のものだとしたら、こんな偶然はありえないと思う」

「仮にこれが、きみのお父さんから達也が盗んだものだとすると、こういうことになるな。あいつは、このナイフが気に入っていつも持ち歩いてた。そして、埋められているのはやっぱり秀秋で、その場には達也もいた。穴を掘ってるときにでもポケットから落ちたんだろう」

「証明はできない」

いいじゃないかと、寿人が満足そうに両手をこすった。

「これでステップを一段あがった。一気にゴールインできるショートカットはない。次のステップに進むだけだ。もう少し煮詰まったら警察に持ち込んで、歯型の照合やナイフの流通経路を彼らに調べてもらおう。達也ひとりでやったとは思えない。首謀者は道子だ。まずはあの女を追い詰めてやるぞ」

仮に、探偵の真似事がうまくいって、奇跡的に道子と達也の犯行が証明できたとしても、当時達也は十二歳だ。処罰することはできない。もちろんそんなことは、寿人もわかっているだろうが。

「つぎの手順の計画は？」

「わがチームは、少数精鋭とはいえたったふたりしかいないから、人海戦術はとれない。ある程度の決め打ちをするしかないな。遺体をどうやって群馬まで運んだのか。そこに焦点を向ける。達也はやっと小学校を卒業するという年齢だし、道子は免許を持っていないはずだ。タクシーというのもありえないだろう」

「共犯者か」

寿人がうなずく。

「たしか道子には愛人がいたと言ったね。何人ぐらい覚えてる？」

無茶を言うなよ、と苦笑した。

「見かけたのは三人だけど、ほとんど顔なんて記憶にない」

「一緒に死体を運びそうなやつだ」

死体を運びそうな人相ってどういうんだよ、と思わず笑ってしまった。

「あえて言うなら、いちばん多くみかけたやつかな」

作業ジャンパーの男のずるそうな目を思い出した。

「名前はなんていう。どんなやつだ。何回ぐらい見た」

「ちょっと待ってくれよ。名前なんて知らないし、せいぜい数回見かけただけだ。あの家を出てからは一度も見ていない」

「特徴は覚えているな」

「無理だって。十年以上も昔だし、道子とどんな関係か想像がついたあとは、じろじろみちゃいけないと思ってたしね」

「きみの記憶力なら保証つきだ」

寿人の無責任な励ましを聞いて、目を閉じ、いつも作業ジャンパーを着ていた中年男を思い浮かべた。体つきはわりとがっしりしていたのを覚えているが、顔の造りは浮かびそうで浮かばない。

「モンタージュのようなことを期待しているなら、役に立てないと思う」

「写真なり、実物を見ればわかるだろ」

「可能性がゼロとはいわないが、自信はない」

「これ以上仮定で話しても無駄だ。対策はそのとき考えよう」

そのほかあまり役に立ちそうもない記憶をいくつか呼び起こしたあと、圭輔はこのところずっと捨てきれずにいる考えを口にした。

「今回のことは用意周到に練られた計画ではないという気がしている」

「根拠は？」寿人がわずかに首を傾ける。

「裁判の決着のつけかただよ。紗弓さんの証言ぐらいまでは、道子の浅はかな計画だと思った。しかし最後の大逆転は、どうみても違う。あれはいってみれば〝劇場型裁判〟だ。道子やましてや紗弓さんが考えたことじゃない。達也の筋書きだ。だけど、逮捕後は接見禁止だ。つまり入る前から打ち合わせてあったことになる」

「ネット中継のことを隠していた理由はどうなる」

「たぶん、出たいときに出られる切り札にとっておいた。結審するまえならかなり有効なカードだ。ただ、あまり堂々と顔を出すとすぐに警察に見つかってしまう恐れがあった」

「なるほど、自分から言うまで知られたくなかった。――数ヵ月間、檻《おり》の中に入っていたかった理由、そしてもう出てもよくなった理由、やっぱりそこに行き着くな」

今後、ふたりで調べる対象の分担を決めた。寿人は「すぐにとりかかる」と言って、自信ありげな笑みを浮かべた。

帰宅して明かりをつけると、ひとりぼっちの部屋が急にさびしく思えてきた。

不安な気分がこみあげてくる。

この先の分担を決めたばかりだが、自信はまったくない。足で稼いでなにかを調べる、などという経験はなかったし、そもそも度を越せば警察権の侵害だ。場面によっては、法を犯す可能性も出てくる。だが、達也と闘うのならある程度の犠牲はやむを得ないと覚悟を決めた。両親や美果、そして顔を見たこともない幾人もの犠牲者のために。

圭輔は、クローゼットをあけて、すっかり飴色《あめいろ》に変色した『愛媛みかん』の段ボール箱を引っ張り出した。達也の家に居候していたとき、この中に納まるぶんだけ私物を持つことを許されていた。

ふたをあけると、中にはそう多くない思い出の品が納まっている。もちろん、いまならもっときれいなケースを買って入れ替えることもできるが、そのままにしている。

父が会社の机に置いていたという写真立て、母が寝室で使っていたスタンドミラー、有《あり》田焼《た》の夫婦茶碗《めおとぢゃわん》、すすのこびりついた飯ごうの中には、爪切りだとか、三文判、上野の科学博物館で買ってもらったアンモナイトの化石などが入っている。

薄い写真アルバムが三冊。ふだんは、デジカメで撮ってデータのまま保存していたらしく、あまりプリントしたものはない。ぱらぱらとアルバムをめくってみると、ほとんどが圭輔が主役か、家族そろってカメラに笑顔を向けているものばかりだ。つまり、年賀状だとか七五三などの挨拶《あいさつ》状用に、ためしでプリントしたものだ。幸せな瞬間ばかりが詰まっている。

ミカン箱のさらに奥には、圭輔が自作した桐の箱がある。中には、白い壺《つぼ》がふたつ入っている。

父と母だ。

道子の家から出るとき、当然ながら骨壺も引き取った。しかし、道子が『埋葬許可証』をどこかにやってしまったため、すぐに墓に入れることができない。仮に再発行してもらったとしても、埋葬する墓がない。どうしようと迷っているうちに、時間が経ってしまい、ますます手続きに手間がかかるようになった。

そんなことは口実かもしれない。遺骨に魂など宿ってはいないと理屈では思うが、永久の別れになると思うと、ふんぎりがつかない。しかし、そろそろ安眠の場所を探さねばならないだろう。

桐の箱とミカン箱をもとに戻した。

無性に父と母の声が聞きたかった。いまの自分の立場を説明し、アドバイスを求めたら、どんな答えが返ってくるだろうか。

24

達也のアリバイが不動のものなら、少なくとも実行犯はほかにいることになる。

もちろん、面子《メンツ》をつぶされた警察が血眼になって捜査しているだろう。寿人は先を越したいに違いない。そのためには、圭輔も自分の分担の調査をしなければならない。

まずは、気はのらないが被害者の妻にもう一度連絡をとることにした。家族で撮った写真を見ていて、ふと思いついたことがあったからだ。

一度電話をかけていきなり切られた経緯がある。しかし、誠意をつくして話せばわかってもらえるのではないか。着信拒否をされないように、公衆電話からかけた。

「本間寿々香さんのお電話でしょうか」

〈はい〉やはり、警戒している声だ。

「切らないでください。お願いです」大急ぎで言う。「用件を聞いていただいた上で拒絶されたら、二度と電話はかけません」

無言だが、まだつながっている。

「前後しましたが、わたくしは白石法律事務所の奥山と申します。保光さんの事件の公判では、大変ご迷惑をおかけいたしました」

呼吸音が多少荒くなったように感じたが、まだ聞いているのは間違いない。いまこの瞬間も、実家のどこかの部屋でじっと携帯電話を耳に当てているのだろうか。妙にしんとした背景がそんなことを連想させる。

「一度お目にかかって、事件前後のことなどおうかがいできればと思いまして」

〈こちらからは話すことはありません〉

「これまでの繰り返しになってもけっこうです」

〈弁護士さんなら、警察の資料を読まれたらいかがですか〉

しっかりした話し方をする女性だ。

「もちろん、調書は入手してありますが、ぜひ、ご家族の方から生のお声を聞きたいのです」

〈目的はなんですか〉

「真犯人を捜し出すためです」

〈真犯人を？〉

「はい。正直に申し上げますと、わたしは安藤達也の弁護人を解任されています。まだ処分は出ていませんが、弁護士の資格停止処分になる可能性もあります。ですから、仕事というより、途中までかかわった一個人として、犯人をつきとめたいのです。それに、安藤は直接手を下していないかもしれませんが、なんらかの形でかかわっていると信じています」

しばらく、沈黙があった。

〈そちらはたしか、池袋の事務所でしたね〉

「はい」

〈明日、夫の勤務先に行く用事があります。午後でよければ、池袋へ寄ります〉

「とんでもない。こちらからうかがいます」

〈わたしのほうにも都合がありますから〉

「わかりました。お話を聞かせていただけるんですね」

〈目新しいことはないと思いますけど〉

「ありがとうございます」

受話器を耳に当てたまま頭を下げ、じつはあつかましいお願いがあるのですが、と続けた。


本間寿々香とは、池袋駅近くのホテルのティーラウンジで待ち合わせした。

ゆったりした席の配置になっているので、よほど大声で話すか耳をそばだてられなければ、話を聞かれる心配はなさそうだ。

寿々香は、細面で、最低限の化粧しかしていないように見えた。その表情や顔色は、夫を亡くした悲しみが少しも消えていないことを物語っている。不謹慎とは思いつつも、彼女がはつらつとした表情をしていたら、きっと魅力的な女性だろうと考えていた。

「本日は、お忙しいところ、ありがとうございました」あらためて礼を言う。

「夫の同僚がカンパを集めてくださったので、お礼に行ってきました」

電話のときにも気づいたのだが、いまだに「夫」の前に「亡くなった」とつけない。圭輔にもその気持ちは痛いほどわかった。

寿々香はまっすぐ圭輔の目をみつめて、先に質問した。

「安藤達也の無罪は確定するんでしょうか」

「すると思います。新しい弁護士が決まりました。裁判が再開されしだい無罪判決が下る可能性が高いと思われます。そのまえに保釈される可能性すらあります」

「出てくるんですか」

「アリバイが警察の分析で裏付けされましたから」

「奥山先生も彼は無実だと思っていますか」

先生はやめてくださいと頭を下げた。

「実行犯でないことは間違いありません。ただ、電話でも申し上げましたが、まったくかかわっていないかどうかは別な問題です」

「そうですか」

係の者がコーヒーを持ってきたので、会話がしばらく止まった。

寿々香はスプーンに一杯ぶんだけ砂糖を入れ、ゆっくりとかき混ぜている。カップの中にできた渦に視線を向けたまま言った。

「わたし、なんとなくまだ実感がないんです。あの人が二度と帰ってこないなんて。いまだに毎晩、玄関が勢いよく開いて『ただいまー。腹減ったー。めしなにー』って大声あげながら廊下をどすどす歩いてくるような気がして。気がするばかりじゃなくて、ときどきほんとに聞こえるんです。『やったー、カレーだー』って。それが悲しくて、実家に戻りました」

こんな、と言いかけた声がかすれたので、水で喉《のど》をしめらせた。

「こんな言い方をすると、話を合わせているように思われるかもしれませんが、お気持ちはすごくよくわかります。わたしの場合は、もう十三年も経つんですが、いまでも朝起きると『いつまで寝てるのー、遅刻よー』っていう母の声が聞こえてきそうですから」

寿々香は、あら、と伏せていた視線をあげた。

「お母様を亡くされたんですか」

「はい、両親同時にです。小学校六年生のときでした」

「六年生のときにご両親とも——それは大変な思いをされたでしょうね」

同情を買いたくて言ったつもりはなかった。ただ、家族を亡くした悲しみを共有できれば、寿々香の心がわずかでも穏やかになるのではないかと思っただけだ。

問われるまま、簡単に火事のようすなどを説明したあと、いよいよ質問に入った。

「わたしは、あの事件は内部の事情に詳しい人間の犯行だと思っています。ご主人から、誰かに恨まれているとか、素行の怪しいやつがいるとか、そのようなことをお聞きになった記憶はありませんか」

「それについては、警察にもくどいぐらいに聞かれたんですが、家では不愉快なことを口にしない人でした。忘年会の余興で、おかしなかつらをかぶって髪の薄い部長に睨《にら》まれたとか、そんな話題ばっかりで」

「集金のある日は、いつもご主人は残業されていたんでしょうか」

「はい。あの会社は内勤の数をぎりぎりまで絞っているので、月末にはまず経理の手伝いみたいなことをして、それから自分の仕事をすると言ってました」

「そうですか——セキュリティは甘い、職掌分担は不透明、ご主人は二重の意味で被害者だったともいえますね」

　寿々香がハンカチを両目に強く押し当てた。

　圭輔からさらにいくつか質問したが、これはという新しい発見はなかった。

「いけない、忘れるところでした」

　鼻の頭と目を赤くした寿々香が、バッグをごそごそとやりはじめた。圭輔は身を乗り出したくなるのをこらえていた。電話で話したときに、もってきて欲しいと頼んでいたものがあったのだ。あつかましい頼みで無視されたのかと気を揉《も》んでいたところだ。

「ありました。これです。わたしはパソコンとかまったくだめなんですが、妹にやってもらったので、たぶん大丈夫だと思います」

　寿々香が差し出したそれは、艶消《つやけ》しの銀色で、三文判を押しつぶしたような形をしていた。ＵＳＢメモリースティックだ。

もしも保光が、同僚や会社関係者と一緒に撮った写真があったら見せてもらいたい、と頼んでおいた。当然、警察も調べただろうとは思っている。

「携帯にあったものとかも集めたんですけど、三十枚ちょっとでした。休日のソフトボール大会とか宴会の写真などばっかりです」

「貴重なものをありがとうございます」

「あの、忘年会で変なかつらをかぶっている写真は、かわいそうだから人には見せないでください」

赤い目をして真面目に言うので、笑えなかった。

「もちろん、許可なく一枚だって外へ出したりしません」

ただし一緒に真相を追っている男には見せます、と了解を得た。

美佐緒に、食事の前に少し仕事がしたいと詫《わ》びて自分の部屋に向かった。

パソコンを起動させ、さっそくUSBメモリーを差し込む。

中には《本間保光画像》と名のついたフォルダがひとつあるだけだ。それを開くと、ファイルが三十三個認識された。カメラや携帯電話が勝手にふったナンバーのファイル名が並んでいる。いろいろな機種で撮られたものを寄せ集めたようだ。

安全のため、デスクトップにコピーしてから、画像ビューソフトで開いていく。

たしかに、そろいのユニフォームを着たソフトボール大会で撮られたものと、居酒屋らしきところで開かれた宴会のようすがほとんどだ。保存日時を見ると、もっとも古いもので五年前のものがあった。毎年、同じようなことを繰り返しているのだろう。

まとめて開いたものを順に見ていく。

「いた」思わず声が出る。

最後の忘年会の写真のうち、二枚に達也が写っている。一枚は十人ほどが集まって、集合写真風に撮ったもの。達也はごく普通の表情だ。もう一枚は、保光を撮ったときに、たまたま背後にいた達也の横顔が写ったもの。だれかと、楽しそうに話している。

その少し前の秋に行われたソフトボール大会には、達也の姿はない。時期的には雇われていたはずだが、達也がユニフォームを着て球を追っている姿は想像できない。

いずれにせよ、達也の写真が本当の目的ではない。

見落としはなかったか、もう一度最初から開いては注意して閉じていった。

その写真も、もう少しで閉じてしまうところだった。

「これは――」

《表示》メニューから《拡大》を選ぶ。ひとりの人物に視点を据えたまま、どんどん拡大していった。

顔が火照るのを感じる。

「みつけたぞ」

圭輔は写真を閉じ、すぐにメールに添付して送ろうと作業をはじめた。しかし、その途中でもどかしくなって、携帯を取り出し、寿人の番号にかけた。

25

白石所長に、調べたいことがあるので何日か休ませて欲しいと願い出ると、早退や遅刻や途中外出で対処しなさいよ、とあっさり却下された。

「どうせ、丸々一日かかるような調査でもないでしょ。だったら、その時間だけ抜け出して好きにすればいい。ほかの時間はうちで働いてくれれば、対価はお支払いしますよ」

先行きがけっして明るいとはいえない圭輔の経済状況を、気遣ってくれているのだろう。

さっそく、午後早めにあがらせてもらい、事件の現場となった丸岡運輸をたずねた。総務課長の安井《やすい》和志《かずし》とアポイントがとってある。

事務所に入っていくと、その部屋にいたほぼ全員の顔がこちらを向いた。

「いらっしゃいませ」と元気に挨拶《あいさつ》してくれた者も数名いた。

しかし、安藤達也の元弁護士だとわかると、すぐにほとんどの顔がそっぽを向いた。それでもなお圭輔に向けられたままの視線は、どうみても好意的なものではなかった。

安藤達也の弁護士を解任され、新しい弁護人が決まったいまとなっても、一旦《いったん》貼られた《自分たちの同僚を殺して、会社の金を奪った男の味方》というレッテルははがしてもらえないようだった。

「ああ、どうも」

奥のドアから入ってきた安井課長が、圭輔に気づいて軽く会釈した。安井とは面識があった。まだ達也の弁護士だったころ、渋る安井に無理をいって、事情を聴いた経緯がある。"木で鼻をくくった"とは、こういう応対を指すのかと思った記憶がある。

「こちらへどうぞ」

いま出てきたのとは別なドアを開けて招く。

圭輔は体じゅうに視線を感じながら事務所を横切った。

休憩室のようだ。折り畳み式の長テーブルが四台並んで、大きな島になっている。その周囲にパイプ椅子が十数脚、乱雑に置かれている。部屋の隅には簡単な流し台とガス湯沸かし器なども見える。

「こんな部屋で申し訳ないですね。むこうの応接セットはほかの社員に筒抜けだから、こっちのほうがいいかと思いましてね」

「ご配慮いただき、ありがとうございます」

安井みずから、給茶器からほうじ茶を紙カップにふたつ淹れ、ひとつを圭輔の前に置いた。

「それで、どんなご用件でしたっけ」

「さっそくなんですが、写真を見ていただきたいんです。そこに写った人物をご存じないかどうかご確認いただけないでしょうか」

これなんですと、バッグからA４サイズの紙に拡大プリントした写真を出した。寿々香からあずかった中にあった一枚だ。ソフトボール大会のときに撮られたものらしい。データの日付は去年の夏だ。

安井は写真をちらりと見ただけで、さぐるような視線を圭輔に向けてきた。

「本当に、安藤の裁判とは関係ないんですか？」

「電話でも説明いたしましたが、安藤の裁判は事実上終わっています」

「うちの社内には、いまでもあれは安藤がやったと信じてる人間がいるわけですよ。安藤に寸借詐欺まがいのことをされて返してもらっていないやつもいますし、やつがうちにいた期間だけで、物や金がずいぶんなくなってるんです。みんな、いまさらかかわりたくないというので警察にはほとんど言わなかったのですが、やつは根っからの犯罪者ですよ」

たしかに、社内での素行の悪さは調書に載っていなかった。内心憎んでいても、かかわりを持ちたくないというのが人情だ。

「別な容疑で安藤を追い詰められるかもしれません」

弁護士の発言としては、問題があるかもしれない。しかし、ここは勝負どころだ。

「ほんとですか」

背もたれによりかかっていた安井が、体を起こした。

「ここに写っている男が鍵《かぎ》を握っています」

主輔は、もう一度、テーブルに置いた写真を指差した。

安井は作業ジャンパーの胸ポケットから老眼グラスを出し写真をのぞきこんだ。主輔が指差した男をじっとみつめる。

「あ、この男、知ってるなあ。ええと、誰だったかな」

主輔は遠慮気味に「思い出せませんか」と催促した。

「だめだ。最近、人の名前が出てこないんですよ。——そうだ、イワさんに聞いてみよう」

安井は席を立って行って、ドアをあけ「イワさん」と呼んだ。

すぐに、安井とほぼ同年代に見える、日に焼けた顔の男が入ってきた。警戒心を隠そうとしない顔で、安井と主輔を交互に見ている。

「こちら車両部のイワシタ。普通の岩に下ね。ねえ岩さん、この男知ってるよね」

安井がいきなり用件を切り出すと、岩下は近寄ってきて写真をのぞきこんだ。

「ああ、カドタ社長だよ。おれらカドさんって呼んでたけど」あっさりと言う。

「カドタさんていうんですか。どういう字を書きますか。どこの社長さんでしょうか」

矢継ぎ早に質問する主輔を、岩下は不思議そうな顔で見てから、メモ用紙に《門田》と書いた。

「ほんとはもう社長じゃないんだけどね」とつけ加えた。

「どちらにお住まいかご存じでしょうか」

「どうだったかなあ」

発言が煮えきらない岩下を、圭輔に代わって安井が説得した。

「岩さん、気にしなくていいみたいよ。この弁護士さんは、よくわかんないんだけど、いまじゃ安藤の野郎の尻尾《しっぽ》つかまえようとしてるんだってさ。だから、知ってること全部話しちゃってよ」

「まあ、たいしたことは知らないんだけども」

そう前置きして説明してくれた。

門田芳男《よしお》は、もともと杉並区で門田運送という会社を経営していた。杉並南部ならば、圭輔たちが少年時代を過ごした街に近い。

門田運送はドライバーが五人前後の弱小企業だったが、そこそこ羽振りのいいときもあった。しだいに売り上げが下降しはじめても、なんとか持ちこたえていたが、リーマンショックの余波を受けて三年前に倒産した。

いまでは、中古の軽トラを買って、横腹に『カドタ急便』と自分でペンキで書いて個人営業をしている。安い金で、大手運送会社の曾孫《ひまご》請けをしていると聞く。丸岡運輸の社長、岡崎保《おかざきたもつ》とは長年の顔なじみで、そのよしみで丸岡運輸から仕事を回してもらっているらしい。

「だけど、そういやここ半年ぐらい顔見てないいな」

「事件のときはどうですか」

「どっちだったかなあ」

「しまった、警察に言ってないよ」大きな声で安井が割り込んだ。

「どういうことですか」

「いや、例の裁判のあと刑事がやってきて『最近辞めた人間か、事務所に頻繁に出入りしている社外の人間を、もう一度精査してリストにしてくれ』って言われたんですよ。裁判の前にも同じこと言われて作成してるんですわ。なんだか、そんときのリストに漏れがあったって決めつけてるみたいな言い方で。ね、腹が立ちますでしょ。こっちだって忙しい中、協力してるのにさ。腹が立ったから前とまったく同じもの渡してやったのよ。そのリストの中にたしか門田とかいう名はなかったなあ。でも、いまさら言いにくいよなあ。――まあいいか。どうせ安藤のこと無罪にしちゃってるんだもん」

警察が無罪にしたわけではないが、ここで警察をかばってみてもしかたない。それよりも、警察はまだ門田の存在にたどり着いていない可能性が出てきた。しかし、時間の問題だろうとも思う。

「安藤が採用されたのは、門田さんの紹介でしょうか」

「いや、たしか求人広告を見てきたと思いましたよ。あとで面接票調べておきますよ。さすがに紹介なら警察に言ってますよ。岩さん、そのへんなんか知らない？」

「どういうつながりかわかんないけど、安藤とカドさんが知り合いには見えなかったな」

もちろん、何年ぶりかでお互いに気づかなかったという可能性がなくもないが、知らないふりをしていたと考えるほうが自然だ。だとすれば、なおさら怪しい。

「その門田さんの連絡先はわかりますか」

「岩さん、すぐわかる？」

「ああ、わかると思うよ。いま、電話番号きいてあげますよ」

岩下が内線電話をかけた。

「あ、おれだけど、岩下。あのさあ、カドさんの連絡先わかるか。そう、カドタ急便の。……うん。ちょっとまって」

安井が差し出したメモ用紙に電話番号を書き出している。続けて住所をほぼ書き終えたところで、手がとまった。

「……え、そうなの？　いつから。……ふうん。肝臓？……うん……うん。そうか。わかった。……いや、なんでもない。また近いうち一杯行こう。そんとき話すよ」

書き終えたメモを、はいこれ、と差し出した。

「どうかしましたか」最後に口ごもったのが気になる。

「運行課のやつが言うには、今年の一月になって『体の調子が思うようでないから廃業する。だから、もう仕事はまわさないでくれ』って言ってきたそうです」

「さっき肝臓と聞こえたんですけど」

「どうも酒の飲みすぎで肝臓をやられたらしい。そういえば、赤ら顔っていうか、ちょっと茶色の顔してたかな。まあ、動けないほどじゃないけど、肉体労働はきつかったみたいだね」

やめるための詐病ではないのかもしれない。

「入院するかもしれないから、最後の支払いを前倒しでくれっていうんで、一月の末に現金で支払ってそれっきりだそうです」

寿人なら「ビンゴ！」と叫んで喜びそうだ。

「なんでもいいので、その男に関することを教えていただけませんか」

安井が、不思議そうな顔つきでたずねた。

「弁護士さん。ところでどうしてそのカドさんとかいう男のことを聞くんですか」

応え方がむずかしいところだった。あからさまに本当のことを言えば、噂になるだろうし、警察にも通報される可能性がある。本来自分たちもそうすべきなのだ。ただ、ここまで来たのなら、自分たちの手で安藤親子を追い詰めたい。しかし、露骨な嘘はつきたくない。結局、どうともとれるような回答にした。

「はっきり言えないのですが、その男が安藤の私生活を知ってるかもしれないんです。安藤を別な方向からつつけるかもしれないかなと思って」

「なるほど。余罪ってやつですか。なんだかわかんないけど、あれでしょ、弁護士さんだと守秘義務とかあってあんまり話せないんでしょ」

どういう誤解をしたのかよくわからないが、圭輔にとっては好都合だった。

安井は、弁護士のくせにやたら恐縮している圭輔をすっかり信用したらしく、岩下や運行課の人間が知っている、門田に関するいくつかの情報をメモにしてくれた。

くどいほど礼を言って、丸岡運輸をあとにした。

外に出てすぐ、門田の番号に電話をかけてみた。〈使われておりません〉のアナウンスが流れた。アパートの住所は和光《わこう》市になっている。スマートフォンで地図を検索してみた。やはりそうだ。県境をまたぐが、彼のところからも道子のスナックまで二キロか三キロだろう。自転車や歩きでも行ける距離だ。

駅まで向かう道、ことさら急がねばならない理由があるわけではなかったが、どうしても小走りになった。すっかり暮れた夏の空に向かってこぶしを突き上げたい気分だった。

「やったぞ。つながったぞ」

子どもの手を引いた若い主婦が、圭輔を気味悪そうに見ながらすれちがった。そんなことはどうでもよかった。

門田芳男なる人物こそ、死神の目を盗んで何度も道子と密会していた、ずるそうな目をした作業ジャンパーの男に間違いなかった。

26

報告している途中で、寿人は喚声をあげた。

「だから言っただろう。きみは覚えてるって」

隣の席のサラリーマンが、なにごとか、という顔でこちらを見た。時刻が遅いこともあって、新宿西口の雑居ビルの三階にある居酒屋で寿人と待ち合わせした。

「まあ、写真を見れば誰でも思い出すよ」

「そう言わず、たまに手柄を立てたんだから、もっと威張っていいよ」

寿人が、圭輔の手元のグラスにビールを満たす。

「たまにか」

「そんなことより、門田といったっけ？　かつての道子の愛人が、期間が短いとはいえ、達也と同じ仕事場で顔を合わせていたなんて、どう考えても偶然じゃないな」

今日はずいぶん歩いたので、冷えたビールがうまかった。

「しかし、二人に面識があった証拠はないんだ。そういうぼく自身も彼らのツーショットは目撃していない。ただ、小学生のころ達也が『運送屋のオヤジ』というようなことを口にした夜に、ああ道子の愛人を知ってるんだなと思った記憶がある。それが門田のことだとしたら、むこうも達也を知っていた可能性は大きいね」

「いいぞ」

褒められて、多少気分がよくなった。推理を続ける。

「注目すべきは、ふたりが知り合いだってことを、丸岡運輸の社員も知らなかったことだ。つまり、わざと知らんぷりしていたんだろう」

「臭う、臭う、企《たくら》みの臭いがする」

犯人の一味にせよ濡《ぬ》れ衣《ぎぬ》を着せられたにせよ、達也がなんらかの形で強盗致死事件にかかわりがあるのは明白だ。だとすれば、この門田という男がまったくの無関係だと考える方に無理がある。

「しかも、門田氏のアパートのようすも見にいったんだろ。きみらしくない行動力だ」

「褒めことばと受け止めておくよ」

丸岡運輸で教えてもらった門田のアパートへ、その足で向かった。この発見にさすがに興奮していたのかもしれない。

「でも、もう住んでいなかったんだね」と寿人が自分のグラスにビールを注ぐ。

「うん。表札がなくなっていた。ただ、次の人も決まっていないみたいで、空き家になっていた」

「いつからだ」

「大家っていうのが、地元のちょっとした土地持ちのおばあさんで、これがケチなんだ。聞いたかぎりでは、ことしの二月から家賃が払われていない。でも、部屋は片づけていないらしい。次の人が決まるか、門田が戻ってくるかするまで、そのままにしとくそうだ。たとえば布団や鍋《なべ》なんかは、捨てる手間より、次の人に恩に着せて貸せばいいと考えてるみたいだ。部屋の中を見せてくれないかと頼んだが、未納の家賃を払うか警察を通してくれと断られた」

「なるほどね」

板橋区と接する埼玉県和光市の、東のはずれ、荒川のほど近くに門田の住むアパートはあった。二階の三つ並んだ真ん中の部屋で、トイレはついているが風呂《ふろ》はない。築四十年になろうかという、相当に老朽化の進んだ建物だった。

「しょうがないから六時ごろまで粘って、なんとか右隣と下の階の住人に話を聞けたけど、答えは『知らない』と『そんな人いたの』だった」

「家族は？」塩で焼いたレバーをほおばりながら寿人が聞く。

「だいぶ前に離婚しているらしい。道子と会っていたころは独身だったかもしれない」

「何歳だ」

寿人が圭輔の手書きのメモを読み始めたので説明した。

「丸岡運輸で聞いた話では、今年五十五歳だと言ってた。つまり、秀秋が失踪《しっそう》したときは四十三歳ということになる。見た目もそんなあたりだった」

「ほかには」

「息子がいると話してたらしいけど、どこでなにをしているのかまったくわからない。捜し出す労力のわりに、得られる情報は少ないかもしれない」

「まさか、肝臓病が急変して部屋で死んでたりしないだろうね」

「大家が中は見てるよ」

「ポストは見たか？」

「——見た。投げ込みチラシがあふれかえっていて、とくに変わったものはなかった。ただ、こんなものがあった」

バッグから一枚の紙を取り出した。

「なんだこれ。——旅行会社から門田氏あてのDMはがきだな。四通とも全部同じ会社だ。住んでなくても、配達員はポストに入れるんだな」

「転居通知が出ていなければ、表札が見当たらないぐらいなら放り込んでいくようだ」

「それはそうと、どうしてコピーなんだ」

「たとえDMといえど、持ち帰るわけにはいかない。近くのコンビニでコピーしてから、ポストに戻してきた」

寿人は、飲みかけていたビールをもう少しで噴き出すところだった。しばらく大笑いしたあとで、だけどさ、と苦しそうに言った。

「もう本人がいないんだぜ」

「それでも犯罪だ。コピーだってほんとはだめだ。それに、警察にも残しておいてやらないと」

「ばか正直っていうのは、君のためにあることばだな」

あきれたように首を振ったあと、少し真顔になった。

「それにしても、どうして金もない門田に、海外旅行の案内が何通も来てるんだろう」

「懸賞にでも応募したんじゃないかな」

「そうだろうか——」

寿人は途中でしゃべるのをやめ、親指の爪を嚙《か》みはじめた。考え事に熱中しだした兆候なので、圭輔は自分もこれまでのことを整理しはじめた。いくつか思いついたことがあるので、確認の意味も兼ねてことばにしてみた。

「まず門田が、出入り先である丸岡運輸のセキュリティが甘いことを知って、達也に話を持ちかけた」

熱心に考えていた寿人が顔をあげ、耳を傾けている。

「一緒に金庫の金を奪わないかと誘った。達也が話に乗って計画が練られ——というほどの計画でもなさそうだけど——いよいよ決行間近、となったところで門田はひとりでやってしまった。金を独り占めしたくなったのかもしれない。

そんなこともあって仲間割れをして、達也に多少の金を渡しはしたが、知り合いの女に居酒屋の一件を密告させた。そして達也は捕まった。筋書きはこんなところでどうだろう」

「前半はいい線いってると思うが、達也の役割が弱すぎる。やつが刑務所行き一歩手前まで我慢していた理由がない」

たしかに、説得力に欠ける気がする。このあたりが潮時なのかもしれない。

「そろそろ警察に相談したほうがよくはないか」

警察も時間の問題で門田に行きつくだろうし、警察権を行使しないと調べられない事柄が増えてきた。知っていながら隠したとなると、こちらの立場も悪くなる。

「いや、もう少し自分たちでやってみよう。あとで警察と交渉ごとになるかもしれない。情報の交換というのは、萱沼さんがよく使う手だ。手持ちのカードは多いほどいい」

そういう問題だろうかと思うが、はっきり反対できない。寿人の中にあるジャーナリスト魂とでも呼ぶべきものに火がついたらしい。

「萱沼さんにはどう報告する？」

「そうだな。そっちももう少し黙っている。せっかくここまで迫ったんだ。やっぱり自分で解明したい」

27

翌日はさすがに、一日休みをもらった。

そろそろ弁護士会の処分が決定する時期だ。退会とまでいかなくとも、業務停止になれば自由な時間がたっぷりできる。しかし、それまで待ってはいられない。

紗弓のことは、まだ告発に踏み切れずにいる。真琴ももうあきらめたのか、しつこく言ってこない。

とにかく、門田芳男と道子親子のつながりを詳しく調べようということで、寿人とは意見が一致した。

「門田の発見はきみの手柄だから、引きつづきまかせるよ」

寿人にそう言われたが、まかされてもあまりうれしくはない。手柄など丸ごとゆずってもかまわない。むしろ寿人の影響で、成果のためには多少の触法行為ぐらいなら気にとめなくなりそうで怖い。寿人は、変わり者ではあるが真面目一直線の性格だと思っていた。変わったのは、萱沼とかいう師匠の影響だろうか。

その寿人が入手してきた達也と道子の写真を持って、朝から和光市のアパートの住人や、近辺のコンビニ、スーパーなどを聞いてまわった。しかし、道子とのつながりどころか、門田本人のことさえ、誰も記憶していなかった。成果のあがらない仕事は疲れる。

喫茶店で一息入れて考えをまとめることにした。

そもそも門田は、丸岡運輸事件に、本当にかかわっているのだろうか。

岩下という社員も、たしかに顔色が悪そうだったと言っていた。廃業した時期がたまたま強盗事件の直前だっただけで、まったく無関係の可能性もある。達也と口をきかなかったのだって、単に仲が悪かっただけとも考えられる。いまは、親戚《しんせき》か別れた妻でも頼って静養しているのかもしれない。

だとすれば、実るはずのない苦労をしていることになる。

門田が金に困っていたことは、丸岡運輸で聞いた話や、住んでいるアパートのようすからほぼ間違いないだろう。仮に強盗をはたらいたとすれば、門田はその金でなにをしようとしたのだろう。どこへ行ったのだろう。病気治療のため入院しているのか。

自分ならどうするかと考える。

両親の墓を建てる。牛島夫妻に恩返しをする。うまいものを食う。ほとんど旅行にも行ったことがないから、どこか温泉にでも行く。海外旅行もいいかもしれない。一度、ローマのコロッセウムを見たかった。

海外旅行——。

旅行会社のDMを思い出した。そうか、病気がいよいよ重くなる前にぱっと遊びまわりたくなったのか。考えられなくはない。

だがもし、門田が達也の帽子を盗み、達也に濡《ぬ》れ衣《ぎぬ》を着せようとしたのなら、達也が唯唯諾々と縄につながれているはずがない。——つまりは身代わりだ。達也はあえて門田の身代わりになった。理由は？　継母の愛人のためにそこまでする理由はなんだろうか。借りか。いや、そんなことでいいなりになる達也ではない。ノーと言えない理由、それは弱みだ。門田に強烈な弱みを握られていた。最後は無罪を証明できるとしても、一時は被告人として裁判にかけられることにも我慢しなければならないほどの弱み。

どんな弱みだ。

これも、選択肢はそう多くない。達也がかつて犯した罪を、門田なら証明できるのかもしれない。告発されれば重罰が確実な罪の証拠を握られていれば、あれぐらいの綱渡りはするかもしれない。

だとすれば、門田の命が危ない。達也がここで逆転のカードを切ったということは、道子か、あるいは未知の仲間が、門田の居所をつかんだのではないだろうか。面会禁止の達也が、それをどうやって知ったのか不明だが。

とにかく、タイムリミットは達也が出て来るまでだ。残された時間は少ない。

寿人に電話をかけることにした。ここまでの自分の推論を話し、門田の行方を調べるために、アパートの部屋を見せてもらううまい口実はないかと相談してみるつもりだった。

ひととおり圭輔の説を聞いたあとで、うーんとうなった。

〈たしかに、弱みを握られて身代わりになったという説には賛成だ。だけど、門田の行方のヒントがアパートにあるなら、とっくに道子に見つかっているだろう。それこそ、うまい口実がなければ、窓ガラスを割って侵入するぐらいはしたはずだ。このタイミングで無罪を証明しようと動いたトリガーは別じゃないか〉

「なるほど」

〈だったら、門田の別れた家族をあたってみてくれないか。そっちだって、とっくに達也の息のかかった人間が接触している可能性はある。それでも、接触があったかどうかわかるだけで収穫だ〉

「わかった。まずは元の妻だな。離婚して時間がたっているとすれば、居場所をつきとめるのに手間がかかるかもしれない」

寿人のため息が聞こえた。

〈弁護士資格はまだ剝奪《はくだつ》されてないんだろう？　ならば、せっかくの身分を利用しない手はない。たしか『職権用紙』で申請すれば、戸籍も住民票もすんなり入手できるはずだ。

だれも傷つけない〉

そう来るのではないかと思っていた。

「そんなことをすれば、本当に資格を剥奪されてしまう」

〈だったら、門田の名前で委任状を作ればいい〉

「きみらはいつもそんなことをやってるのか。それは犯罪だぜ。私文書偽造だ」

〈きれいごと言ってる場合か。——わかった、こっちでなんとかするから夕方に落ち合おう〉

午後五時に、池袋駅西口の公園で待ち合わせた。約束の時刻にほんの少し遅れて、寿人がナナハンに乗ってやってくるのが見えた。

「おまたせ」

バイクを路肩に停め、あわただしくヘルメットを脱ぐ。たすき掛けにしていたメッセンジャーバッグから書類入れを取り出した。

「入手できたぜ」

みれば、門田芳男と別れた妻に関する、戸籍謄本と住民票の写しだ。

「どうしたんだ、これ」

寿人がにやにやしながら、さらに二枚の紙を見せた。

「せっかく苦労して取った弁護士資格がなくなったら可哀想だと思ってね。ちょっと手間がかかったけど」

寿人が手渡したのは、門田芳男と元妻の名で書かれた委任状だった。筆跡を変えているが、寿人の字だ。三文判も押してある。《私は下記の者を代理人と定め、次の権限を委任します》とある下に、戸籍や除籍の謄・抄本、住民票の写しの請求などが列挙されている。代理人はもちろん寿人の名前だ。

「ほんとにやったのか……」

「きみは気にするな。これからも汚れ仕事はおれがやる」

「そういう問題じゃないだろ」

この主輔のことばに、さっきからずっと照れ隠しのように笑っていた寿人の顔が引き締まった。

「じゃあどういう問題なんだ」

「しかし、違法行為は……」

「言っとくが、これからも法を犯さなければならない場面があるかもしれない。しかし、おれはやる。きみは、あいつらから受けた仕打ちを忘れたのか。これはあいつとの闘いだ。美果のかたき討ちだ。おれは一度あいつに屈した。二度はない。きみに泥は被せない。無理強いもしない。これ以上無理だと思ったところで手を引いてくれ」

深く長くため息をついた。いますぐ「これ以上無理だ」と言いたかった。しかし、口をついて出たのは別なことばだった。

「わかった。腹をくくろう。だけどそのうち、脅迫状を投函《とうかん》したり、道端でナイフを突きつけたりはしないだろうね」

「必要とあればやるさ」

白い歯を見せて笑った。

あきれもしたが、その笑顔を見て今度こそ心が決まった。

中学一年のとき、ひとりも友人がいなくなって来る日も来る日もただ本を読むしか楽しみがなかった自分に、気さくに声をかけてくれた笑顔だ。泥仕合のあと牛島家に引き取られることが決まって、ささやかな引っ越しが済んだ夜に「よかったな」と肩を叩《たた》いてくれた笑顔だ。いままでなにひとつ、ただの一度も圭輔に見返りを求めたことのない笑顔だった。家族以外に、こんな人間と出会えたことは、奇跡のひとつではないか。

両親の死も、美果の悲劇も、自分の意気地なさがきっかけになったと、いまでもそう思っている。寿人がそこまで覚悟しているなら、自分も泥水も飲まなければならないだろう。

「わかった。やるところまでやる」

「そんな顔するなよ。ニセの委任状なんて、これがはじめてってわけじゃない」

気軽な調子で言い残し、大型バイクで去っていった。

たったいま決心したばかりなのに、すでに後悔しはじめていた。


風のあたらない場所に立って、さっそく書類を確認する。

門田芳男の別れた妻は、浜田《はまだ》みち恵《え》という名だった。現在五十三歳、十五年前に門田と離婚しその後別な男と再婚したが、たった三年で再婚相手を亡くしている。結婚に懲りたのかその後は独身で、いまは埼玉県さいたま市にある実家で七十九歳の母親と同居している。成人した息子の健一《けんいち》は大田区に転出しており、住所からするとアパートのようだ。

連絡をつけたいのはとりあえずみち恵だが、電話番号まではわからない。ネットサービスの地図で調べると、浦和区の南寄り、埼京線の駅から歩いていけそうな距離だった。母親が健在なのか要介護なのかもわからない。ただ、八十歳近い母親がいるなら、働きに出ていたとしても、そしてそれが日勤だとしても夜勤だとしても、宵に一度家にもどるだろうと勝手に見込みをつけ、約束もとらずにたずねてみた。

午後六時半近くになって、ようやく家を探し当てた。上着は脱いで腕にかけていたが、それでも汗でシャツがびっしょりだ。自動販売機でスポーツドリンクを買って一気に飲み干した。

浜田みち恵が暮らすのは、ドウダンツツジを生け垣にした、ごくありきたりの古い一軒家だった。一階のひと間にだけ明かりがついている。誰かいるのかとインターフォンを鳴らしたが、応答がない。やむを得ず、怪しまれない程度に近くのコンビニに入ったり近辺を歩いたりして時間をつぶした。

七時を数分過ぎたころ、向こうからきこきこと音をさせて自転車をこいでくる女性を認めた。直感的に、あれがみち恵だろうと思った。コンビニで買った二枚目のハンカチで汗を拭《ふ》きながら門の前で待つと、女性は後ろの荷台に買い物袋を載せた自転車を降り、けげんな顔で近づいてくる。

「浜田みち恵さんですか」

「どちらさんでしょうか」上目づかいで圭輔を観察している。

さすがに強盗だとは思わないだろうが、家の前で待ち伏せされたら誰でも警戒する。

「わたくし、池袋にあります白石法律事務所所属の弁護士で奥山圭輔と申します」

圭輔が自分の容姿に対して抱くほぼ唯一の自信は、どうすごんでみても凶悪人には見えないだろうということだ。寿人がみち恵との接触をまかせた理由も、そこにあるかもしれない。

名刺を渡されたみち恵は、用件はともかく、弁護士だという点はあっさりと信用してくれた。とりあえず中に、と言って、先に玄関のドアから入っていった。圭輔もすぐあとに続く。

「お母さん、ただいま」

玄関先で、廊下右手のドアに向かって声をかけるが、中から応答はない。

「お母様がいらっしゃるんですか」

「そうなんです。耳が遠くなって」

靴を脱いだみち恵は、ちょっとお待ちください、と断ってドアをあけて中に入っていった。

あのね、お客さんだから、ちょっとこのアンパン食べて、もう少し待ってて、そんなふうな声が聞こえた。母の部屋から出てきたみち恵にあらためて頭を下げた。

「お忙しい時間帯に、本当に申し訳ありません。じつは、門田芳男さんのことでうかがいました」

　みち恵は、ややはれぼったいまぶたの目を見開いた。


　リビングに通され、かなり使い込んだテーブルの椅子に座った。

「どうぞ」コップに麦茶を注がれた。

「すぐ帰りますのでおかまいなく」

　どう切りだそうか、ここへ来るまでずいぶん迷った。なにか方便を考えていいくるめようかとも思った。しかし、道義的にどうというより、自分にその才能はないとあきらめた。正直に打ち明けるしかない。

「あの、これつまらないものですが」駅ビルの洋菓子店で買った手土産を渡す。

「あら、すみません」短く礼を言ってそのままテーブルのはしに置いた。「あの人、やっぱりなにかやったんですか」

　みち恵のほうから質問してきた。おかげで本題に入りやすい。

「やっぱりというと、お心当たりでも？」

　警戒したのか、「いえ」とくちごもった。

「ならば単刀直入にうかがいますが、門田さんがいまどこにいらっしゃるか、ご存じあり

か。

もっともな疑問だ。だが、さすがに委任状のことは話せない。うまくぼかせないだろうか。

「その前に、わたしのことはどうやって調べたんですか」

ませんか」

「芳男さんはある事件にかかわっているのではないかと思われます」

「事件ですか」眉間《みけん》にしわが寄った。

「はい。しかしわたしはただの弁護士で、捜査権というものがありません。個人的に調べています。門田さんのことは仕事関係の方からうかがいました。わたしの質問にお応えいただけなくても、あとでなにか不利になるとか、そういう問題はありません。帰れと言われればすぐに引き揚げます」

話をはぐらかしたのに、眉根《まゆね》を寄せて真剣に聞いている。根が真面目な人なのだと思った。

「わかりました。それで、なんの事件ですか。あの人がなにをやったのか知りませんが、わたし、ほんとになにも知らないんです」

不安と多少の腹立ちがまじっているようだ。

「安心してください。浜田さんにご迷惑がかかることはまったくありません。いまどこにいるか、ご存じなければこれで失礼します」

「わたし、だからいやだったんです」

「は？」

「あんなものあずかるのが」

「なにをあずかったんでしょう」

「あのことで来たんじゃないのですか。でも、このあいだあの女の人に渡しました」

なにを言っているのかよくわからない。気分を落ち着かせて、根気よく聞き出さなければならない。

「なんという名の女性に、なにを渡されたんですか」

みち恵は自分のマグカップに注いだ麦茶をごくごくと飲んだ。

「山田《やまだ》とかいう女の人です。二週間ぐらい前かしら。あの人――別れた夫にあずかった絵です」

つい最近だ。二週間前といえば、達也が公判で爆弾発言をする直前ということになる。

「どんな絵ですか」こちらも少し興奮気味になる。

作者も題名も知らないが、なにかの複製画らしい。

「でも、複製画なんて高級なもんじゃなくて、たぶんカレンダーの下半分を切り落としただけですよ」

「あずかったのはいつですか？」

「三年前なんです」

こちらは最近のことではないらしい。安っぽい額に入った印刷の絵を渡して、こんなふうに言ったそうだ。

〈この絵をあずかって欲しい。もし誰かおれの知り合いだっていう人間が来て、『なにかあずかってないか』と聞いたら、少し渋ってから、できれば金をくれとかなんとか言って、この絵を渡してくれ。ちゃんと借用書も書いてもらってくれ〉

「で、そのとおりにしたんですね」

「ええまあ。そのとおり言ったんですけど、安っぽい菓子折ひとつ持ってきただけで——あ、ごめんなさいね、嫌みじゃないの。お金はくれなかったですよ」

「続けて質問ですみませんが、その山田という女性は太っていませんでしたか」

「太ってました。すごく胸が大きくてすれた感じの女。灰皿もないのに煙草吸おうとするから、すみません母が喘息《ぜんそく》でって言ってやりました。すごく憎々しげな顔してましたよ。ああいうタイプって、なんていうか……」

山田と名乗った女は、道子のようだ。縛られ拷問されなかっただけ幸運だったかもしれない。

「その絵にはなにか変わったところがありましたか」

「変わったところはなかったんですけど、その女は受け取るなり額を裏返して、裏板をはずしたんです。そこに厚みのある封筒みたいなものがテープで貼りつけてありましたよ。『ああ、これだこれだ』って喜んでました」

それがなにかわからないが、道子の手に渡ってしまった。門田から道子へ進んで渡したのか、あるいは奪い取りに来たのか。

「中に入っていたのがどんなものだったか、わかりませんか」

「さあ、封筒に入っていたし、すぐにバッグにしまっちゃいましたから。でもね、ひどいと思いません？　その女、帰る途中で角のゴミ捨て場にその絵を放り出していったんですよ。回収車が行ったあとだし、だいたいその日はペットボトルの日だったから……」

警戒が解けたのか、聞きもしないことまでしゃべりはじめた。

「あのう、芳男さんからあずかったものはそれだけですか」

軽い気持ちでたずねてみた。みち恵は再び警戒心を見せて、圭輔をじっと見た。

「弁護士さん、もう一回身分証かなにか見せてもらっていいですか」

もう一回と言われてもまだ見せていない。

「残念ながら、弁護士の身分証というのはないんです。これが身分証がわりです」

上着の襟につけた金色のひまわりのバッジ、『弁護士記章』を見せた。

「もし、ご不審でしたら、さきほどの名刺の事務所にご連絡いただければ、あるいは弁護士会に照会していただいてもけっこうです」

いいえ、と手を小さく振った。

「信用します。――ちょっと待ってください」

腹立たしげな口調でそう言うと、みち恵は奥へ引っ込んだ。

どこかの部屋でがたがたとふすまを開け閉めする音が聞こえる。なにごとがはじまったのだろうと思っていると、一辺が二十センチほどの四角いものを持って来た。ほこりをかぶっているらしく、顔をしかめている。

「あの人にこれを返してください。こんなもの迷惑なだけなんです」やはり怒っている。

「それはなんですか」

おそるおそるのぞきこんだ。なんとなく想像がつくが、まさかと思う。

「お骨ですよ。あの人の母親のお骨なんです。絵と一緒に持ってきて、こっちもちょっとだけあずかってくれって頼まれて、それっきりなんです。すぐに取りに来るからってむりやり置いていって。お義母《かあ》さんとは、わたしもちょっとだけ一緒に暮らしたことがあって粗末にもできなくて。――ほんというと、母の見舞いだとかいってちょっとばかり包まれたんです。ほんとに、ほんのちょっとですよ。それで断れなくて、あんな金受け取らなきゃよかった。弁護士さん、あの人にこれ返しておいてもらえませんか。だいたい離婚して十五年も経つのに……」

断ることもできる。しかし、みち恵の境遇に同情もした。しかたがないので、あずかって、のちにしかるべく処理することにした。寿人にまた笑われるだろう。

「骨壺《つぼ》は隠しておけと言いませんでしたか」

「誰か来たら、絵のことだけ言って骨壺のことはしゃべるなって」

「しゃべるなって言ったんですね」

興奮が戻ってきた。みち恵は憮然《ぶぜん》とした表情でうなずいた。

「わかりました。おあずかりして、門田さんに返せそうなら返します。無理でしたら、しかるべく処理します。その際はちょっと手続きが必要になるかもしれません」

「なるたけ面倒のないようにお願いします。だいたいうちの納戸は方角からして……」

みち恵の愚痴を聞きながら、また骨壺が増えたな、と不謹慎なことを考えた。


どこかのブティックの紙袋に入れてもらったが、落としては大変なので、両手で抱えるようにして持った。自分のバッグはストラップで肩にかける。

中が気になるが、さすがに骨壺では、電柱の陰でふたをあけてみるわけにはいかない。網棚にあげるのも不安で、電車の中ではずっと膝《ひざ》に載せていた。

処分に困るものをあずかってしまったという後悔が三割、額絵と一緒に持ってきたのなら、そして内緒にしろと言ったのなら当然事情があるはずだという期待が七割ほどだろうか。

帰宅してすぐ、途中で買ってきたビニールシートを、部屋の床に広げた。意外に重い桐の箱を紙袋から出し、さらに中から白い陶器の壺を持ち上げた。薄手の手袋をはめた両手をあわせてから、そっとふたをあける。

一番上には、頭蓋《ずがい》のてっぺんがおわんのように伏せてあった。もう一度黙禱《もくとう》して、それもはぐる。比較的細い骨が重なり合って詰められている。上のほうから何本か取り出して、シートの上に置く。懐中電灯で照らしてみるが、別段かわった物は入っていない。

思い込みすぎだったろうか――。

意気込んでいた熱が引いていく。他人になにかをあずけるとき、骨壺はいいアイデアだと思った。普通の木箱ならつい捨ててしまうが、骨壺をゴミの日に出せる人間はそういないだろう。そう考えたのだが、的外れだったかもしれない。

骨の半分ほどを取り出してしまってから、想像の膨らませすぎだったかと落胆しかけたとき、底のほうに不自然な形の骨がいくつかあるのを見つけた。

名刺の箱の半分ほどのものが三つある。そっと指先を伸ばしてつまみ上げる。骨ではない。それは、紙粘土の塊だった。乾燥してかちかちに固まっている。振ると二つは中でカチカチと音がした。

どくんと胸が跳ねた。過呼吸にならないように、一度息をとめて、気分が静まるのを待った。

遺骨を丁寧に壺にもどし、発見した物を机の上に載せた。細心の注意を払って粘土を割っていくと、音がしたふたつからはビニール袋に入ったマイクロカセットのテープが出てきた。もうひとつは、同じくビニール袋に入った毛髪だ。数えてみると九本。急いでルーペを探し、のぞいてみる。引き抜いたらしく、ハサミで切り取ったものではなさそうだ。

落ち着け、落ち着け――。

マイクロカセットを再生する機材が必要だ。肇がまだ帰宅していないので美佐緒に持っていないかとたずねた。

「あったかもしれない」

筆の書斎でごそごそやっていたが、「これでいいのかな」とビニールレザーのケースに入ったマイクロカセットの機器を持って出て来た。みれば、状態は良さそうだ。

部屋に戻って、慎重にテープを入れ、再生ボタンを押した。

28

「さてそれでは、もう一度、ここまでにわかっていること、まだわからないことを整理してみよう」

寿人が両手をこすりあわせた。

公民館分館の集会室を借りて、いわば作戦会議を開くことにした。圭輔が浜田みち恵の家をたずねてから、二日経っている。

部屋の中では資料を広げるのに狭いし、ファミレスの円テーブルで話せるような内容ではない。ここなら、ホワイトボードつきで午前中の三時間、たった二百円で借りられる。

寿人が、ホワイトボードを縦線で三つに分割し、左から順に《判明していること》《推測》《謎》と見出しをつけた。

「十二年前から、順を追っていこう」

圭輔が軽く挙手で応じて発言した。

「秀秋は、道子の浮気に気づいていたらしい。そればかりか、ここで口にするのがちょっとはばかられるような関係について圭輔少年と話したあと、ふいにいなくなった。十二年前の四月のことだ」

寿人が、自分自身の考えをまとめるように、語りながら要点を箇条書きにしていく。

寿人がうなずき、左はしに《道子、門田、十二年前にすでに愛人》と書いた。

「門田芳男は道子と愛人関係にあった。これはほぼ事実とみていい」

さすがの寿人もめずらしく言葉を濁した。

「そして二年前、群馬の山中で身元不明の白骨死体が見つかった。推定死亡時期や、身体的ないくつかの特徴から、これが秀秋の遺体である可能性が高い。今は推測だが、いずれ捜査が進めば、DNA鑑定で証明されるはずだ。そして、遺体のすぐそばから圭輔少年の父親が紛失したものに非常によく似たナイフが発見された。さらに、圭輔少年は、秀秋が行方不明になる少し前に、達也が道子に対して『ダムとかどうかな』と発言したのを聞いている。前後の会話からすると、殺人、死体遺棄の相談であった可能性がある。また、群馬県は道子の出身地だから、土地鑑があった可能性がある。

これが秀秋の遺体であり、死体遺棄に道子と達也がかかわっていたと仮定する。当時、道子と達也だけでは死体を現地まで運ぶことはできなかった。秘密を共有できて、車の運転ができ、そこそこに力のある人間が必要だった。すぐに浮かぶのは愛人の門田だ。

さてと、ここまでは、ほんの数日前までは想像の域を超えなかった。しかし、奥山弁護士の働きで、決定的な証拠を入手できた」

寿人がICレコーダーの再生ボタンを押した。なんど聞いても不気味なやりとりが流れ出る。真夏の白昼、公民館の集会室にいることを忘れさせるような会話だ。

会話が終わりしばらく無音が続いたところで、寿人がようやく停止ボタンを押した。

「何度聞いてもすごいな」

磁気テープは、長年メンテナンスせずにいると再生できなくなると聞いたことがある。しかし、保存状態のせいか、日本製品のクオリティが高かったのか、多少荒れてはいるが、ほとんど問題なく聞き取ることができた。声がこもって聞こえたり、ときどき雑音できとれなくなったりするのは、録音時にレコーダーをバッグにでも入れていたせいだろう。

門田がいつも肩から提げていた、少しくたびれた革製のショルダーバッグを思い出した。

これを最初に聞いた直後、圭輔は仕事でも使っているICレコーダーにダビングした。寿人も同じことをしたうえに、オリジナルテープは一緒にあった毛髪とともに、萱沼氏の事務所の金庫に保管したそうだ。もはや、達也や道子が脅しや盗みで奪い返すことは不可能だろう。

「さて、秀秋の身になにが起きたのかは、これでだいたいわかった。霧に包まれているのはこの先だ」

まず門田に関してだが、もともと荒れた生活がたたって、肝臓を悪くしていた。赤茶色の顔色をしていたという証言もある。そして事件の約ひと月前に『体調が悪いので仕事は』と新たな仕事を断って、報酬の残金を現金で受け取った。その後誰も門田を見ていない。門田のポストに旅行会社のＤＭが複数届いていた――」

ここで寿人がああそうだ、と話題を変えた。

「事件の本質にあまり関係ないので報告し忘れていた。門田が行った先は、東南アジアだと思う。具体的にはタイじゃないかと思う」

「どうしてわかる？」

「部屋にこれがあった」

寿人が掲げたのは文庫本で、タイトルは『流離《りゅうり》の果て』となっていた。

「著者はルポライターだ。中身は実話の取材をもとにした小説。リストラされて妻とも離婚した中年の男が、一年間肉体労働で稼いだ金で東南アジアに行く話だ。現地でお大尽暮らしをするつもりが、すぐに金が底をつき、結局日雇いの仕事で糊口《ここう》をしのぐようになる。門田は、主人公に自己投影していたかもしれない。繰り返し読んだあとがあるし、タイの都市部の記載には傍線が引いてある。部屋の中には、ほかに犯行を示唆するものはなかったけど、これだけぽつんと置いてあった」

「ぽつんとはいいけど、どうやって門田の部屋に入った？」

「あのタイプの鍵《かぎ》は、三十秒もあれば開けられる」

「おいおい、かんべんしてくれよ。そこまでいったら、完全に――なんだ、嘘か」

寿人が笑いをこらえながら説明する。

「きみがお堅いからからかってみた。大家さんに頼んだよ。さすがに現行犯で捕まったら、しばらく活動停止になるからね。少し大ぶりな手土産と、病気で伏せっている門田の別れた妻の話で、鍵は開いた。みやげ八割、泣きが二割だ」

ふんと鼻を鳴らす気配がしたので、勇気を振り絞ってそちらを見た。

少し離れた椅子に座って、ずっと黙って聞いていた紗弓がもらしたのだ。

「紗弓さん、ここまで聞いていてどう？」屈託ない調子で寿人が声をかけた。

「どうもこうもない。全部あんたたちの想像でしょ。だいたい、諸田さんが話があるっていうから来たのに、なんでそいつがいるのさ」

紗弓が、圭輔にいつもと変わらぬきつい視線を向けた。

「そんなに怖い顔しないで、シュークリームよかったらどうぞ。美佐緒さんお薦めなんだ」

「いらない。それより、こんなの声だけじゃわからないでしょ」

録音テープのことを言っている。すぐには信じられないのも無理はない。

「いまは、声紋がかなり正確に分析できる。証明できると思うよ」

「だったら、証明してから話を持ってきてよ」

「すみません。とりあえず先に進みます」

頭を下げた寿人が、説明を再開する。

「門田の行方はひとまずおきます。達也が強盗致死の実行犯でないことは、例の生中継の存在で証明されています。では、真犯人は誰か。まったくぼくたちの知らない人物である可能性もあります。しかし、達也を陥れる証拠があれだけ用意されていたということは、内部の事情を知っていて、達也をよく知る人物である可能性が高い。該当するのは、いまのところ門田しか見当たりません。以後は門田の犯行と仮定して話を進めます。

門田は数年前から下請け業者として丸岡運輸に出入りしていた。そして、月末には百万円近い現金が一夜だけ金庫に保管されること、にもかかわらずセキュリティが驚くほど甘いことを知った。その上で達也を誘ったとみるのが合理的です。まったくの偶然で達也が加担してきたと考えるのには無理がある。達也が雇われたあとに門田とは面識がないように装っていたことは、ふたりの間になにか企てがあったことを物語っていると考えるべきです。

さて、門田は達也を仲間にするつもりで呼んだのでしょうが、なぜか事情が変わった。取り分でもめたのか、達也が信用できなくなったのか、あるいは、はじめからそのつもりだったのか。とにかく、門田ひとりで犯行に及んだ。

さて、門田は犯行後、その金の大部分を持って、どこかに逃げた。ぼくは、さっきも言ったようにビザやパスポートを用意しておいて東南アジアへ飛んだと思ってますが、登別《のぼりべつ》温泉であっても事件の本質には関係ありません。そして『自分の身代わりになれ』と、道子と達也を脅した。脅した材料はさきほどのテープ。それに、一緒にあった毛髪。これは十二年前に門田がこっそり抜いたんでしょう。ＤＮＡ鑑定を行って秀秋の髪の毛だと判明すれば、かなり重大な証拠となる。貸金庫など借りることのできない門田は、別れた妻の浜田みち恵さんに、三年前にあずけた。それ以前は親のところだったかもしれません。門田の母親が三年前に亡くなっています。――はいはい、また少しインチキして調べました。門ところで、先日道子らしき女性が浜田さん宅を訪れ、これをひと組回収していった。しかし、門田もまんざらの馬鹿ではなくて、予備をつくっておいた。その骨壺《つぼ》を、我らが弁護士先生が高等戦術を使って持ち帰った」

「正確には、押しつけられたというほうが近いんだけど」

紗弓はくすりともしない。寿人が肩をすくめて続ける。

「そこでぼくらが知りたいのは、なぜいまになって道子は証拠のありかを知ることができたのか。つぎに、門田はいまどうしているのか。そしてなにより、達也はこのあとどうするつもりなのか、ということです」

寿人が発言を促すように、紗弓を見ている。しかし紗弓は口を開かない。

「紗弓さん。あなたは道子の店で働いていますね。あの店の二階は住居になっている。なにか、気づいたことはありませんか」

ここで圭輔は、ずっと気になっていたことをぶつけてみた。

「紗弓さんとはじめて会った日の夜、ぼくは道子さんのスナックを訪ねました。帰り際、二階の住居のライトは落ちていましたが、テレビがついているらしくチカチカと明かりが漏れていました。あそこに、誰かいたのではありませんか」

紗弓は無反応だ。寿人が説得を続ける。

「さっきのテープを聴いたよね。達也は恐ろしい男だ。つぎに犠牲になるのはきみかもしれない。達也のことでなにか知っていたらなんでもいいから教えて欲しい」

「話は終わったの？」紗弓が乾いた声で言った。

それまで穏やかだった寿人の表情が少し険しくなった。

「終わってない。どうしてもいやなら話してくれなくていい。そのかわり約束してくれ。明日、達也が保釈されるそうだ。だけど、会ってはいけない。彼の留守中、おれたちがきみに接触しなかったか聞いてくるだろう。きみが何を見、なにを知っているのか知りたがるはずだ。正直に話したら、こんどはきみが危険だ。大げさな話じゃない。達也がひとこと、あいつ邪魔だと言えば、道子がなにをするかわからない。致死性のある農薬を、いまだに持っている可能性もある。美果さんばかりか、きみまで達也の餌食にさせるわけにいかない。行く先のあてがみつかるまで、短期間なら奥山君が世話になってる家に……」

「よけいなお世話。道子さんとはうまくやってる。それに、そいつがいる家に行くなんて絶対断る」

圭輔を睨《にら》みながら立ち上がった紗弓に、寿人がさらに声をかける。

「ふたりに心を許すな。背中を向けるな。なにも口にするな」

一旦《いったん》はふりむいた紗弓が、寿人と圭輔を交互に見て、無言のまま出ていった。

「説得できなかったね」ドアが閉まるなり、圭輔が言った。

「そんなことはない」寿人は満足そうだ。「彼女の目を見ただろ。心は揺れていた」

しゃべりつかれたのか、寿人は椅子に座って天井をあおぎ、ペットボトルのお茶を飲みはじめた。しばらくそうしていて、ぼそっとつぶやいた。

「弁護士なら、コウリョシボウニン、って知ってるよな」

行旅死亡人のことだろう。身元不明の、いわゆる〝行き倒れ〟のことだ。

「それがなにか」

「さっきの小説の主人公は、結局タイで行旅死亡人となるんだ。流離の果てにね」

29

〈こっちからも連絡しようと思ってた。圭ちゃんとは、これからも長い付き合いになるからな〉

達也と連絡がとれたのは、彼が保釈になってから二週間ほどたってからだった。二度ほど道子に電話をして、折り返して欲しいと頼んだのだが、なしのつぶてだった。それがどういう気まぐれか、突然向こうから電話がかかってきた。背後の音から察するに、道子のスナックにいるらしい。

数ヵ月の禁欲生活の反動で、ずっと遊び回っていたのかもしれない。

「会って話したいことがある」と切り出すと、〈こっちもだ〉という答えが返ってきた。

もう仕切り板はないのだと考えただけで、息苦しくなる。達也という存在に対する嫌悪感か、これからはじまることへの緊張からなのか、自分でもよくわからなかった。

「一対一ではないほうがいいんだけど」

〈同感だね。圭ちゃんは見かけによらずカッとなりやすいからな。喧嘩《けんか》は弱いくせに〉

電話口でげらげら笑う達也に、場所に希望はあるかとたずねた。

〈そうだな、こっちで指定させてもらう。変な細工されたら困るからな〉

「わかった。場所と日時が決まったら連絡が欲しい。なるべく早めがいい」

〈いくらおれを愛してるからって、そうがっつくなよ。決まったら連絡する〉


北池袋にある中華料理店で会うことになった。

指示された部屋で待っていると、約束の時刻に五分ほど遅れて、達也、道子、紗弓の順に入ってきた。

達也は、圭輔たちの顔を見るなり、屈託のない笑顔を向けた。

「よう、圭ちゃん。裁判のときは世話になったな。諸田、久しぶりだな腰抜け青年」

「裁判は楽しませてもらったよ」

寿人が明るい口調で切り返す。

道子は、見たことがないほどの仏頂面をしており、紗弓は反対にまったくの無表情だった。先日の会合のことを達也に報告していないだろうか、それが気になる。

「おれが留守中にサユちゃんに会ったらしいね。美果さんを襲わせたのはおれだとか、嘘っぱち並べたそうじゃないの」

紗弓が圭輔を睨みながらうなずいている。やはり、筒抜けだ。しかしこの感じでは、圭輔たちがテープと毛髪を入手したことは話してないらしい。それは賢明だったと少し安心する。寿人が言うように、心は揺れているのかもしれない。

「ここ、サユちゃんの知り合いが働いている店なんだそうだ」達也は満足そうだ。

個室だった。七人掛けの円卓に五人が座った。圭輔の左隣に寿人、ひとつおいて道子、そして達也と紗弓が並んでいる。紗弓と圭輔のあいだも空席だ。適度な距離があって、圭輔はほっとしていた。

達也と道子が、さっそく煙草を取り出した。

「さてと、じゃあサユちゃん、はじめてもらってよ」

紗弓が内線電話で連絡を入れると、すぐにワゴンでビールや前菜が運ばれてきた。のりのきいた制服を着た中年の女性が、手際よくセットしていく。

ピルスナーグラスにビールが注がれるなり、いきなり達也が口をつけた。たしかに、乾杯する雰囲気でも顔ぶれでもなかった。

「くはー、うめえな。やっぱ娑婆《しゃば》はいいよ。おお、料理もうまそうじゃん。サユちゃん、いい店知ってるじゃん」

「うん」紗弓が抑揚もなく応える。

達也は「うまそうじゃん」と言ったきり、いくつか並んだ前菜に手を出そうとしない。道子もこちらを睨んだまま料理に手をつけない。しばらく誰も動かず、圭輔のつばを飲む音が響いた。

「じゃ、遠慮なくいただきます」

沈黙を破った寿人が箸《はし》を伸ばし、ひととおり自分の取り皿によそった。

「ほんとだ、おいしそうだな」

寿人が手にした皿を、脇から圭輔がひったくるように奪った。

「おい、なにする……」

驚く寿人を無視して、圭輔は皿に載っていた料理を一気にかき込んだ。牛肉とあげたピーナッツ、青菜、それにピータンが口の中で混じりあった。

無表情なままの紗弓を見ながら咀嚼《そしゃく》する。ゆっくり飲みくだしたが、なにも起こらない。胃が少し重たいのは、単に気のせいだろう。

達也がくくくと笑った。

「毒なんか入ってないって。さあ、食べようぜ」自分の箸を皿に伸ばした。

「どこから話を始めましょうか」

紗弓以外の全員が軽く料理を口にしたところで、寿人は箸を置き、両手をこすり合わせた。興が乗ってきたときの癖だ。

達也が、まってくれ、と水を差した。

「その前に、紹興酒もらってくれ。それから最初に言っとくけど、ここの代金はそっちもちだぜ」

「もちろん、そのつもりです」寿人がうなずく。

「録音とかしてないだろうね」ビールをあおりながら、道子が睨む。

「もちろん」寿人が両手のひらを上に向けた。「身体検査しますか」

「しよう、しよう」

達也が椅子を鳴らしたと思ったら、次の瞬間には寿人の後ろに立っていた。

「立て」低く落ち着いた声で命じる。

寿人の体をぱたぱた叩《たた》いていた達也は、「おやおや」と言いながら、麻のジャケットのポケットに手を入れた。

「なんだこりゃ」

つまんだポータブルレコーダーをテーブルに転がした。

「油断なりませんね」

「録音はしてない。スイッチが入っていないだろ。商売道具だから持ち歩いてるだけだ」

達也は、ほかにはない、という寿人のことばに耳を貸さず、寿人の持ち物や、圭輔の身体とブリーフケースも詳しく調べた。

「なさそうだな。それと、携帯も電源を切ってテーブルに載せておけ」

達也の命令に素直に従った。ここでもめていては先に進まない。

「よし、つづけよう」達也がグラスに残ったビールを一気にあおった。

「それでは、さっそく今夜の議題ですが、いくつかあります」寿人が司会をする形になった。

「まずは、秀秋さんが行方不明になった事件からいきましょうか」

道子も達也も寿人の進行を無視して、この料理がおいしいよなどと箸でつついたりしている。寿人は気にしたようすもなく、続ける。

「二年前の夏、群馬県某所で大雨が降って、土砂崩れが起きました。このとき、土中から白骨死体が出てきて、ちょっとしたニュースになりました。ただし、身元がわからなかったので、すぐに忘れ去られました。結論から言うと、この白骨死体は浅沼秀秋さんだと考えています」

「つまんないこと考えるね」達也が料理をくちゃくちゃ噛《か》みながら言う。

「秀秋さんは、十二年前にあなたがたが殺してあそこへ埋めたんです。証拠もあります」

「証拠？」ようやく口を開いた道子が、眉根《まゆね》をよせて寿人を睨《にら》んだ。

達也はくわえ煙草で、空にしたビアグラスに紹興酒をどぼどぼと注いだ。

「これが第一の証拠です」

寿人がブルーメタリックのツールナイフの写真を見せた。

「裁判ではないので、この場で裏付けの話はしません。いずれ必要となれば、警察がやってくれるでしょう。――それから、十二年前も今回も、門田芳男という人物が大きな役割を果たしています。道子さんの愛人であった男です」

門田の名が出たとき、道子があきらかに驚いた顔をした。

「ようやく反応していただけましたね。門田芳男、ご存じですね」

「知らないね」道子は横を向いて酢豚の肉片をかじった。

寿人が肩をすくめて話を進める。

十二年前、秀秋と圭輔の間で交わされた会話のこと、その直後に秀秋が失踪《しっそう》したこと、さらに、門田に頼んで三人で群馬まで運んで死体を埋めたようす、などの推理を淡々と語る。

門田がこのときのやりとりを録音し、テープをひそかに隠し持っていたことに触れると道子が反応した。

「あんまりつくり話ばっかりするなら帰るよ」

憮然《ぶぜん》とした表情で言い放ち、達也の真似をして、空になったビアグラスに紹興酒を注いだ。寿人は、まあまあ、となだめる。

「もう少し話を聞いてください。――奥山先生、よろしく」

寿人に合図され、圭輔はさっき達也がテーブルにほうり出したＩＣレコーダーを手に取った。

「これは、録音するために持ってきたのではありません。再生してお聞かせするためです」

達也は平然とした顔をしているが、道子の不機嫌さは極限に達していそうだ。寿人が続ける。

「道子さんはご存じだと思いますが、門田には少しだけ変わった趣味がありました。あの、ときの声を録音するんです。意味わかりますよね」

誰も返事もうなずきもしない。

「いつもショルダーバッグにでも入れて、録音機を持ち歩いていたんでしょうね」

道子の目が細くなる。

「門田は、臆病《おくびょう》でマメな性格だったようです。純情なぼくなんか赤面してしまうような濃厚な会話以外にも、いくつか重要な場面のやりとりを録音しています。古いものは十年以上経っているので多少音が割れています。ところどころ不鮮明ですが、内容は理解できます。あたりはばからない男女の愛の雄叫びも聞きごたえあるのですが、それはまたの機会にして、いまはこれを聞いてください。道子さんが入手したものと同じかどうか」

合図を受けて、圭輔は《再生》ボタンを押した。頭出しは済ませてある。

〈――でもさあ、なんでやっちゃったのさ。殺すことはなかったんじゃ……の〉

これは門田の声だと証言がとれている。

〈そんなこと、いま……いいでしょ〉道子の声だ。

何度も聞き返したが、背後の音はほとんどしない。風が葉をゆらすような音がわずかに聞こえるのと、もう少しあとで、遠くで鳴くフクロウらしき声がかぶさるだけだ。

〈わけぐらい教えて……っていいだろ。こうやって、手間賃もなしで死体を埋めるの手伝ってるんだから〉

〈こいつが、蹴飛《けと》ばしてきやがった……よ〉少年達也の声だ。〈道子とやってる現場、見つかってよ。てめえは……くせに〉

くっくっという音がしばらく続くのは、達也が笑っているらしい。

〈ばか、そんなこと言うんじゃないよ〉道子の声が割り込む。

〈いいじゃんか。ねえ、カドさんだって知ってただろ〉

〈まあなあ、うすうす……ついてたよ。道子ちゃんがあのとき、たまに『タツヤ』って叫ぶからな。へへ、あんたら……だろう。よくやるよ〉

達也がゲラゲラ笑っている。

〈だけどよ、蹴られたからって殺したのか〉門田のあきれたような声だ。

〈殴るし、蹴るし、ひでえ……あのクソオヤジ。ずっと前からだぜ。もっと早くやっときゃよかった。――このくそ野郎〉

〈おいおい、親の死体にそんなことするなよ。するとあれか、達ぼうが手を押さえて、道《み》っちゃんが首を絞めたのか。なんだか想像すると地獄……ってやつだな〉

〈ちょっとあんた、根掘り葉掘り聞いて、まさかサツにチクったり……だろね〉

〈するわけないだろ。こうやって群馬の××村くんだりまで来て、死体埋めるの手伝ってんだから〉

いた。


〈そんならいいけどさ〉

〈しかし、男の裸の死体ってのはきしょ……もんだね〉

〈よけいなこと言ってないで、一服終わったら——〉

寿人の合図で《停止》ボタンを押した。

再生のあいだ、誰も動かなかった。道子や達也でさえ箸《はし》もグラスも手にせず聞き入っていた。

寿人が沈黙を破る。

「いみじくも道子さんが指摘したとおり、根掘り葉掘りという感じで聞き出しています。門田は、はじめからこれを脅しの材料にするつもりだったのでしょうね。さすがの達也さんもまだ十二歳だった。まさか、録音されているとは思わなかったみたいですね。これ以外にも、死体を埋めに行く打ち合わせなんかも録音してます」

「そんなの、つくりもんでしょ。証拠になんかならないわよ」

料理を食べ過ぎたのか、道子は額に浮いた汗をおしぼりでぬぐった。

「ねえママ、これ、どういうこと？」

達也がばかにしたような口調で言う。道子に向けられた視線には、軽蔑《けいべつ》と憎しみがまじっているように感じた。

「手に入れたやつはあんたにも見せただろ。まさか、あのばかがもう一組隠してるなんて……」

「まったく、こんなことも満足にできねえんだもんな」

達也は新しい煙草に火をつけ、寿人のほうを向いた。

「なんのことだか、ぜんぜんわかりませんね。腰抜け先生」

寿人が片方の眉《まゆ》をあげた。

「さっきも言いましたが、あとあと証拠能力が必要になれば、警察にまかせましょう。次に、丸岡運輸事件の実行犯についてです。――あっと、道子さん。途中で席を立たれると、テープの複製をマスコミに渡しますよ。もちろん、愛の雄叫びも含めて。あの裁判劇はまだ記憶に新しい。いまなら各社とびついてくるはずです」

道子は激しい憎悪の表情を浮かべ、椅子が壊れそうな勢いで尻《しり》を戻した。

寿人は、丸岡運輸の内情を知る門田が、強盗を企《たくら》み、達也に声をかけたのだろうと話した。

「だけど、それは一緒に襲って金を山分けするためではなかった」

門田は、達也のトレードマークにもなっている派手なニット帽を盗み、ダウンもどこかで手に入れ、達也になりすますことにした。丸岡運輸に忍び込んで本間保光を襲い、金庫から九十数万円を盗み出した。

「防犯カメラは避けたけど、近所の人にほどよく記憶してもらうために、わざと乱暴に門の音を立てた。向かいの家の女性がカーテンをあけるのが見えた。狙いどおりです。そのあと、夜中のうちに証拠物件を達也さんのアパートに置いたり埋めたりした。

それでもって逃避行の前に電話をしてきた。『達也が身代わりになってくれ。どうせ自分の命はそう長くないから、最後にこの金で遊びまわる。それまで邪魔が入らないよう、達也がすぐに身代わりで捕まってくれ。そうしないと、例の録音を公開する』とかなんとか。これが門田の立てた計画だった。

ちくしょうと思ったが、そんなにすぐ録音テープを探すことはできない。それに、さいわい裏動画のネット中継という最強のアリバイがあった。ここはひとまずいいなりになることにした。

ただし、門田は知っていたかどうかわかりませんが、秀秋さん殺害のとき、達也さんは十二歳です。刑事罰には問えません。それでも、達也さんは道子さんをかばうために犠牲になる道を選んだ。この時代に、麗しき親子愛です」

ふたたび沈黙があった。じゃあなんで、と道子が言った。

「なんで、いまさら裁判で無罪を証明したのさ」

「門田が戻ってきたからです。門田には旅先で自殺する勇気がなかった。金を使い果たし、のこのこ日本に戻ってきたんです」

寿人がそこで一旦《いったん》ことばを切って、ビールを喉《のど》に流し込んだ。さすがに少し喉が渇いたのだろう。

「結局門田は病死もせず自殺もできず、日本に舞い戻った。しかし、アパートは家賃を払っていないので帰れない。それで困って道子さんに連絡をした。ばかな男です。道子さんの恐ろしさを知っていたはずなのに。やけくそだったのか、病気のせいで判断力がにぶったのか。

　道子さんに酒でも飲まされて軟禁され——もしかすると、本人は軟禁されている自覚も

なかったかもしれない——とうとう録音テープのありかを吐いた」

　達也は黙々と料理を口へ運び、紹興酒をあおっている。道子は、食べ過ぎて暑いのか、

しきりにおしぼりで汗を拭《ふ》き、紗弓は——美果の妹は、無表情を貫いている。

「さてさて、ここから先はいよいよ常人には思いもつかない企みに移ります。いいですか。

じつは、これまで門田の計画だとして説明してきたことは、すべて達也さんの計画だった

のです。

　道子さん、意味がわかりませんか？　達也さんが門田を完璧《かんぺき》に操っていたんですよ」

　圭輔は道子の表情をうかがった。動揺し始めているのがはっきり顔に表れている。

「——達也さんは、逮捕されるまえに道子さんにこう言ったのではありませんか。『門田

が向こうで死ねばいいが、おそらくすぐに金を使い果たして帰国するはずだ。そして性懲

りもなく金をせびりにくるだろう。そうしたら、酒でも飲ませて、証拠のありかを探りだ

せ。そのあと始末すればいい。ただ、おれは捕まって裁判を受けるから、あんたがひとり

でやってくれ』とでもね。使う薬物も入手済みだった。あるいは、ずっと持っていたのか

もしれません。いつかまたネズミを殺そうと思って」

　道子が達也に視線を投げた。「こいつら、なんで知ってるの」と言いたそうに見えた。

達也は知らんぷりをして、紗弓に料理をすすめている。

「最初にこの考えが浮かんだのは、達也さんがくびになるときに、ほかの社員の前で本間さんに脅迫じみた発言をしたとか、飲み屋でテレビを見ながら『おれをなめると、ああなるぞ』と笑った、などの事実を知ったときです。達也さんは、けっして大勢の前で本性を見せたり本音を語ったりしない。これは芝居くさいと思ったんです。

それに、考えてもみてください。門田のようなやけくそ気味の人間が、罪を他人になすりつけるなど、手のこんだことを考えるでしょうか。ニット帽は、盗まれたんじゃなく、達也さんみずから門田に与えたのでしょう。ダウンも同様。動画のネット上映だって偶然じゃない。犯行時刻にあわせてやったことだ。

達也さんは、もちろん門田が邪魔だった。憎んでいたと言ってもいいかもしれない。管理の甘い金庫の話なんかを教えてくれたのかもしれないが、その一方で昔のことをちらつかせて金をせびられたりしてたんじゃないですか。このさい、亡きものにしようと思った。邪魔といえば、もうひとり目障りな人間がいる。彼が小学生のころから肉体関係を強いてきた継母です。愛憎いりまじった感情であることは想像に難くありません。そこで、今回の作戦になった。門田に脅迫させ、自分は道子さんのために裁判にかけられる。だからその代償として、道子さんに門田を殺させる。そして道子さんを売る。手を汚さず、邪魔者はふたりとも消える」

「ばか言ってんじゃないわよ」

道子が箸を皿にたたきつけた。達也はテーブルに置いたスマートフォンをいじっている。

「単に殺すなら、もっと簡単な方法があったかもしれません。でも、多くの人を欺くこと、他人の人生を操り破壊することが、達也さんの生きがいです。もしかすると、自分でもコントロールできない性分なのかもしれません。今回のことは、彼にとっては大がかりなゲームだった。そうそう、奥山弁護士にも、予定どおり苦汁をなめさせることができたし、いったい一石何鳥になるんだろう」

寿人の推理では、接見禁止になった場合の連絡方法までとりきめてあったのだろうと言う。いくつか予定しているアクションを起こすタイミングがむずかしい。そこで圭輔を利用する手を思いついた。たとえば、紗弓が証人として名乗り出たなら、それが門田の身柄を確保した合図であるとか、美果の風俗店の話をしたら門田が落ちた、とかいう具合に。圭輔はばか正直にそれを達也に伝えに行った。達也が指摘したとおり、みかけによらず短気な性質を利用されたのだ。

「さて、奥山弁護士に昔のネズミ毒殺の話題を出して、パラコートという単語を印象付け、道子さんの犯行にたどりつくようにしたりなど、芸の細かいところもみせた。ゲームだといったのは、そんなところにも根拠があります。

誤算だったのは、門田が思ったより長く向こうに滞在していたことです。まさか、四ヵ月も粘るとは思わなかった。もしかすると、門田はつましい生活をしながら、本気で死ぬまで向こうにいたかったのかもしれません。達也さんがいらいらしはじめたころ、ようやく金が底をついた。このときばっかりは、やれやれと思ったでしょうか。――いえ、ぼくはこのスリルさえも楽しんでいたのではないかと思うのです」

　達也は、肯定も否定もせず、へらへらと笑っている。

「ところで、達也さんが裁判史に残る、あの強烈なアリバイ発言をして世間を騒がせる三日前、足立《あだち》区と葛飾《かつしか》区の境界あたりの荒川河川敷で、ホームレスらしき男が行き倒れになっているのがみつかりました。その場で死んだのでなく、上流から流されてきたものと思われました。とくに目立った外傷もない。身元がわかるものもない。いわゆる、行旅死亡人です。もちろん、ニュースにすらなっていません。これが、門田芳男の死体だったと考えています。

　ちょっとだけ自慢させていただくと、こんなにあっさり発表するのがもったいないぐらい、探すのに苦労しました。年間の野宿生活者の死亡数は、行政は正確な数字を発表していませんが、東京都だけで二百人とも三百人ともいわれています。ニュースバリューもないし、警察も事件にしません。官報を調べていきましたよ。ひとつひとつ、こつこつと。

　それらしきものを見つけたあとは、警察に『知人かもしれない』と届けて、形式的に残された特徴の記録も見せてもらいました。腐敗が進んでいなかったので顔色が悪かったのは判別できたようです。恰好《かっこう》はホームレスそのもの。強い酒をストレートで飲んだらしく口の中が若干荒れていた程度で、打撲や切り傷もみられない。

　門田は、道子さんが風呂《ふろ》にも入れず二週間ほど軟禁したあと、殺したんでしょうね。パラコートの入った酒を飲ませたんじゃありませんか。あらかじめ用意しておいた、たぶんどこかのホームレスさんから奪った服に着替えさせ、河川敷に運んだ。住まいから川までほんの三百メートルほどです。しかも、周囲は工業団地で夜はひとけがぐっと落ちる。多少のリスクを覚悟すれば、簡易式の車いすが一台あれば、簡単に運べます。万が一誰かに見られたときには、夜の散歩だとかなんだとかいえばいい。河川敷ならそれも不自然ではない」

「証拠は？　証拠はあるの？」道子が汗を拭きながら半ば叫んだ。

「残念ながら目撃者はいないようですし、門田の遺体は燃やされてしまったので、証拠はありません。いまのはまったくの推論です」

「おれには、なんのことだかさっぱりわからない」

さすがに食い過ぎたのか、達也が上半身をのけぞらせて腹をさすっている。思い出したように煙草に火をつけ、深々と吸い込んだ。

「なあ、おふくろ。ほんとにそんなことやったのか？　あの瓶は毒だから、酒に混ぜて人に飲ませたりしちゃだめだって言っただろ」煙を吐きながら、あきれたように言う。

ことばがでない道子にかわって、圭輔が続ける。

「達也さんはネズミでためしたりして、パラコートの毒性をよく知っていた。しかし、肝心なことを道子さんに言いませんでしたね。それもわざと。パラコートを飲めば、静かにおとなしくなんか死にません。七転八倒、苦しんで吐いて下痢をして死に至ります。部屋で飲ませたとしたら、とんでもないありさまになったはずです」

道子が、さっと紗弓を睨《にら》みつけた。

「紗弓さんから聞いたわけじゃありません。当然の帰結ですよ。ところで、そんな仕末になれば、どう掃除しても警察が調べれば痕跡《こんせき》は見つかるでしょう。達也さんはそこまで計算していた。——聞くところによると、道子さんは昔から掃除が苦手だったそうですね。死体を捨てに行ったあとで、誰かに部屋の掃除の手伝いを頼んだんじゃありませんか。たとえば、紗弓さんとか」

「まったく、ばかにしてるよ」道子が立ちあがった。

「もう少し聞きましょうよ」

みなの視線が、その声の主に集まった。

この部屋に入ってはじめての、紗弓の意味のある発言だった。

「客の酔っ払いが吐いたとかママに言われて、あの部屋の汚物はほとんどあたしがきれいにしたんだし。どうりで臭い部屋だと思った」

部屋の中から音が消えた。しかし、すぐに達也の声が響いた。

「おいおい、まさかサユちゃんまで協力したのかよ。おれがいない間に」

「とぼけないで」

紗弓が、腕に置かれた達也の手を払いのけた。真っ赤な目をして達也を睨んでいる。

「あたし、ばかだった。あんたの言うことを簡単に信用した。お姉ちゃんも親もなにも話してくれなかったし、あんたがしゃべった話のつじつまがあってたから疑いもしなかった。それは、あんたがひとをだます天才だったからって、ようやくわかった」

「何わかってんだよ」達也の目がきつくなった。「こいつらが言ってることこそ、嘘っぱちだって」

「親子であんなことするなんて、気持ち悪い」

「いま、それは関係ねえだろ」

「同窓会に出たんだ」

「なんだって？」達也が紹興酒をあおる。「話が飛んでわけわかんねえ」

「中学の同窓会に出たんだよ。三日前にね。しつこく通知が来てたでしょ。あたし、ちょっと知りたいことがあってはじめて出席した。五年分ぐらいまとめてやるから、あんたの先輩の松田とかいう野郎に会った。お姉ちゃんのこと知ってたよ。もちろん、妹だなんて言わない。名札の苗字《みょうじ》も違うから、むこうも気がつかなかった。あたしは、松田を誘って会を途中で抜け出した。ふたりで飲み屋に入って、そういう刺激的な話に興味があるって言ったら、いい気になって、笑いながら集団で襲ったときのことを話してた。自慢げにね。だから、あたしは美果の妹だって名乗って、ビール瓶で殴ってやった。いまだに警察が来ないから、松田も訴えなかったんだろうね。でさ、その松田が殴られる前に言ってたんだ。お膳立《ぜんだ》てしたのは浅沼達也だって。『あいつも悪だったよな、おびき出しただけなのに、おれたちから金とるんだもんな。一回につき……、いっかい……』だめだ。あたしの口からは言えないよ。殺してやりたい」

少しの時間、紗弓のすすり泣く声だけが聞こえた。

達也が肩をすくめて、おいおい、と言った。

「ちょっと待てよ。なにわけわかんないこと言ってんだ」

紗弓は達也を無視して、ぬれた目で道子を睨んだ。

「道子ママ、さっき寿人さんが言ったことは本当だよ」

「ばか。よけいなことを言うんじゃない」

紗弓を止めたのは、達也ではなく当の道子だった。

「道子ママ、聞いて。警察に捕まる直前、達っちゃんに『道子を見張ってろ』って言われたんだ。たぶん変なおっさんをつれてきて、二階に住まわせるはずだからって。ふだんと違う買い物を頼んだり、いつもより長く店番を頼んだりしたらそれだからって。おれは濡《ぬ》れ衣《ぎぬ》で逮捕されるけど、すぐに出てくる。それまで、いいなりになるふりをして、よく観察してろ。そうしないと、あとでもめたときに、おまえまで共犯にされるぞって。

だから、道子ママがそのおっさんを家に閉じ込めとく証拠をつかんどいたほうがいいぞとも教えてくれた。意味がよくわかんなかったけど、道子ママはいつも誰かをだまして金《かね》儲《もう》けする話ばかりしてたから、手のこんだ振りこめ詐欺かなんかだと思ってた。達っちゃんはあたしが巻き込まれないよう気をつかってくれたんだと思ってた」

「勘違いじゃねえか。おれはそんなこと言ってない。圭輔たちに吹き込まれて、信じちまったんだ」

「あたし、こっそり二階をのぞきに行ったんだよ。そして写真もとった」

スマートフォンの画面をみなのほうに見せた。アウトドア用の椅子に崩れるように座ってテレビを見ている門田が写っている。テーブルや床には焼酎《しょうちゅう》の大きなパックが転がっている。髪はぼさぼさで、パラコートを飲む前から死相が表れている。放っておいても長くなかっただろう。

「それから、燃えないゴミを頼まれたけど、捨てなかった」

こんどは、どこかの路上に広げた衣類が何点か写っている。達也の目に光が宿った。

「これ、マンションに持ち帰ってあるから」

道子の喉《のど》が、ぐっと鳴った。

「あたしのことどう思ってたか知らないけど、それほどばかじゃない。奥山圭輔のことが憎くて、『あいつを破滅させる』って言うからとりあえずいいなりになってたけど、達っちゃんのことも完全に信用してたわけじゃない。でも、あのおっさんからは金をまきあげて、家に帰したんだと思ってた。まさか、本当に殺したなんて思わなかったよ」

達也は涼しい顔で、新しい煙草に火をつけた。

「ま、どっちにしろ、おれがいないあいだのことだから、おれには関係ないけど」

「道子ママ、もう終わりだよ。全部話したほうがいいよ。あたしも証言するから」

「ありゃあ、しーらないっと」達也が立ち上がった。「オフクロ、人殺しはやばいよ。十二年前だって『じゃまだよな』って冗談で言ったら、ほんとにオヤジの首絞めたしさ。これ、ばれたら死刑じゃねえか。ねえ弁護士先生。二人殺したら死刑だよね」

呆然《ぼうぜん》とした表情の道子が、汗がべったりと浮いた額にかかった前髪を指でつまんだ。

「達也」もう一方の手で、達也の腕をつかんだ。

達也は、その指を引きはがした。

「気色悪いから触るな。やったのはあんただろ。おれをまきぞえにするんじゃねえよ」

〈なあ、いいかげん頼むよ。もったいぶるなよ〉

紗弓がかかげたスマートフォンから、突然流れてきたのは達也の声だ。録音機能を使って自分で録ったらしい。

〈――禁欲生活長くてさ、たまりまくってるし〉

〈やだよ。道子さんとすればいいでしょ〉紗弓の声。

〈冗談だろ、あんなエロばばあ。考えただけで吐きそうになる〉

〈あの人とかけもちなんてやだよ〉

〈本命はおまえだけだって。かわいがるからさ〉
二、三度似たようなやりとりのあと〈――近いうちにあいつはいなくなる。なあ、でもその前にいいだろ〉と聞こえた。
再生が終わった。圭輔は、もう道子の顔を見られなかった。

「結局、やらせてやんなかったけどね」紗弓がふっと笑った。

「くっだらねえ。おれは帰るぞ。オフクロ、そんな顔してんなよ。どうせ、こいつらの言うことはこけおどしだ」

立ち上がりかけた達也を寿人が制した。

「こっちが出て行くよ」

達也が、よけいな口出しをするなという目で睨むが、寿人は無視して続ける。

「親子でもうちょっとじっくり話し合ったほうがいいんじゃないですか。あなたがたに残された時間は少ないですよ。わたしたちはこの足で、警察に届けに行きます。今夜中の逮捕はないでしょうが、明日の朝にはさっそく事情聴取があるかもしれません」

達也はまったく顔色も変えない。

「ということらしいぜ、オフクロさん。いまのうちうまいもん食っといたほうがいいかもな」

「笑い事じゃないだろ」道子の声がかすれている。

「だって、おれ関係ないもん」

「道子さんの言うとおり、達也さんも他人事《ひとごと》じゃないと思いますよ」

さすがに少し酔ったのか、目の周囲を赤くした達也が睨《にら》むのも気にせず、寿人が続ける。

「いままでうまくやってきたからといって、ずっとうまくいくとは限らない。いつか、好き勝手をしてきた代償を払うときが来る。さすがに今回は、無傷というわけにはいかないでしょう。

それと道子さん、いまさらあわてて証拠隠滅しようとしても無駄ですよ。部屋の大掃除とかね。それよりも、達也さんがひとりで高飛びしないよう、見張ってるんですね。このままだと、すべての罪をかぶせられます。それから、もしまだ隠してあっても、パラコートには触れないように。あれは危険ですから。――それじゃあ、弁護士先生、会計をすませて帰ろうか」

圭輔は、立ち上がったところで紗弓を見た。できることなら「一緒に帰ろう」と声をかけたかった。しかし紗弓は、テーブルの一点を睨んだまま顔をあげようとしない。心の整理をつけているのかもしれない。そっとしておくのがいいのだろう。

ドアから出ていこうとしたとき、背後から達也の声が聞こえた。

「悪いけどな、会計の前に紹興酒の新しいボトル、頼んでくれるか」

振り返った圭輔は、十二年前も再会してからも、あっさり否定されることが怖くて、どうしても切り出せなかった疑問を、にやにやしている達也にぶつけた。

「十二年前のあの夜、おまえがわざとクッションに煙草の灰を落としたんじゃないのか」

達也はそれには答えず、楽しくてしかたないという声をあげて笑った。

寿人に肩を叩かれ、まだ続く笑い声に背を向けた。

『誰も寝てはならぬ』の有名なフレーズがオルゴールで鳴っている。

六時半にセットしたスマートフォンのアラームだ。

手さぐりでスヌーズにしたが、痺《しび》れたような頭の芯《しん》では、そろそろ起きなければいけないとわかっている。

中華料理店で達也たちと対決したあと、寿人と警察署に寄り夜中の二時までいた。

そこで終わったわけではない。続きは翌朝まわしということになった。八時に来てくれと言われている。

あまり腹は空《す》いていないが、軽くなにか腹に納める時間はあるだろうか。

正確な時間を見ようと、手にしたスマートフォンに視線を落とした。ニュース速報が目に入った。

《池袋の中華料理店で毒物を飲んで重体》

その見出しに眠気がいっぺんにさめた。まさか、と思いつつ、ニュース番組の動画を探し、再生した。テレビで見慣れたアナウンサーが原稿を読み上げる背景に、昨夜の中華料理店が入ったビルが映っている。

《──昨夜七時三十分ごろ、豊島《としま》区北池袋にある中華料理店で、客の男性が突然苦しみだしたと通報があり、駆けつけた救急隊員に搬送されました。男性は、板橋区に住む安藤達也さん二十四歳。警察と消防の調べでは、安藤さんは、母親や知人とこの店に食事に来ていたところ、飲んでいた紹興酒に毒物を混ぜられ飲まされた模様。救急治療室に運ばれ手当てを受けていますが、嘔吐《おうと》や下痢などの症状が激しく、予断を許さない状況とのことです。安藤さんは、今年二月に起きた強盗致死事件の容疑者として逮捕起訴されていましたが、先月開かれた東京地裁の公判で驚きの証拠を提出し、世間の注目を浴びたばかりです。現在は保釈中の身でした。警察は、事件当時一緒にいた、安藤さんの母親が詳しい事情を知っているものとみて、現在任意で話を聴いている模様。同席していた女性の証言などもあり、警察は――》

寿人に電話をかけた。

〈ああ、見た見た〉たったいま起きたばかりのような荒れた声だ。

「きみは、これを予測していたのか」

〈ばかいうなよ。ぼくは神様じゃない〉

かすかに笑ったように思うのは考えすぎか。

〈だけど、それと同じように、達也だって不死身じゃない〉

30

時間を作って、昔住んでいた街をまわろうと寿人に誘われた。

寿人にしては抒情《じょじょう》的なことを言うと思ったが反対はしなかった。圭輔も、あの場所にすべての原点はあったと思っている。

ヘルメットを借りて、ナナハンの後ろに乗った。

最初におとずれたのは、朽ちた団地があった場所だ。バイクを適当な場所に停め、夏空の下を汗を拭《ふ》きながら歩いた。ときおり、ペットボトルで水分を補う。

今ではすっかり再開発されて、テナントにドラッグストアやコーヒーショップが入ったマンションに生まれ変わっている。もはや、怪人が住むという伝説は生まれそうもない。

続けて、中学校、旧牛島宅とまわり、圭輔の家があった場所へ向かった。現在も、善意の第三者である見知らぬ一家が、自分たちで建てた家に住んでいる。

最後に歩道橋を渡ろうということになった。

中学一年のとき、美果と三人で映画やミステリーの話をしながら帰る途中、この歩道橋はかならず通ることになっていた。誰も口にしなくとも、自然に足が向いた。

圭輔がこの場所を愛した理由は、心の安らぐ時間がすごせるからだ。普通に道を歩いたのでは、すぐに家についてしまう。歩道橋の上に立ち、ぼんやりと車の流れを見下ろしながら交す、とりとめのない会話がうれしかった。もっとも、いつも買い物の時間が迫って、圭輔だけ先に走って帰ることが多かったが。

橋の真ん中あたりに来たところで、寿人が欄干に腕をあずけた。

「達也の取り調べがはじまるそうだね」

達也は、人間が味わう最も激しい苦痛のひとつとさえ言われる、急性パラコート中毒で数日間生死の境をさまよった。ほとんどすべての消化器官を洗浄し、大量輸液と大量利尿を繰り返してどうにか一命はとりとめた。しかし、肝臓や腎臓《じんぞう》その他に後遺症が残ったと聞いている。一ヵ月が経つ今も、ベッドから起きあがれずにいるそうだ。

達也も酔っていたようだし、「まさか道子が」という油断があったのだろう。その心の隙が生んだ落とし穴だった。

「警察も、退院まで待てず、寝たまま聴取するらしい。道子が門田殺しをすっかり吐いて、達也の教唆を認めてるからね。中身の入った農薬の瓶を捨てずに持っていたのが大きい」

「まだ使うつもりだったんだろうか」圭輔があきれて言った。

「その可能性はあるね。あれでまた別な誰かを始末しようと思っていたんじゃないか。たとえば、昔面倒をみたのに、恩を仇《あだ》で返そうとしているめざわりな弁護士先生とか」

「おいおい、怖いこと言うなよ」

「まんざら、冗談でもないぜ」

道子は、秀秋と門田以外にも殺しを臭わせているらしい。道子の店の客としてきた男といい仲になり、借金までさせてさんざん貢がせて、返せと言われたので殺して埋めたと警察は見ている。そちらも証明されれば、道子は確実に死刑だろう。すっかり観念して自白するのは目に見えている。焦点は、達也を断罪できるかどうかだ。

今のところ、直接証拠はないに等しい。しかし、道子と紗弓の証言を併せれば、有罪にもっていける可能性はある。とくに紗弓の証言が意味を持つだろう。ひとつ問題なのは紗弓という人間の評価だ。前回、法廷で真実と違う証言をしたとなれば信頼はなくなる。したがって、『紗弓はマインドコントロールされていた』と、圭輔が証言するつもりでいる。弁護士会の処分や評判よりも、達也の断罪が優先だ。それで裁判員の紗弓に対する心証はだいぶよくなるはずだ。

紗弓はおそらく死体遺棄の事後従犯にもあてはまらないだろう。

それ以外にも、過去に達也の被害にあった人、あるいはその家族や友人たちに片っ端から連絡を取っている。紗弓と美果の両親ももちろんだ。

「これまで集めてきた資料をすべて提出する。人はひとりではなかなか悪に立ち向かえないが、仲間がいれば勇気も気力も湧く。何人かは達也の行為を証言してくれるはずだ。絶対有罪に追い込んでやる。これ以上、あいつに泣かされる人間を増やしてはいけない」

まさか、検察の手先になるとはね、と寿人とふたりで笑った。

圭輔は、それにしても、と言った。

「道子みたいな鬼畜のような女でも、最後に心を決めさせたのは、紗弓さんが録音したやりとりだったようだね。女ってのは、つくづく愛に生きるんだな」

「へえ、弁護士先生も、ようやく女心の勉強を始めたんだな」

「なんとでも言ってくれ」

寿人が、声をたてて笑った。

達也の裁判における、圭輔に対する弁護士会の処分もようやく決まった。戒告で済んだ。しかし、警察でもないのに捜査活動の真似事をし、いくつかの違法行為もあった。そちらで別途処分が検討されている。こんどこそ、一定期間の業務停止は覚悟しなければならない。

そのまえに事務所を辞めさせて欲しいと願い出たが、白石所長に止められた。

「きみのように、純情一直線の弁護士は貴重だ」

白石所長に、はじめて『きみ』と呼ばれた。

「それに、いまや寵児《ちょうじ》だ。仮に業務停止になっても、喪が明けたあとでよろしく頼むよ」

所長の脇で、真琴が微笑んでいる。圭輔はあらためてよろしくお願いします、と頭を下げた。

「それまでに、お酒の飲み方と女心を勉強してね」と真琴が笑った。


「ここでよく、本や映画の話をしたなあ」

寿人が、欄干にもたれかかり、夏の風に乱れた髪を手ぐしで直した。近くで蟬がうるさいほど鳴いている。ケヤキの大木の陰になって、いくらか暑さがしのげる。

「そういえばこのあいだ、BS放送で『情婦』をやってたよ。久しぶりに見た。きみは、中学生のときに、あの太った弁護士にあこがれて法曹界に入ったんだろ」

それだけではなかったが、まあね、とうなずいておいた。

「あのころ、楽しかったな」

「ああ、楽しかった」

悲惨な毎日だったからこそ、宝石のように輝く思い出だ。

圭輔は、歩道を行く小さな女の子と母親を見ながら言った。

「今回のことで達也と再会し、彼の過去を知るにつけ、ずっと考えていたことがある。あの怪物がどうして生まれてきたのか、ということだよ。そして、この悲劇にどんな意味があるのだろうかと」

寿人が片方の眉《まゆ》をあげた。

「そういう哲学的な問題はよくわからないが、ひとつ確かなことがある。怪物は達也ひとりじゃないってことさ。それこそ、そこらじゅうにいる。萱沼さんの手伝いをしていて、それがよくわかった。だけど、きみは弁護士という職業を選んだ。これからは、平気で人を何人も殺したり、幼い少女に暴行を働いたりした、悪魔みたいな奴らのことも弁護しなければならないんだぜ。被害者や遺族の冷たい視線を浴びながらね。その覚悟があるのか。ぼくはどうしても疑問だから、なんども言ったんだ。きみは……」

圭輔が先回りする。

「弁護士には向いていない」

寿人は肩をすくめ、笑顔を見せた。

この、何ごともあけすけに言う寿人に、ぜひ質問してみたいことがあった。

あの火事の原因になった煙草のことだ。

今では、あれはおそらく達也のしわざだと思っているが、証拠はない。ただ自分がそう信じたいだけかもしれない。気が楽になるから。

もしも寿人だったら、この過去にどう折り合いをつけただろうか——。

いや、聞いてみたところで意味のないことだとわかっている。皆それぞれ心の内に、いつまでも燻《くすぶ》り続ける灰をかかえたまま、生きているのだろう。

まったく別の疑問をぶつけた。

「きみは、ぼくに嘘をついてるよね」

寿人が、意外そうな顔で圭輔を見た。

「なんのことだ」

「ライターの萱沼さんが先にこの事件に興味を持ったなんて、大嘘だろう」

「どうして？」

「ずいぶん手間をかけてあれこれさぐっている割には、ちっとも記事にならないじゃないか。鉄は熱いうちに打てっていうのは、暴露記事にこそあてはまるだろう。全容解明の前に、ジャブ程度の記事を発表したっておかしくないよね」

寿人は答えず、ペットボトルに口をつけ、笑いながら下をいく車の流れに視線を戻した。

圭輔は続ける。

「直接的、間接的に萱沼さんを利用はしたかもしれない。だけど、主体となって活動したのはきみじゃなかったのか。ずっと前から、あいつのことを調べていたって言ったしね。なにかアクションを起こす時期と機会をうかがっているところへ、達也逮捕の騒動が起きた。しかも、弁護士にぼくが指名された。それで、共同戦線を張ろうとしたわけだ」

「すまん。そのとおりだ」寿人がすなおに詫びた。

「いや、感謝してるよ。ありがとう」

鬼ごっこをしているらしい小学生の集団がものすごい勢いで駆け抜けていった。

「そういえば、紗弓さんは次の就職先とアパートがみつかったらしいよ」

紗弓はやはり、寿人の勘どおり優人と内縁状態にならなかった。去年の秋、仕事先の自動車部品メーカーがつぶれて寮を出されることになり、住む場所に困っていた。それ以前から面識があった達也が、いずれ紗弓を自分のものにしようと狙いをつけて接近した。優人を紹介し「指一本触れさせない。番犬だと思ってくれればいい」そんなふうに言って同居を勧めたそうだ。

恩に着せるため、目の届くところにおくため、優人にそれとなく監視させるため、理由はいくつかあるだろう。

そんな事情があったにもかかわらず、達也の要求をはねのけ続けたのだから、紗弓は相当に芯《しん》の強い女性だ。真琴といい勝負かもしれない。

圭輔の頭の中を見通したかのように、寿人がからかった。

「なんだかにやにやしてるな。あの美人弁護士とはうまくいってるのか」

「べつに特別な関係じゃない。ただただ尊敬する先輩だよ」

真琴が自分に示してくれている好意は、愛情より同情に近いと思っている。それに、本人も意識していないかもしれないが、自分があまりに完璧《かんぺき》なので欠けたところだらけの圭輔に関心を抱くのだ。

「まあ、がんばってくれよ。尻《しり》に敷かれないように」

「だから、そんなんじゃないよ」

あいかわらず勘のいい男だ。寿人にはなにも教えてないが、実は真琴に旅行に誘われている。

「のんびりと温泉に一泊」というだけで、詳細はなにも聞かされていない。もちろん、別々に部屋をとるのだと思うが、あえてこちらからは聞けない。そういえば今日あたり、宿の手配結果を教えてもらうことになっている。

「そろそろ行こうか」

思い出にひたるのは終わりだ。達也に少しでも大きな代償を支払わせるための、準備で忙しくなる。

歩道橋の階段を途中までおりたとき、胸のポケットが震えた。

たったいま噂をした真琴からだ。

また書類に不備があったのだろうか、顧客からクレームが来たのか、それとも——。

いや。首を小さく左右に振った。

これだから寿人に「弁護士に向いてない」と笑われるのだ。

ものごとを悪いほうにばかり考える習慣も、そろそろ卒業するべきだ。

寿人にちょっと待ってくれと合図して、携帯電話を耳にあてた。

解　説

香山《かやま》　二三郎《ふみろう》

伊岡瞬《いおかしゅん》といえば、まずデビュー作の第二五回横溝正史ミステリ大賞受賞作（テレビ東京賞とのW受賞）『いつか、虹の向こうへ』（角川文庫）である。主人公は自分の家にワケありの男女を住まわせている元刑事。そこに新たな居候が現れるが、彼女は殺人事件の容疑者に。職も家族も失った中年男とは一見負け犬ヒーロー的で、いかにもハードボイルドなタッチを思わせるが、その実、疑似家族設定を活《い》かした確かな人間ドラマ演出で読む者を感動させた。

その後の伊岡作品も題材は異なれど、弱者の再生譚《たん》を軸に確かなドラマ演出が読みどころになっていたが、作家デビューして一〇年目を迎えようとしたとき、ひと皮むけたというか、化けたと思わせる作品が登場した。本書『代償』である。

著者の長篇第四作に当たるこの作品は二〇一四年三月、KADOKAWAから書き下ろしで刊行された。今度の作品は今までとはちょっと違うぞと思わせるその第一のポイントは悪役の造形だ。

物語は一九九九年夏に始まる。ノストラダムスが予言したという世界の終末は訪れなかったが、東京《とうきょう》・世田谷《せたがや》の団地に住む小学五年生の奥山圭輔《おくやまけいすけ》の身辺では静かに崩壊が始まっていた。私鉄の線路を挟んだ反対側にある団地には母の遠縁に当たる浅沼《あさぬま》家が住んでいた。奥山家と同様、両親と圭輔と同い年の息子の三人家族だったが、いつしか月にいちど、金の無心に母・道子《みちこ》が息子の達也《たつや》をつれて訪れるようになっていた。内向的な圭輔に対して達也は大柄で敏捷《びんしょう》、野性的な雰囲気を漂わせ、上辺は如才なかったが、その半面、下品で冷酷そうな一面も見せており、圭輔とはウマが合わなかった。家族キャンプに誘ったのをきっかけに達也は奥山家にひんぱんに出入りするようになるものの、金や物品の紛失が頻発し始めたことから一家は彼を遠ざける。しかし年末年始、浅沼夫妻が仕事の関係で東京を留守にする間、達也を預かることとなり、迎えた一二月二八日に悲劇が。

煙草による失火が原因か、突然の火事で両親と家をも失った圭輔。彼の面倒は後見人となった浅沼家が見ることになるのだが、その生活はというと、ひと言でいえば奴隷状態。食事から衣料品、入浴に至るまで最低限のことしか与えられず、薄汚れのネクラ少年と化した彼は、学校でも孤立していく。本書は二部構成になっているが、その第一部は圭輔の受難の少年時代が淡々と描かれていく。そしてそこから逆照射されるのが、浅沼道子と達也のモンスターぶりだ。奥山家の火事も、その後の一家の財産処分も、ウラで親子が関わっているであろうことは読者もうすうす気づかれるに違いない。

一家の乗っ取りといえば、二〇〇二年に北九州市《きたきゅうしゅうし》で発覚した連続監禁殺人事件や、一二年に兵庫県尼崎市《ひょうごけんあまがさきし》で発覚した連続殺人死体遺棄事件を思い起こされる向きもあろう。人の心をあやつり命までもてあそぶとは、カルト宗教も顔負けの所業。そう、そんなことを仕出かすのは集団ヒステリー的な熱狂に駆られた組織的なものでしかありえないと思いきや、近年は個人中心のあやつり犯罪も明るみに出るようになった。後味の悪い嫌なミステリー――通称〝嫌ミス〟人気の高い昨今の犯罪ミステリーシーンでも題材に取り上げられるケースが増えつつあり、本書もまたその典型というべきか。

ちなみに著者自身は本作の執筆動機について、次のように述べている。「まず、今まで自分の書いたものを振り返ってみました。ミステリなので犯人・悪人が出てきますが、その人たちにも事情があって、弱さゆえに罪を犯したり道を踏み外したりする人が多かったんですね。今度はそうではなくて、全く人を顧みない、全く反省しない根っからの悪を書いてみたいと思い書き始めたのが『代償』です」（集英社文芸単行本公式サイト『RENZABURO』インタビュー第25回）。

読みどころの第二は前述した二部構成に基づくプロットの妙。地球は生き延びたが自らの世界は崩壊してしまった圭輔だったが、幸い読書という趣味を通じて知り合った親友・諸田《もろた》寿人《ひさと》とその親戚《しんせき》筋に当たる牛島肇《うしじまはじめ》・美佐緒《みさお》夫妻の助力により、中学校の卒業を前に浅沼家を出、牛島家の庇護《ひご》のもと進学して弁護士となる。後半の第二部は、二五歳になった彼が、実力派弁護士の白石慎次郎《しらいししんじろう》率いる法律事務所の若手弁護士として活躍しているところから始まる。そんなある日、彼を名指しで依頼してきた強盗致死事件の被疑者が現れる。親の離婚で浅沼から安藤《あんどう》姓になった達也であった。

達也たちとの関係を断ち切ったと思い込んでいた圭輔は再び過去に引きずり戻されていくが、第二部は一転して法廷劇――リーガルミステリーのスタイルで、圭輔と達也の戦いが繰り広げられるのだ。第一部で描かれた受難劇のあまりの痛々しさに心が折れそうになった読者も、今度は殺人事件の謎解きという新たな興味とともに読み進めていくことが出来よう。もちろん第二部を法廷劇にしたのは、悪い人間をいつまでも野放しにしてはいけないという因果応報的なメッセージもあろうか。

その点について著者は「凶悪犯罪ものの映画だと、このまま警察に捕まって終わりじゃ俺の気が済まないよ？　って思いながら見るわけですよ。終盤までイライラしても、最後はスッキリ終わって欲しい。『代償』で最も大変だったのも、達也にどう代償を支払わせるのか、そのラストでした。ここまで悪いことをやっている人物だと、捕まる以上のことを予言した終わりじゃないといけないなぁと。今回は満足のいくラストにできました」（『RENZABURO』同インタビュー）との由。

一気にラストまで飛んでしまったが、読みどころの第三は、リーガルミステリーとしての妙だ。圭輔が達也の弁護を引き受ける羽目になるとは何とも皮肉な展開だが、その事件とは――四ヵ月前の夜、板橋区《いたばしく》の運送会社が強盗に襲われ、社員のひとりが撲殺された。犯人は九三万円余を奪って逃走。遺留品はなかったが、内部事情に詳しい者の犯行との見方から、やがて一ヵ月前に勤務態度の不良を理由に解雇された達也が浮かび上がった。その後彼の自宅アパートのタンスの引き出しにあった一万円札から被害者の指紋が検出され、アパートの敷地内からも被害者の血痕《けっこん》の残る特殊警棒が発見された。他にも複数の理由から逮捕に至り、被告も犯行を認めたものの、直接証拠も決定的な自白もまだだった。圭輔はいったんは弁護を断るが、程なく達也本人から依頼状が届き、その中で、圭輔が秘密にしてきたかつての火事の夜の秘密を握っているようなことがほのめかされていた。彼は仕方なく接見に出向き、否応なく弁護を引き受ける羽目になる。

事案が殺人事件だから、行われるのは当然ながら裁判員裁判だ。圭輔のボス、白石慎次郎も「良くも悪くもテレビドラマっぽくなる」という裁判員裁判とは、特定の刑事裁判において一般市民から選ばれた裁判員が裁判官とともに審理に参加する裁判制度のことで、二〇〇九年五月に施行され、同年八月に初めての公判が行われた。この制度は「司法に関してずぶの素人に、数日の公判に臨んだだけで判断を強いる。しかもあえて、死刑も含めた重い量刑の犯罪に適用している。考えかたでは少し乱暴な制度だ」が、そのために公判前に「裁判官と検事、そして弁護人とときによって被告も同席して、お互いの手の内をさらす」公判前整理手続きが行われる。本作もそうした新たなシステムに則った演出が用意されている。公判前整理手続きが近づいたある日、事件の夜に達也と会っていたという女が現れるというのがそれで、そのシーンについては、著者自ら「以前にもこんな展開があったような気がしてきた。（中略）『情婦』という映画だ」と種明かしをしている。

ビリー・ワイルダー監督の『情婦』はアガサ・クリスティーの傑作『検察側の証人』の映画化作品で、第一部でも圭輔と親友・諸田寿人との出会いのシーンで言及されていたが、まさか第二部でそれが活かされようとは思いも寄らなかった。ミステリー読みのハートをがっつりとらえる演出で、クリスティーばりだがクリスティーとはひと味違うヒネリ技が繰り出されるであろう予告にもなっていよう。「本はもちろん、映画を見るのも好きなので、小説に絡めることがあります。書き終わってから思ったことですが、例えば達也の造形は、『時計じかけのオレンジ』（1971／イギリス）の、あのむき出しの暴力表現のエッセンスが入ってるかもしれません。借り物の表現にならないように気を付けていますが、今まで読んだり見たりした作品の影響は、かなり出ていますね」（『RENZABURO』同インタビュー）と著者は謙遜《けんそん》しているが、本作は裁判員裁判の特徴と映像的な演出、そしてミステリー的な展開が見事にマッチした作りになっているのだ。

ちなみに本作は二〇一四年の第五回山田風太郎賞の候補に推挙されている。惜しくも受賞は逃したものの、この年著者は本作以外にも『もしも俺たちが天使なら』（幻冬舎）と『乙霧村の七人』（双葉社）の二冊を上梓《じょうし》している。デビューして約九年、著作が『代償』までで六冊ということからすると寡作ともいえようが、翌一五年には『ひとりぼっちのあいつ』（文藝春秋）が出て、一六年四月の時点でも複数の作品が雑誌連載されている。作風が多彩になり、版元が分散していることからしても、一四年は著者にとってブレイクの年だったというべきだろう。

伊岡瞬は今が旬！　ミステリーファンは見逃すな！

本書は二〇一四年三月に刊行された単行本に
加筆修正したものです。本書はフィクション
であり、実在する団体、個人とは一切関わり
がありません。

代《だい》償《しょう》

伊《い》岡《おか》 瞬《しゅん》

平成28年 5月25日　初版発行
令和7年 1月15日　44版発行

発行者●山下直久

発行●株式会社KADOKAWA
〒102-8177　東京都千代田区富士見2-13-3
電話　0570-002-301(ナビダイヤル)

角川文庫 19750

印刷所●株式会社KADOKAWA
製本所●株式会社KADOKAWA

表紙画●和田三造

ISBN978-4-04-103992-2　C0193

◆◇◇

角川文庫発刊に際して

角川源義

第二次世界大戦の敗北は、軍事力の敗北であった以上に、私たちの若い文化力の敗退であった。私たちの文化が戦争に対して如何に無力であり、単なるあだ花に過ぎなかったかを、私たちは身を以て体験し痛感した。西洋近代文化の摂取にとって、明治以後八十年の歳月は決して短かすぎたとは言えない。にもかかわらず、近代文化の伝統を確立し、自由な批判と柔軟な良識に富む文化層として自らを形成することに私たちは失敗して来た。そしてこれは、各層への文化の普及滲透を任務とする出版人の責任でもあった。

一九四五年以来、私たちは再び振出しに戻り、第一歩から踏み出すことを余儀なくされた。これは大きな不幸ではあるが、反面、これまでの混沌・未熟・歪曲の中にあった我が国の文化に秩序と確たる基礎を齎らすためには絶好の機会でもある。角川書店は、このような祖国の文化的危機にあたり、微力をも顧みず再建の礎石たるべき抱負と決意とをもって出発したが、ここに創立以来の念願を果すべく角川文庫を発刊する。これまで刊行されたあらゆる全集叢書文庫類の長所と短所とを検討し、古今東西の不朽の典籍を、良心的編集のもとに、廉価に、そして書架にふさわしい美本として、多くのひとびとに提供しようとする。しかし私たちは徒らに百科全書的な知識のジレッタントを作ることを目的とせず、あくまで祖国の文化に秩序と再建への道を示し、この文庫を角川書店の栄ある事業として、今後永久に継続発展せしめ、学芸と教養との殿堂として大成せんことを期したい。多くの読書子の愛情ある忠言と支持とによって、この希望と抱負とを完遂せしめられんことを願う。

一九四九年五月三日

角川文庫ベストセラー

いつか、虹の向こうへ　伊岡　瞬

尾木遼平、46歳、元刑事。職も家族も失った彼に残されたのは、3人の居候との奇妙な同居生活だけだ。家出中の少女と出会ったことがきっかけで、殺人事件に巻き込まれ……第25回横溝正史ミステリ大賞受賞作。

145gの孤独　伊岡　瞬

プロ野球投手の倉沢は、試合中の死球事故が原因で現役を引退した。その後彼が始めた仕事「付き添い屋」には、奇妙な依頼客が次々と訪れて……情感豊かな筆致で綴り上げた、ハートウォーミング・ミステリ。

瑠璃の雫　伊岡　瞬

深い喪失感を抱える少女・美緒。謎めいた過去を持つ老人・丈太郎。世代を超えた二人は互いに何かを見いだそうとした……家族とは何か。赦しとは何か。感涙必至のミステリ巨編。

教室に雨は降らない　伊岡　瞬

森島巧は小学校で臨時教師として働き始めた23歳だ。音大を卒業するも、流されるように教員の道に進んでしまう。腰掛け気分で働いていたが、学校で起こる様々な問題に巻き込まれ……傑作青春ミステリ。

罪の余白　芦沢　央

高校のベランダから転落した加奈の死を、父親の安藤は受け止められずにいた。娘はなぜ死んだのか。自分を責める日々を送る安藤の前に現れた、加奈のクラスメートの協力で、娘の悩みを知った安藤は。

角川文庫ベストセラー

犯罪に向かない男
警視庁捜査一課田楽心太の事件簿

大村友貴美

いいかげんな性格で悪名高い捜査一課田楽心太は、冴えた捜査勘と共感力では誰にも負けない名刑事だ。巨大リテールカンパニー社長令嬢の誘拐と、建設現場で発見された焼死体。事件の因縁を田楽が解きあかす。

存在しなかった男
警視庁捜査一課田楽心太の事件簿

大村友貴美

タイへのハネムーンの帰国便の機内から、夫の姿が忽然と消えた。妻が途方に暮れる中、東京湾で彼の遺体が発見される。だがそのパスポートには出入国の印がなかった…。驚愕の展開に息を呑む密室ミステリ！

前世探偵カフェ・フロリアンの華麗な推理

大村友貴美

裏道にひっそりと建つ「カフェ・フロリアン」。夜はゲイバーとなる店のママは前世が見えると評判で、日日、相談者が訪れるが…。前世の因縁と現世の謎を解き明かす、とびきりゴージャスな女装探偵の名推理。

長い腕

川崎草志

東京近郊のゲーム制作会社で起こった転落死亡事故と、四国の田舎町で発生した女子中学生による猟銃射殺事件。一見無関係に思えた二つの事件には、驚くべき共通点が隠されていた……。

呪い唄　長い腕Ⅱ

川崎草志

明治の名棟梁、敬次郎を生んだ四国の早瀬町に、汐路は帰ってきた。恐るべき事件から数ヶ月後、故郷で待っていたのは元軍人の老人。幕末に流行った童謡『かごめ唄』に乗せて、新たな復讐の罠が動き出す！

角川文庫ベストセラー

消失グラデーション 長沢樹

とある高校のバスケ部員椎名康は、屋上から転落した少女に出くわす。しかし、少女は忽然と姿を消した!? 開かれた空間で起こった目撃者不在の〝少女消失〟事件の謎。審査員を驚愕させた横溝賞大賞受賞作。

退出ゲーム 初野晴

廃部寸前の弱小吹奏楽部で、吹奏楽の甲子園「普門館」を目指す、幼なじみ同士のチカとハルタ。だが、さまざまな謎が持ち上がり……各界の絶賛を浴びた青春ミステリの決定版、〝ハルチカ〟シリーズ第1弾!

初恋ソムリエ 初野晴

ワインにソムリエがいるように、初恋にもソムリエがいる?! 初恋の定義、そして恋のメカニズムとは……お馴染みハルタとチカの迷推理が冴える、大人気青春ミステリ第2弾!

空想オルガン 初野晴

吹奏楽の〝甲子園〟——普門館を目指す穂村チカと上条ハルタ。弱小吹奏楽部で奮闘する彼らに、勝負の夏が訪れた!! 謎解きも盛りだくさんの、青春ミステリ決定版。ハルチカシリーズ第3弾!

千年ジュリエット 初野晴

文化祭の季節がやってきた! 吹奏楽部の元気少女チカと、残念系美少年のハルタも準備に忙しい毎日。そんな中、変わった風貌の美女が高校に現れる。しかも、ハルタとチカの憧れの先生と親しげで……。